NOEL
the mortal fate

피학의 노엘

Movement3
Family of "VERDE"

Presented by Masami Molockchi
The original and illust Kanawo

CHARACTERS

대악마 카론

버로우즈와 부하의 부추김에 노엘이 소환한 악마. 노엘과 함께 버로우즈에게 복수를 맹세하지만, 그와 어떤 인연이 있는 모양이다.

"훌륭한 정도로구나..."

"비뚤어졌군..."

"너는..."

노엘 체르퀘티

음악 명문가의 딸. 우승을 놓친 피아노 콩쿠르의 배후에 숨겨진 음모를 알게 되어, 자신을 계략에 빠뜨린 버로우즈와 싸우기로 한다.

"제복수에"

"당신의 힘을 빌려주세요!"

오스카 드레셀

노엘과 카론의 앞을 가로막는 마인. 폭탄마 〈보머〉가 된 동생을 갱생시키기 위해, 경관임에도 악마와 계약했다.

"당신에게 맞서겠습니다."

"마지막까지 적으로서"

후고 드레셀

〈보머〉로서 노엘들과 싸운 『폭열의 마인』. 패배 후, 교도소 특별 독방에 수감되었다.

"자, 이제부터는 전력으로 가겠어!!"

지노 로렌치

라플라스 경찰을 자유롭게 움직일 수 있는 권한을 가진, 여성스러운 말투의 경찰관. 버로우즈와 오랫동안 알고 지낸 사이며, 이상하리만큼 괴력을 가졌다.

"덤벼봐!!"

"되받아쳐 주겠어!!"

코핀 네리스

카지노 미스티의 지배인으로 근무하는 외눈의 승부사. 운명을 건 대 승부를 즐기며, 승부의 공평함을 중요시한다

"한번 승부를 시작하면"

"이기든지, 지든지"

"둘 중 하나다."

대악마 시저

질리안과 계약한 대악마. 키다란 구속구로 몸이 속박되어 있지만, 월등한 힘으로 카론에게 혹독한 싸움을 밀어붙인다.

"목적지는 거기니까."

"어차피 니 녀석의"

질리안 리트너

노엘의 친구이자 피아노 라이벌이다. 열다섯 살. 자택이 폭파되는 피해를 입는다. 노엘 앞에 다시 무사한 모습으로 나타나지만……

"다 거짓말이야."

"그런 애가 아니야!!"

"노엘은"

NOEL
the mortal fate

피학의 노엘

Movement3
Family of "VERDE"

저자 / **모로쿠치 마사미**

원작 · 일러스트 / **카나오**

옮긴이 / **안수지**

CONTE

Movement 3
Family of "VERDE"

N T S

피학의

노엘

NOEL
the mortal fate

우리는 모두 진리를 위해 싸운다. 그래서 고독하다. 외롭다.
하지만, 그래서 강해질 수 있다.

—헨릭 입센

포
로

〈돌아갈 수 없는 감옥〉

누가 처음 그렇게 불렀는지는 알 수 없다.

그리고 선량한 라프라스의 일반 시민은 그렇게 불리는 감옥이 어디에 있는지조차 모른다. 성실하게 살았다면 아마 엮일 일이 없는 시설일 것이다.

라프라스 제2 교도소는, 라프라스의 교외의 교외, 척박한 황무지밖에 없는 장소에 건설되었다.

수감되는 건, 사형이나 종신형을 선고받은 흉악 범죄자뿐. 여기에 들어오면 마지막 죽을 때까지 속세로 돌아갈 일은 없다. 고로 〈돌아갈 수 없는 감옥〉.

노엘 체르퀘티─ 악마와 계약하고 라프라스 시내에서 다수의 파괴 범죄를 저질러, 나이 15세에 테러리스트 낙인이 찍힌 소녀. 바위 뒤에 숨어 감옥을 바라보는 그녀 또한, 언제 그 담장 안에 갇히더라도 이상하지 않았다.

대악마와의 계약은 중대한 범죄다. 하물며 노엘은 항상 대악마와 같이 행동하며 그 힘으로 시의 여기저기를 파괴하여 많은 부상자를 낳았다—고 알려져 있다.

노엘이 자신의 쾌락이나 이익을 위해 날뛰는 것이 아니라는 것, 애초에 악마와 계약한 것조차 한 남자에게 이용된 결과라는 것 등의 사실은, 거의 모든 라프라스 시민에겐 알 길이 없는 일이었다.

노엘은 지금 혼자다.

단 한 명도 자기편이 없었다.

그녀에게 『힘』 그 자체였던 대악마 카론은 여기에 없었다.

—구해야 해……. 카론을 구해야 해.

노엘의 머릿속에 있는 건, 그 생각뿐이었다.

특기인 빈정거림이나 불만을 말할 기력조차 없이 피투성이로 질질 끌려간 카론.

어떻게 해야 죽을지 실험해 봐도 좋겠지 라는 악몽 같은 말이 들렸다.

노엘에겐 양다리도, 오른쪽 팔도, 오른쪽 눈도 없었다. 지식은 보통 수준. 교양은 있어도 세상 물정을 몰랐다.

요컨대— 카론이 없으면, 테러리스트로 불리는 것이 무색할 정도로 무력했다.

—나 혼자서는 카론을 구할 수 없어.

카론이 없으면 아무것도 할 수 없는 것과 다름없는데, 카론을 구하러 가야 한다는 말도 안 되는 모순.

하지만 지금의 노엘에게는 어떻게든 매달려 볼 만한 지푸라기가 하나가 있었다.

노엘은 꾸깃꾸깃 접힌 지도를 왼손으로 꽉 쥐었다.

카론이 노엘의 『적』에게 끌려간 직후.

아무도 없는 살풍경한 기찻길 옆에서 노엘은 주저앉아 움직일 수 없었다.

카론과 비교하기엔 우습지만, 노엘도 다쳤다. 별것 아닌 찰과상이나 타박상뿐인데 눈물이 날 정도로 욱신욱신했다.

몸이 납덩이처럼 무거운 것이 피로 때문인지 충격 때문인지 알 수 없었다.

외톨이가 됐다.

내 편이 없다는 건, 콕 집어 말하지 않아도 알 수 있었다.

하지만, 카론이 있었으니까.

단 한 명이라도, 결코 배신하지 않을 파트너가 있었으니까.

……그 파트너를.

눈앞에서 강탈당했다.

눈앞에서 죽임을 당하는 것보다는 나을지도 모른다.

하지만, 곧 죽임을 당하겠지.

그리고 자신에겐 그를 구할 힘 따위 없었다.

"카, 카론……. 대, 대체, 어떻게 하면……."

—구해야 해.

제일 먼저 그 생각이 머릿속에 떠올랐다.

—하지만, 어떻게?

"나 혼자선…… 어떻게 한들……."

시야가 일그러지고 뜨거워졌다.

지금까지 이런 건 잊고 있었는데. 어느새 버렸던 것인데.

눈물 같은 건.

『이 녀석이 곁에 있으니까, 자꾸 노엘이 잘못된 생각을 하는 거예요』

카론을 물건 취급하던 **친구**의 목소리가 노엘의 가슴에 꽂혔다.

이제는 노엘의 앞을 가로막는, 거대한 벽이 된 질리안 리트너.

『노엘에게 붙은 나쁜 벌레는 박멸해야죠』

그녀의 말도 보랏빛 눈동자 속에서 반짝반짝 빛나던 눈빛도 절대 정상이 아니었다.

『이 녀석만 없어지면, 분명 다시 생각해줄 거지?』

『복수 같은 거 그만둘 거지?』

『포기할 거지?』

『그럴 수밖에 없을걸, 그치?!』

기억 속에서 다그치는 질리안에게, 노엘은 귀를 막고 소리치고 싶었다.

하지만.

그때.

"……아직, 이다……."

희미한 신음 소리가 들려와 노엘은 깜짝 놀랐다.

뛰어난 청력은 그 소리의 출처를 단번에 알아냈다. 저절로 그 방향으로 눈이 돌아갔다.

피투성이로 엎드려 쓰러진 한 명의 마인이 있었다.

노엘과 카론이 사투를 벌인 〈정의의 마인〉 리퍼. 서로 사력을 다해 싸운 결과, 간신히 화해할 수 있었……을 터이다.

그의 본명은 오스카 드레셀. 생이별한 동생으로 머리가 가득 차서 많은 것을 간과하고, 큰 잘못을 저지른 젊은이였다.

하지만, 지금의 노엘은 그의 이름과 과거 일부를 알게 되었다. 앞으로는 분명 함께 걸어갈 수 있겠다는 생각조차 들었다.

오스카의 팔이 겨우 움직였다. 얼굴은 땅에 박힌 채였지만, 다시 목소리가 들렸다.

"……아직, 방법은, 있다……."

"오스카! 다, 당신, 살아있었군요?!"

"……머, 멋대로 죽이지……마……."

"하지만, 그 상처라면 보통……."

"……보통은, 아니, 지……. 나도, 너, 도……."

오스카가 심하게 쿨럭였다. 피를 토하는 것 같다.

그 말에 노엘은 입을 꼭 다물었다.

오스카는 대악마 시저의 일격을 정면에서 맞았다. 엄청난 피가 사방에 튀었고, 아직 출혈이 멈추지 않은 듯했다. 노엘은 틀림없이 죽었으리라 생각했다.

하지만, 그의 말처럼— 서로, 더는 인간이 아니었다.

—나의 체력도, 이렇게 괴물처럼 된 것일까요. ……전혀 그런 것 같지는 않네요…….

볼 주변이 얼얼하게 아팠다. 손을 대자, 피가 손에 묻어났다. 오스카와의 싸움에서 입은 찰과상이 아직 아물지 않았다.

오스카라면 몰라도, 자신은 그렇게 튼튼하지 않다고— 노엘은 그렇게 생각했다. 그렇게 생각하고 싶었던 걸지도 모르지만.

오스카는 느릿느릿 몸을 조금씩 움직이며, 노엘에게 무언가를 내밀었다.

받아보니, 그것은 두 장의 지도와 카드키였다. 카드키는 부자연스러울 정도로 투박한 디자인이었다. 어떤 글자도 로고도 들어있지 않은 그저 회색 한 가지 색으로만 된 카드.

"그건…… 어느 교도소의…… 위치와 그…… 내부……지도다. 거기에 가서…… 후고를…… 찾아라……."

"후고— 서, 설마, 그 마인 보머를 내 편으로 삼으라는 말인가요?!"

후고 드레셀. 이 오스카가 계속 찾아다니던 동생.

간신히 재회했을 때, 그의 동생은 불꽃과 힘에 홀려 악마와 계약하고 마인이 되어 있었다.

폭열의 마인, 〈폭탄마〉 후고.

그 또한 노엘과 카론 콤비가 쓰러뜨리고, 현재는 수감 중이다.

그 수감된 곳이—.

"〈돌아갈 수 없는 감옥〉. ……라프라스 제2 교도소. 그…… 특별 독방에…… 그 녀석이…… 있다."

보머는 마인인 데다가 폭파 능력이 특화됐다. 평범한 교도소 감방에는 넣을 수 없었을 것이다.

"그 녀석은…… 『힘』과…… 『강함』에서…… 특별한 것을 찾고…… 있다. 넌…… 그 녀석을 쓰러뜨렸어. 네 제안이라면…… 들을지도 …… 몰라. 혼자선 카론을 되찾을 수 없어, 그렇다면…… 쓸 수 있는 수단은 뭐든 써라……."

노엘은 말문이 막혔다.

어째서 자신의 말이라면 보머가 움직인다는 것일까. 형의 말이 더 큰 것이 아닌가. 여러 생각이 머릿속에서 맴돌았다.

하지만 그 망설임은 사이렌 소리에 사라졌다.

경찰차와 구급차였다. 이곳으로 다가오고 있었다.

"……이제 가라. 난…… 괜찮다……."

"……."

노엘은 지도와 카드키를 손에 쥐고 일어섰다.

의족이 살짝 흔들렸다. 우선은 이 자리를 벗어나 조정해야 했다.

"고마워요, 오스카. 당신은 푹 쉬세요."

이제부터는 나 혼자서 해결해야 할 일이다.

불안은 있었다. 하지만 여기서 멍하니 감상에 빠져있으면 잡히고 만다.

여기서 끝낼 수는 없었다.

노엘은 결의와 함께 걸어 나갔다.

그리고 노엘은 걸어서 여기까지 다다랐다.

라프라스의 교외의 교외, 척박한 황무지밖에 없는 곳.

〈돌아갈 수 없는 감옥〉, 라프라스 제2 교도소.

밤새 걸어왔기 때문에 노엘은 이미 지쳐있었다. 도중에 바위 그늘에서 덮을 것도 없이 선잠을 잤다.

하지만 긴 여행의 피로도 두 번째 노숙도 그다지 힘들지 않았다. 그럴 때가 아니라는 것을 알기 때문일지도 모른다.

옆을 둘러봐도, 뒤를 돌아봐도.

노엘은 맨몸에 혼자였다.

라프라스 시내에 잠복해봤자 며칠 내로 체포당했을 것이다. 경비가 아무리 강화되어도 잡히지 않고 도망칠 수 있었던 건 모두 카론 덕분이었다.

노엘은 마른 나뭇가지나 바위 그늘에 몸을 숨기면서 교도소의 담장을 올려보았다.

정말로, 올려다보아야 할 정도의 높은 담장. 이른바 『담장 안』과 밖은 완전히 다른 세계라고 불리는 것도 납득이 갔다.

부지 중앙에는 높은 감시탑이 우뚝 솟아있었다. 부지 안은 물론, 교도소 주위까지 둘러볼 수 있을 법한 높이였다.

출입구는 한 곳뿐. 간소하게 포장된 하나의 길만이, 라프라스 시가지— 속세와 교도소를 잇는 길. 그 출입구에는 특수부대의 병사처럼 무장한 경비원 한 명이 거의 미동도 없이 서 있었다.

게다가 굉장히 튼튼해 보이는 철문이 빈틈없이 잠겨 있었다.

노엘은 한숨을 쉬며 담장에 등을 대고 주저앉았다.

—아아, 난 정말 무슨 생각을 하는 걸까요. 이런 곳에 혼자 와서. 게다가 목적이 그 보머를 찾는 거라니.

〈폭탄마〉 후고는 엄청난 녀석이었다.

　노엘이 성실하게 피아니스트로 생활하고 있을 때부터 보머는 라프라스의 사회를 위협해온 범죄자였다. 시의 여기저기를 폭파하여 수많은 시민을 다치게 했고, 직장과 생활 터전을 빼앗았다.

　……지금은 노엘이 가는 길을 저지하는 적이 된 질리안 리트너.

　아직 어떤 사정이 있는지도 몰랐던 그녀의 자택과 생활도, 보머는 폭염으로 빼앗았다.

　후에 보머도 라프라스 시장의 지배하에 있던 것을 알게 됐지만—.

　그래도 그가 「재미로」 폭파 활동을 한 것은 분명했다. 대치했던 카론도 보머를 「머리에 나사가 빠졌다」고 평했다.

　혼자서 아무것도 할 수 없다면, 다른 누군가의 손을 빌릴 수밖에 없었다. 이대로는 버로우즈에게 복수는커녕 생활조차 뜻대로 되지 않을 것이다.

　—설령 그 『누군가』가 정신 나간 야만인이라도, 난 수단을 가릴 처지가 아니야.

　노엘은 오스카에게 받은 두 번째 지도를 펼쳤다.

　그것은 제2 교도소의 겨냥도로, 특별 독방의 위치에는 표시가 되어있었다. 가야 할 곳은 이것으로 알 수 있었다. 지도와 함께 받은 심플한 카드키는 그 독방으로 가는 도중에 써야 한다는 것도.

　—난, 멈춰서 있을 때가 아니야.

　노엘은 일어섰다.

"……그런데……."

뒤를 돌아서면, 벽.

유일한 출입구에는 경비원.

"여기가 최초이자 최대의 난관 아닌가요……. 어떻게 안으로 들어가면 좋을지."

높은 벽에는 어떠한 돌기도 균열도 없어, 설사 노엘이 팔다리가 있다 하더라도 기어오를 수도 없을 것 같았다. 더구나 벽 위에는 철조망이 둘러쳐져 있었다.

이런 삼엄한 벽이라도, 카론이라면 쇠사슬이나 기본 점프력으로 넘어갈 수 있었을 것이다.

입구에 선 경비원도, 순식간에 쓰러뜨렸을 것이다.

—내 힘으로는 부지 안으로 들어가는 것조차 못하는 거야?

노엘은 자기혐오에 빠지면서도 커다란 바위 그늘에서 나올 수 없었다.

아무것도 하지 못한 채 몇십 분이 지났다.

"……!"

피로 때문에 살짝 꾸벅꾸벅 졸던 노엘의 몸에 긴장이 일었다. 엔진소리가 들렸던 것이다.

황량한 교도소 입구의 상황을 살펴보자, 경비원이 험악한 얼굴로 먼 곳을 주시했다.

트럭이 다가왔다. 이윽고 경비원은 안심하며 교도소 문을 열었다.

그 트럭이 올 예정이 있었던 걸까.

경비원 앞에서 대형 트럭이 멈추고, 운전사가 내렸다.

"여어, 수고가 많네. 정기 보급이다."

"수고가 많으십니다. 근데 정기 보급치곤 꽤 늦었네요."

"아니, 검문에 또 검문이 있어서 도로가 막히더라고. 여기 오는 길도 엄청나게 막히다니 어떻게 된 것 같아."

"아아……. 최근 마인이니 악마니 난리라……."

"엎친 데 덮친 격으로 루트 4에서 사고가 났다니까—."

경비원과 트럭 운전사의 대화를 듣던 노엘은 퍼뜩 정신이 들었다.

문은 열려있고, 큰 트럭이 세워져 있으며 경비원은 잡담 중.

절호의 기회다. 물론 위험은 따르겠지만, 지금을 놓치면 안 된다.

노엘은 생각보다 몸이 먼저 움직였다.

분명 카론도 여기에 있었다면 똑같이 행동했을 것이다.

문을 넘어갔다. 높고 두껍고 삼엄한 담장 안으로.

"—으음?"

노엘이 담장 안 덤불 속으로 뛰어든 순간, 트럭 운전사가 목소리를 높였다.

"왜 그래요?"

"왠지 지금 저쪽에서 뭐가 움직인 것 같은데……."

움찔.

노엘은 덤불 속에서 숨을 멈췄다.

"어디 보자……."

경비원이— 천천히 전투용 소총을 연사했다.

"!!!?!?"

총알은 스치지도 않았지만, 노엘은 놀라는 것을 넘어서 거의 넋을 잃고 말았다.

"별거 아닌 것 같네요."

경비원은 총을 내리고 태연하게 툭 내뱉었다.

"그런 것 같군."

트럭 운전사도, 항상 있는 일이라는 반응이었다.

마치 조금만 수상해도 바로 총을 갈기는 게 당연한 듯했다.

그리고 총성이 울려 퍼졌는데도 교도소 안은 술렁거리는 모습조차 없었다.

—초…… 초…… 총이란 게 그렇게 서슴없이 난사해도 되는 것이었나요?! 이 교도소, 설마 상상 이상으로 위험한 곳인 건가요…….

노엘의 걱정은 적중했다.

나무, 컨테이너, 주차된 트럭. 몸을 숨길 수 있을 만한 건 뭐든 이용해서, 노엘은 교도소 안을 이동했다. 그 사이, 경비원들에게 몇 번이나 발포 당했는지 모르겠다.

여기서는 작은 소리나 움직임에 「일단 쏘고 나서 생각하거나 알아본다」가 평범한 것이었다.

건물이나 컨테이너에는 탄흔이 있었고, 여기저기 빈 약협이 뒹굴고 있었다. 마치 전쟁터였다.

10분도 채 흐르지 않는 사이, 노엘은 자신이 지금 있는 곳이 어떤 곳인지 이해했다.

이 교도소는 위험하다.

너무 위험하다.

카론이 여기에 있다면 분명 이렇게 말했을 것이다.

『여기 있는 녀석들은 전원 머리에 나사가 빠져있군.』

다시 말해, 전 직원이 보머였다.

이런 곳에 오래 머물 순 없었다. 발견돼서 수감당하는 것보다 사살되는 게 먼저일 것 같았다. 간수의 수도 상당히 많았고, 발견되는 건 시간문제였다.

하지만 여기까지 온 이상 이젠 물러날 수도 없었다. 게다가……확실하게 특별 감방에 다가가고 있었다. 오스카가 준 겨냥도 덕분이었다.

특별 감방은 제2 교도소의 북쪽 끝에 있었다.

노엘은 몇 번이나 우뚝 선 감시탑 쪽을 뒤돌아보았다. 무심코 그렇게 되었다.

쳐다보고 있다— 항상 그런 느낌이 들었다. 목덜미 털이 쭈뼛쭈뼛 곤두서는 듯, 매우 섬뜩한 감각이었다.

—앗.

지나치게 감시탑을 신경 쓰는 바람에 실수로 빈 약협을 밟고 말았다.

파득, 희미한 소리.

큰일 났다는 생각이 들기도 전에 노엘은 그 자리에서 벗어났다. 예상대로 연이어 총성이 일어났다.

이젠 차라리 도망치고 싶었다.

—하지만…… 전, 앞으로 나아가고 있어요. 카론 없이. 어디까지 갈 수 있을지, 정말로 할 수 있을지, 불안했지만……. ……아뇨. 저도 하면 할 수 있어요. 카론, 오스카. 완수하지 못한다면, 당신들을 볼 낯이 없어요!

혼자서도 어디까지 할 수 있을지, 정말로 이런 엄청난 일을 해낼 수 있을지.

아무리 자신을 격려해보아도, 그『불안』을 떨쳐낼 수 없었다.

커다란 건물 뒤로 돌아가자, 감시탑의 시야에서 벗어난 느낌이 들었다. 노엘은 안심하고 숨을 돌렸다.

고개를 들어 올리자, 아담한 작은 건물이 눈앞에 쓸쓸히 서 있었다.

겨냥도와 대조해 보았다. 이 작은 크기의 건물이 오스카가 표시한 『특별 독방』인 것 같았다.

—하지만 마인을 가둬두기엔 조촐하다고 해야 할까, 간소하다고 할까…….

의문을 품으며 다가가자, 출입구 문에는 카드키 방식의 잠금장치가 설치되어 있었다.

문득 생각이 난 노엘은 주머니에서 카드키를 꺼냈다.

여기다. 틀림없어. 여기서 이걸 쓰는 거야.

조급한 마음에 카드를 잠금장치 슬릿에 긁으려 했다. 하지만 노엘의 손이 턱하고 멈췄다.

목소리가 들렸다.

귀를 기울였다.

독설가였던 카론도 절찬했던 노엘의 청각에 두 남자의 대화를 들려왔다.

"……여자라지?…….

"머리카락이 길었던 것 같아……."

처음엔 이 목소리는 건물 안에서 들리는 것 같다고 생각했다.

하지만, 아니었다.

다가오고…… 있었다.

등 뒤다!

노엘은 놀라서 주위를 둘러보았다.

몸을 숨길만 한 장소가 없었다. 하지만 여기 멍하니 서 있을 수 없었다. 이 작은 방 뒤로 돌아갈 수밖에 없다. 그래도 숨을 수 있을지 없을지······!

"감시 카메라에 언뜻 찍혀있었다던데."

숨었다.

하지만, 이 두 사람이 건물 주위를 돌며 순찰이라도 하면 그걸로 끝이다. 너무 긴장한 탓에 노엘의 호흡이 가빠졌다. 무심코 왼손으로 입을 막았다.

"감시탑에서 보고가 그렇게 들어왔더군."

"하지만, 여자라니······. 여기에 수감된 녀석의 여자친구 같은 건가?"

"그럼, 당당하게 면회하러 오면 됐겠지."

아무래도 침입자가 있다는 것 자체는 이미 파악한 듯했다.

노엘은 감시 카메라의 존재를 전혀 생각하지 못한 것을 반성했다. 산더미만큼 설치되어 있을 게 당연하지 않은가.

"어차피 탈옥을 도우러 온 거겠지. 경비 수는 늘렸지만, 수감자 앞에서는 아무렇지 않은 척 하도록."

"알고 있다니까. 그렇긴 해도, 찾는데 애먹는 것 같군."

"무슨 소리야. 곧 찾겠지. 아마 10분도 안 걸릴 거다."

"의외로 우리 바로 가까이에 있는 거 아니야~?"

한 사람이 반 농담으로 그렇게 말했다.

다음 순간, 총성이 울렸다.

"!!"

총탄으로 부서진 작은 돌의 파편이 노엘이 의족을 스쳐 지나갔다.

"가령 여기라든가!"

"……쏘고 나서 말하지 좀 마, 놀랐잖아……."

"뭐야. 여기 방식에 아직도 익숙해지지 않은 거냐?"

"그래. 전근 온 지 아직 3개월밖에 안 지났다고. ……여기는 정
말로 제정신이 아닌 것 같아. 가자, 우리한텐 다른 볼일이 있어."

"예이, 예이."

카드를 슬릿에 긁는 소리. 잠금장치가 풀리고 문이 열리는 소리.

두 사람의 경비원은 건물 안으로 들어갔다.

노엘은 아주 크게 안도의 한숨을 쉬었다. 온몸이 땀에 흠뻑 젖
었다.

"……사, 살았네요……."

자기도 모르게 말이 새어 나왔다.

하지만 자신의 존재는 이미 들켰다. 경비도 늘린 듯했다.

노엘은 감시 카메라를 생각지도 못했지만— 돌아갈 길 또한 생
각하지 못했다.

어쨌든, 보머와 접촉하자.

—그 이후의 일은 그때 생각하죠.

지금 자신의 행동을 카론이 본다면 어떻게 생각할까. 어떤 독
설을 토해낼까. 분명 무모하다느니, 대책이 없다느니—.

—『머리에 나사가 빠졌다』느니.

그런 말을 내뱉을 게 뻔했다.

그리고 분명 지금보다 훨씬 착실한 작전을 세워서 노엘을 이끌
어줬을 것이다.

카론이 자신에게 할 것 같은 말을 상상하며, 노엘은 아주 살짝
웃음을 지었다.

다시 한 번 문 앞에 서서 귀를 기울이자, 사람의 목소리와 기계
음이 들려왔다. 이 독특한 기계음은 어디선가 들어본 것이었다.
드론 소리임이 틀림없다.

"좀 빌릴게요, 오스카."

카드키를 슬릿에 긁고 문이 열린 순간, 노엘의 심장은 멎는 것
같았다. 알고 있었는데도.

정말 이 교도소에는 놀라운 일 천지였다.

실내를 순회하는 여러 대의 드론과 몇 명의 경비원이 순식간에

눈에 들어왔다.

—위험…… 해!

너무 놀란 나머지 노엘은 근처에 있던 긴 의자 뒤로 숨었다. 숨을 장소를 가릴 여유도 없었다. 어쩌면 들켰을지도 모를 상황이었지만, 안쪽에 동요하는 기색이 없었다. 후유, 가슴을 쓸어내렸다.

안으로 들어가는 타이밍이 나빴다면, 지금쯤 벌집이 됐을 것이다. 운이 좋았을 뿐이었다.

아직 심장이 격하게 뛰었다. 살짝 의자 뒤에서 상황을 살폈다.

경비원이 몇 명 방구석에 모여서 얘기를 하고 있었다. 방 중앙에는 유리로 칸막이가 쳐진 작은 방이 있었고, 안에 있는 남자는 분주하게 여기저기 돌아다녔다. 그리고 방 전체를 순회하는 두 대의 드론이 있었다.

방 안쪽에는 지하로 이어지는 계단이 있었다.

드론은 미리 설정된 루트로만 도는 것 같았다. 카메라 방향에만 신경 쓰면 계단까지 뛰어가는 건 어렵지 않아 보였다.

경비원들이 어떤 얘기를 하고 있는지도 예상이 갔다. 전원 심각한 얼굴로 잡담하는 모습은 아니었다. 어디 부근에서 경비를 설지, 그 배정을 하고 있었다.

여기서 가만히 있을 순 없다. 노엘은 바로 움직였다. 결국엔 움직일 수 없을 것 같았기 때문이었다.

집중해서 가능한 한 빨리. 소리를 내지 않고. 누구에게도 들키지 않고.

지금까지처럼, 운을 내 편으로 끌어들일 수밖에 없었다. 계단으로 미끄러져 들어갔다.

시야가 순식간에 어두워졌다.

계단에는 제대로 된 조명 하나 없어서 어디까지 이어지는지 알 수 없었다. 익숙해지긴 했지만, 의족으로 계단을 오르내리는 것은 상당한 끈기와 용기가 필요한 행위였다. 양다리가 있었을 땐 아무것도 아닌 일이었는데.

더구나 이렇게 어둡다면 괜히 무섭다. 노엘은 벽에 손을 짚고 신중하게 내려갔다.

─어……. 이건… 대체, 지하 몇 층까지 내려가는 걸까요…….

계단은 정말 오래도록 암흑 속으로 이어져갔다. 지상의 소리는 점점 멀어져갔고, 결국 노엘의 귀에도 들리지 않았다.

점점 내려갈수록 습도가 높아졌다. 손을 짚은 벽이 젖을 정도였다.

물방울이 떨어지는 소리와 쥐 소리가 들려왔다.

가까스로 계단이 끝나고 복도가 보였을 땐, 이미 노엘은 기력과 체력을 거의 써버린 상태였다.

─하아……. 저, 정말 기네요……. 지금쯤, 지상에선 경비가 상당히 강화됐겠어요. 보머를 설득 못 한다면, 돌아갈 때는……. 아

니, 분명 여기서 살아서 나가는 건……

축축하고 어두운 복도를 혼자서 걸으니, 안 좋은 생각만 머릿속에 떠올랐다. 지상에서 걱정하던 대로였다. 혼자 있다는 불안에, 몸도 마음도 망가질 것만 같았다.

길모퉁이가 보였다.

동시에 사람의 기척도 느껴졌다. 두꺼운 문이 여닫이는 소리. 그리고 발소리. 노엘은 걸음을 멈추고 숨을 죽였다.

"밥이다."

금속제 덮개가 열렸다 닫히는 소리와 그 말이 들렸다.

바로 근처는 아닌 것 같아서 노엘은 슬슬 모퉁이로 다가가 얼굴을 내밀어보았다.

"이봐, 이봐, 3일 연속으로 메인이 이런 눅눅한 빵이냐! 스프도 이게 뭐야, 다 식어 빠진 데다가 건더기도 없고. 슬럼에서도 이 정돈 안 먹었다고."

꽤나 건방진 목소리와 태도였다. 그리고— 들어본 적 있는 목소리.

불평 뒤로 침묵이 이어졌다.

"무시하는 거냐! 제길. 마인도 영양을 섭취하지 않으면 죽는다고. 만약 죄수가 영양실조로 죽으면 책임질 수 있겠나?"

쇠창살로 둘러싸인 방이 보였다.

조명이 빈약해서 주변은 어두침침했다.

감옥이라는 말에 딱 맞는 모습의 독방이었다. 어디서든 독방 내부를 감시할 수 있는 구조로 되어있었다.

그 건너편에는 작은 창문이 난 방이 있었다. 작은 창문에서는 빛이 새어 나오고 있었다.

쇠창살 안에는―.

"밥 주는 것만으로도 감사하게 생각해라. ……폭탄마 자식."

"까불지 마!"

간수의 말에 혀를 차는 금발의 남자.

노엘은 눈을 크게 떴다.

그러고 보니, 제철소에서 싸웠을 때, 보머는 줄곧 가스마스크와 후드를 뒤집어쓰고 있어서, 노엘은 맨 얼굴을 본 적이 없었다. 그래서 그 남자를 보고도 바로 알아채지 못했다.

하지만, 지금 간수는 그 남자를 『폭탄마』라고 불렀다.

―저 사람이…… 보머? 하지만 다른 독방도 없어 보이고……. 틀림없겠네요.

"15분 뒤에 식기를 회수하러 오겠다. 그때까지 다 먹어라."

"뭐? 어디 가는 거냐. 맨날 있던 『감시실』은 내팽개치는 거냐?"

간수는 보머의 질문에 대답하지 않았다. 혐오감 때문인지 기계적으로 일하는 것인지 간수는 그다지 보머에게 관심을 가지려 하지 않았다.

34

보머는 『감시실』을 말할 때, 건너편의 작은 방 쪽을 턱으로 가리켰다는 건 역시 간수는 저 작은 방에 상주하고 있는 것일까.

하지만, 지금은 무슨 볼일이 있는지…… 간수가 이 자리를 떠나려고 한다.

—어, 어라……, 잠깐. 그렇다면…… 큰일이에요!

계단에서 여기까지는 완전히 외길이었고 숨을 만한 물건도 전혀 놓여 있지 않았다. 이대로라면 간수와 마주치게 될 거다.

라고 생각하던

그때.

식사가 든 트레이를 들고 독방 뒤쪽으로 이동하던 보머와— 눈이 맞았다.

들켰다.

노엘의 몸이 순간 경직됐다.

그도 순간 멈칫했다.

먼저 움직인 건 보머 쪽이었다. 걸음을 돌려 노엘이 있는 쪽은 보지도 않았다.

다만…… 입꼬리는 웃고 있었다.

"어이, 야! 너, 나한테 쫄았지?"

보머는 갑자기 식사가 든 트레이를 쇠창살에 내던졌다.

엄청난 소리가 지하에 울려 퍼졌다. 불꽃과 섬광이 튀고 연기가

35

피어올랐다. 노엘은 깜짝 놀랐다. 역시 마인 전용『특별 독방』이었
다. 쇠창살에 고압 전류가 흐르고 있는 것 같았다.

간수도 놀란 듯 발길을 멈췄다.

"나와 필요 이상으로 엮이지 않으려고 하는 건 내가 무서워서,
그렇지? 이 어마어마한 감방에 처박아놔도 안심 못 하겠지? 어쨌
든 어느 날 갑자기 내 몸이 불타오를지도 모르고 말이야."

보머의 속뜻을 이해할 수 없었다. 왜 갑자기 간수를 도발하는
걸까.

설마…….

노엘은 조금 더 상황을 지켜보기로 했다.

"……수다는 적당히 해라, 드레셀. 가족이 경찰이라고 해도 특
별 취급은 없다."

간수의 신경은 온통 보머에 집중되어 있었다.

지금이다.

지금 여기서 뭐든 해야 한다.

하지만 지금 튀어 나가면 간수도 노엘을 발견하고 말 터였다.

"이봐. 이건 서비스냐?"

보머가 다시 의미 모를 말을 하기 시작했다.

"소중한 열쇠 꾸러미가 떨어졌다고."

바닥엔 아무것도 떨어지지 않았다.

하지만 히죽거리는 보머에게 낚인 간수는 보머가 가리킨 곳에 눈을 돌리고 말았다.

"크큭. 이런 거까지 죄수가 가르쳐 줘야 하냐. 거기다. 거기. 어두워서 안 보이면 쪼그려서 찾던지."

"……아까 네가 던진 스프잖아. 그리고 열쇠 꾸러미라면 허리에 잘—."

"그래, 맞아. 그치만 너무 늦게 알아차린 거 같네?"

노엘이 이미 거기에 있었다.

"용서하세요!"

의족 뒷굽으로 간수의 뒤통수를 한 방 먹였다.

"나이스 슛."

보머가 단조롭게 탄성을 내뱉었다.

숟가락을 쥔 채 간수는 그 자리에 쓰러졌다.

쇠창살을 사이에 두고 노엘과 보머는 마주했다.

좀 전의 불꽃을 보았기 때문에, 노엘은 그다지 쇠창살 가까이에 다가가고 싶지 않았다. 하지만 보머는 이런 위험한 것에도 익숙해졌는지, 지금도 쇠창살에 코끝이 닿을 정도로 가까이 다가왔다.

"여전히 좋은 킥을 차는군, 철골처럼 목도 부러지는 줄 알았다."

"……당신이 보머?"

"물론이지. 어디의 누구 씨한테 당해서 감옥에 처박힌 불쌍한 『폭열의 마인』— 〈폭탄마〉 후고 드레셀이다. 오랜만이군, 노엘 체르퀘티."

실실거리는 태도로 어깨를 으쓱이는 보머를 노엘은 아무 말 없이 물끄러미 바라보았다.

보머는 팔짱을 끼고 씰룩 한쪽 눈썹을 치켜 올렸다.

"뭐야, 내 얼굴에 불만이라도 있나?"

"……음, 뭐, 상상하던 얼굴과 상당히 다르네요……."

"좋아서 이런 얼굴인 줄 아냐? 섬세함이 없는 여자군."

"아니, 그런 말이 아니라……."

"그럼 뭐지?"

"……."

설마 금발의 녹색 눈에 비교적 잘생긴 얼굴일 줄은 몰랐다고.

굳이 말하지 않았다.

에메랄드빛 눈은 그의 형과 완전히 똑같았다.

하지만 보머가 말하는 것도 이해가 갔다. 그의 얼굴에는— 심한 화상 자국이 있었다. 특히 왼쪽 눈 주변은 피부색도 바뀌어 있었고 주름도 잡혀있었다.

잘 보니 목덜미에도 같은 흉터가 있었다. 이 모습이라면, 아마 전신에도 같은 흉터가 있을 것이다.

"너, 분위기가 좀 바뀐 것 같군. 눈도 동요하지 않는 게, 뭐랄까, 눈빛이 날카로워졌어."

"그런가요."

"그리고 눈 한쪽이 없어졌고. 왼팔이 난 걸 보니 〈대가〉로 빼앗긴 건가?"

"……."

"복수는 포기하지 않은 것 같네. 훌륭하군, 훌륭해."

크크큭하고 보머가 작게 웃었다. 노엘도 엉겁결에 살짝 미소를 지었다.

눈빛이 바뀐 것은 스스로도 알 수 있었다. 보머와 싸우고 난 후로 여러 일이 있었고, 그것들을 전부 극복했으니까.

"그래서, 뭐지? 이런 곳까지 네가 뭐하러 온 거냐? 그리고 네 파트너인 그 새 머리는 어디 간 거지?"

"저도 가능하면 이런 곳에 오고 싶지 않았어요. 당신 같은 야만인과는 두 번 다시 만나고 싶지 않았어요. ……카론은—."

아니, 지금은 그것보다도 먼저 해야 할 얘기가 있었다. 보머의 흥미를 끌어야 했다.

"여기에는 당신의 형인…… 오스카의 소개로 온 거예요."

노엘의 예상이 적중했다. 평온한 척했지만, 보머의 얼굴색이 바뀐 것을 알 수 있었다.

오스카는 여기에 있는 동생으로 머릿속이 가득 차 있었다. 이 반응으로만 봤을 때, 동생도 나름대로 형을 걱정하고 있었던 듯했다.

"형하고도 싸웠다는 거냐?"

"네, 뭐 여러 일이 있었죠······. 지금은 병원에서 치료받고 있을 거예요······."

헤어질 때, 「난 괜찮다」라고 말했던 오스카의 모습이 눈에 선했다.

굉장히 괜찮아 보이지 않았지만, 응급차가 오고 있었던 건 확실했다.

보머는 뭔가 말하고 싶은 눈치였지만, 그저 가만히 노엘을 바라보았다.

그 수십 초간, 그가 무엇을 생각했는지는 알 수 없었다.

"······흠. 자세히 말해 봐."

이윽고 낮은 목소리로 짧게, 그는 정색하며 그렇게 말했다.

너무 시간을 지체해서는 안 될 상황이었지만, 노엘은 숨김없이 경위를 이야기했다.

"—그렇군. 대강 알았어. 네 성가신 친구가 버로우즈 쪽에 붙었고, 형은 그 망할 여장 남자한테 이용당하고 버려졌고, 카론은 끌려갔다."

"······네, 맞아요."

"그래서 나를 찾아왔다는 건가. 서로 죽이려 했던 나를."

"그래요."

"절체절명이군. 체면 따윈 버렸다는 건가. 웃기는군."

아무 말도 나오지 않았다. 노엘은 보머의 얼굴을 똑바로 바라볼 수 없었다.

"······그 바보 자식이."

하지만 갑자기 보머가 그렇게 말을 뱉었기 때문에, 무심코 얼굴을 들어 올렸다. 보머는 그 눈빛을 외면한 채 험악한 얼굴을 지었다. 웃긴 얘기라고 말하면서 전혀 웃지 않았다.

"그 녀석, 경찰 주제에 마인이 됐나 했더니만, 그렇게 이용당하고 버려지다니. 그 망할 여장 남자도 엄청난 능구렁이지만······. 그렇긴 해도 정말 꼴사납군······."

노엘과 카론보다 형에 관한 얘기가 중요한 모양이었다. 분명 그렇긴 해도 너무 노골적이었다.

하지만 보머의 마음을 움직인다면 바로 지금이 포인트였다. 오스카를 거론할 수밖에 없다.

"어쨌든, 오스카는 당신을 구하기 위해서 버로우즈 시장과 싸울 결심을 했어요. 저희에게 지고, 시장에게도 버려진 지금의 당신이라면, 형의 마음이 조금은 이해가 되지 않나요?"

"하! 다 안다는 듯이 말하지 마라. 꼬맹이 주제에 다른 사람 사정에 참견질이라니."

큰일이다. 살짝 돌직구였나.

보머가 자신을 퇴짜 놓으려는 것을 알아채고, 노엘은 약간 간담이 서늘해졌다.

"꽤나 잘나 지셨군, 노엘 체르퀘티? 네 사정 따위 내 알 바 아니다. 버로우즈도 형도 다 옛날 얘기야. 난 말이야, 이미 다 태워 버렸단 말이다."

"네?"

"여기는 최악이야. 사상 최악의 처형을 기다리는 대기실. 그래도 버로우즈든 망할 여장 남자든 멍청한 형이 알짱대는 지상보다는 여기가 한가롭지."

보머는 휙하고 등을 돌려 침대에 누웠다.

이런 곳에서 유유자적하게 지내고 싶은 인간이 있을 리가 없다. 심한 습기에 식사도 형편없고, 자칫 잘못하면 닿기만 해도 큰일이 날 법한 쇠창살에 갇혀있다.

자신을 납득시켜 보라는 것인가. 하지만, 확실히 보머에게는 노엘을 구할 의리 같은 건 눈곱만큼도 없었다.

여기서 조금만 말을 잘못하면, 보머는 진심으로 화를 내거나 완전히 노엘에게서 흥미를 잃을 것이다.

이미 교도소 안 경비는 강화되었고, 언제 이곳의 이상을 눈치챌 지도 몰랐다. 노엘은 목숨을 걸고 보머를 설득할 수밖에 없었다.

─얕보였다간 이대로 끝이에요. 카론이라면 이런 게 특기겠지 만, 지금은 저 혼자서 어떻게든 해야 해요. 적어도 태도만이라도 그와 대등하게…….

"……저와 함께 가주세요, 보머."

"뭐?"

"당신, 『형은 이용당하고 버려졌다』고 말했죠. 당신도 버로우즈 시장에게 이용당하고 버려졌기 때문에 여기 있는 거 아닌가요? 정말로 이대로 괜찮은가요? 형은 저와 함께 싸우려고 하는데."

굉장히 불편해 보이는 침대 위에서 보머는 노엘을 반쯤 노려보 았다. 그렇지만, 그렇게 화가 난 것처럼 보이진 않았다.

"……호오. 제철소에선 제대로 말도 못하더니. 세상 물정 모르 는 아가씨였지."

"카론이 없다고 절 얕보지 말아 주세요. 제게 협력한다면, 여기 서 나가게 해주겠어요. 이런 말도 안 되는 곳에서 유유자적지낼 수 있을 리가 없는걸요."

"오오, 세게 나오는데. 『부디 협력해주세요』라고 말해야 하는 거 아니냐? 어차피 넌 내 힘이 없으면 여기에서 살아나갈 수도 없는 상태일 텐데."

"……그게 뭐 어쨌다는 거죠? 제가 지금 당신의 운명을 쥐고 있다는 덴 변함이 없어요."

"뭐? 뭐가 어째?"

"당신의 성격과 능력으로 볼 때, 상처가 다 나았는데 여기서 조용히 갇혀있을 리가 없어요. 탈옥하지 않는 건, 하고 싶어도 할 수 없으니까. 이 독방, 쇠창살에 전류가 흐르는 게 다가 아니죠?"

보머가 입을 꾹 다물고 노엘에게 눈을 돌렸다.

속을 떠본 것뿐인데 정곡을 찌른 것 같다.

이 반응으로 볼 때, 그는 몇 번 탈옥을 시도했을 것이 틀림없었다. 보머의 능력이 통하지 않는다는 건, 상당한 내열성을 지닌 것일지도 모른다.

"분명 당신은 저보다 강해요. 하지만 이 감옥 안에 있는 이상, 당신도 저와 전혀 다를 것 없어요."

"쳇……."

"전 당신에게 협력을 부탁하려고 온 게 아니에요. 거기에서 꺼내줄 테니까 대신 힘을 빌려달라고 거래를 하러 온 거죠."

"……흠. 악마 같은 소리를 지껄이는군……."

"그런 놈들하고 똑같이 취급하지 마세요. 전, 불합리한 〈대가〉는 받지 않아요."

노엘이 살짝 미소를 지어 보이자, 보머도 쓴웃음을 지었다.

"손해는 아닐 거예요. 이왕 하는 거 반드시 완수해낼 거니까요. 하지만 그러기 위해서는…… 라프라스와 싸우기 위해서는 카론이 필요해요. 그가 얼마나 강한지는 잘 알고 있죠?"

"그래, 뭐. 제기랄."

"복수를 되찾아야 해요. 이대론 끝낼 수 없어요. 제 복수에 당신의 힘을 빌려주세요. 후고 드레셀!"

노엘은 사실 필사적이었다. 자신이 지금 무슨 말을 하고 있는지도 모를 정도였지만, 그 말에 거짓은 없었다. 자신의 마음을 그대로 표출했다.

보머도 마지막엔 물끄러미 노엘을 진지한 눈빛으로 응시했다. 노엘이 하고 싶은 말을 다 말한 후 입을 다물자, 그는 한 번 고양이처럼 천천히 눈을 깜빡였다.

"……정말로 놀랍군. 대악마에게 어리광만 피우고, 풋내기 티를 팍팍 내던 꼬맹이가, 이렇게까지 말할 수 있게 될 줄이야."

"……"

"게다가 아무리 해도 말이 안 통하는 형을 자기편으로 끌어들이고, 진짜로 도시 하나를 적으로 돌리려고 할 줄은……"

하아.

보머는 크게 한숨을 내쉬었다.

"알았다. 말로 하는 건 여기까지다. 내 힘을 빌리고 싶다면, 말이 다가 아니라는 걸 증명해봐라."

"증명?"

"카론이 없어도 네 배짱을 보여줄 수 있는지, 증명하란 말이다."

보머는 얼굴을 찌푸렸다. 녹색 눈을 내리깔고 분한 듯 중얼거렸다.

"말뿐인 녀석은…… 이제 지긋지긋하니까."

여기에는 없는 누군가를 향한 말.

보머는 누구에게 무슨 화가 쌓인 것일까.

노엘은 왜 그런지 알아차렸지만, 굳이 입 밖으로 꺼내지 않았다.
보머가 좀 전에 말한 것처럼 이건 『다른 사람의 사정』일 뿐이다.

"알겠어요, 좋아요. 구체적으로 뭘 하라는 거죠?"

"그래……. 일단은 거기 쓰러진 놈의 허리에서 열쇠 꾸러미를 꺼
내서 문 좀 열어줘. 본격적인 얘기는 그 이후에 하겠다."

보머는 씨익하고 크게 웃었다.

왠지 그의 말에 이용당하는 느낌이 없진 않았지만, 노엘은 일
단 따르기로 했다. 하지만 쇠창살에는 고압 전류가 흐르고 있을
터. 문의 열쇠 구멍은 찾았지만, 노엘은 열쇠를 꽂기 망설여졌다.

"아아, 그렇군. 저 『감시실』에 가 봐. 아마 스위치 같은 게 있을
거야."

"……그렇겠네요."

보머가 말한 대로 건너편 작은 방으로 들어갔다.

예상대로 거기는 평소에 간수가 대기하는 공간인 것 같았다. 모니터와 콘솔이 여러 개 있었다. 좁은 방으로, 쓸만한 것은 보이지 않았다. 스위치로 보이는 것은 닥치는 대로 껐다.

문득 얼굴을 들어 올린다.

노엘은 등골이 오싹해졌다.

어디에 있는 감시 카메라 영상인지는 알 수 없었지만……, 몇 개의 모니터에는 수많은 경비원이 이리저리 뛰어다니는 모습이 찍히고 있었다. 그중 하나엔 본 적 있는 방을 찍은 영상이 있었다.

이 특별 독방을 찍고 있었다. 경비원들이 하나둘 모이기 시작했다.

노엘은 놀라서 밖으로 나왔다. 보머는 태평하게 트레이로 쇠창살을 치고 있었다. 예상대로 고압 전류를 끊은 것 같았다.

"이봐. 방 안에 내 가스마스크랑 폭탄은 없었나?"

"네? 그런 건 없었는데요."

"쳇, 그러냐."

"가스마스크 같은 건 지금 같은 상황에서 어떻게 되든 상관없지 않나요?"

"시끄러, 그건 내 맘에 들었던 거라고. 특별 주문한 거야."

"……그럼. 열쇠로 열어 볼게요."

노엘은 열쇠를 손에 쥐고, 다시 보머를 바라보았다.

더 이상 그는 실실거리지 않았다. 노엘에게 어느 정도 흥미를 느끼고 있었다. 다만…… 어떻게 하면 그가 정말로 『인정』할까. 노엘은 그것을 좀처럼 알 수 없었다.

여기서 이렇게 서로 노려보는 시간조차 아까웠지만, 초조함을 내보이고 싶진 않았다.

"크큭. 신중한 건 좋은 거다. 너무 쉽게 사람을 믿어버리는 바보가 아니라 다행이군."

왠지 흘려들을 수 없었다.

분명 그 이유는 이런 처지에 놓이게 된 발단이, 노엘이 시빌라 베커의 이야기를 너무 쉽게 믿어버린 것이기 때문이다.

―으윽, 떠올리기 싫었는데.

하지만 이렇게 흥정을 할 수 있게 됐다는 건, 자신도 확실히 성장하고 있다는 것일까. 아니면 단순히 인간 불신이 되어버린 것뿐일까…….

노엘을 이런저런 생각에 빠지게 해놓고, 모르는 척 보머가 말했다.

"뭐, 나도 일단 버로우즈 자식이 맘에 안 들기도 했어. 너와 거래하는 것도 나쁘지 않겠지. 단, 난 말뿐인 약해빠진 녀석은 더맘에 안 들어."

"……대충 둘러대서 일단 감옥을 열게 하려는 건 아니죠?"

"그렇게 생각하는 건 네 맘이지만, 난 이제 심리전 같은 건 할생각 없어. 간단한 거지― 여기를 살아서 탈출해 봐."

"……네?……"

"난 여기서 나가면 폭열의 마인으로서 난동을 피우며 화려하게 탈옥할 거야. 여기는 불꽃에 휩싸여 지옥이 되겠지. 크크큭……. 하지만, 난 네 뒤치다꺼리를 할 생각은 없다."

"즉, 『폭열의 마인』을 제 힘으로 쫓아와 보라는 건가요?"

"그래. 그게 가능하다면 네 승리다. 깔끔하게 카론 탈환에 협력해주지. 실패하면, 네 패배. 넌 말만 번지르르할 뿐, 입만 산 약한 놈인 거다."

그의 형인 오스카가 말했다.

『그 녀석은 「힘」과 「강함」에서 특별한 것을 찾고 있다』

틀림없었다.

카론과 싸울 때는 더 심했는데 승부에서 진 후 냉정해진 것인가. 아니, 그래도 근본적인 것은 하나도 바뀌지 않은 것처럼 보였다. 그것이 좋은 것인지 나쁜 것인지 알 수 없었다.

"……절 속이는 건 아니겠죠?"

"여기까지 와서 뭘 쪼는 거야, 빨리 결정해!"

갑자기 기분이 상했다. 아무래도 그는 발화점이 낮은 듯했다. 성가셔지기 전에 노엘은 열쇠로 문을 열었다.

보머가 독방에서 나왔다.

신기하게도 공격당할 것 같은 느낌은 들지 않았다.

보머는 쇠창살 밖에서 만족한 듯 기지개를 켰다.

"좋았어! 그럼 얼른 가자, 준비는 됐겠지?"

"혹시나 해서 미리 말해두는데요, 불 속을 아무렇지 않게 걸어 나갈 수 있는 건 당신뿐이에요."

"너도 의족이니 불 속을 걸을 수는 있겠지. 그럼, 살아서 정문 앞에서 보자!"

폭발했다.

라고 밖에 말할 수 없었다.

보머는 갑자기 전력으로 불타올랐다. 그리고 달려나갔다.

"어, 자, 잠깐……."

콰앙 쾅. 좁은 지하에 폭발음이 울려 퍼졌다. 어두컴컴했던 주위가 금세 붉은빛으로 밝아졌다. 여기저기서 불타오르기 시작하자 순식간에 연기가 가득 찼다.

보머의 모습이 겨우 몇십 초 만에 사라졌다.

"기, 기다려요!"

이 목소리가 들렸을까. 노엘의 귀에는 보머가 계단을 뛰어 올라가는 소리가 희미하게 들렸다.

노엘은 지하 구석에 쓰러진 간수를 언뜻 보았다. 여기에 내버려 두면 큰일 날 것 같았지만…… 지금은 누군가를 신경 쓸 때가 아니었다.

그저 일을 성실하게 했을 뿐인 간수의 무사를 기원하면서, 노엘은 연기와 불꽃 속을 빠져나갔다.

어디까지 이어질지 불안에 떨며 조심조심 내려온 계단. 여기도 노엘이 올라가기 시작할 땐 이미 한여름 무더위보다 더 뜨거워져 있었다.

노엘은 자신이 의족을 차고 있다는 것도 잊고 황급히 올라갔다.

온몸에 탄 냄새를 흠뻑 뒤집어쓰고 지상으로 뛰쳐나왔다.

노엘은 완전히 질렸다.

드론은 검게 타며 굴러다녔다. 의자와 테이블 같은 설비도 거의 불타있었다. 정평이 난대로다.

"뜨거워! 뜨거워어어!!"

그런 처참한 비명을 지르며 나뒹구는 경비원도 있었다.

노엘은 반사적으로 그 남자를 구하려 했지만, 다행히 바로 불이 꺼졌다. 그다음에 눈에 들어온 것은 출입구 문 앞에 선 보머였다.

"잠깐만요, 보머! 저 사람에게 불을?!"

"뭐? 그딴 거 난 몰라. 혼자 당황해서 넘어지고, 멋대로 불덩이가 됐다고!"

"모를 리가 없잖아요! 것보다, 설마 절 기다려준 건가요?"

"아냐! 여기 잠금장치가 걸려서 안 열려. 방화문이고. 경비원과 간수들이 도망칠 때 문을 잠그고 갔어."

"어……, 그, 그럼……."

노엘은 실내를 둘러보았다. 좀 전에 나뒹굴던 경비원 이외에도 두 명 정도 더 바닥에 엎드려 쓰러져 있었다. 그들은 버려진 건가.

노엘은 왠지 화가 치밀어 올랐다. 이 교도소가 정상이 아닌 줄은 알았지만―.

이번 기회에 보머의 손으로 전부 타버리는 편이 낫겠다.

"됐어. 그 녀석들은 내버려둬. 너, 여기로 들어온 거면 문 열 수 있는 거지?"

"빚 하나 진 거예요."

사실 노엘도 빌린 것이었다. 여기를 지나올 수 있었던 건 오스카 덕분이었다.

문 잠금장치에 카드를 긁었다. 전기는 아직 통하는 듯 문이 열렸다.

"자, 이제부터는 전력으로 가겠어!!"

노엘은 보머의 외침에 귀를 의심했다.

―아, 아직 전력이 아니었다는 말인가요?! 이게?!

"으악― 꺄아악!"

노엘은 참지 못하고 비명을 지르고 말았다.

앞머리가 탔다, 확실하게.

보머는 눈 깜짝할 새에 활활 타오르는 불덩이를 만들어, 굉음과 함께 밖으로 튀어 나갔다. 바깥 공기는 이미 사이렌 소리에 완전히 메워져 있었다. 거기에 총성과 폭발음, 고함 소리와 비명이 더해져 갔다.

순식간에— 지옥.

활활 타올랐다.

활활 타올랐다.

—이, 이대로라면 정말로 저도 불길에 휩싸이고 말 거예요!

비명을 지르며 도망치는 경비원이 있다면, 도망치는 동료를 질타하며 보머를 쫓는 용감한 자도 있었다. 보머는 물론 아무도, 노엘은 안중에도 없었다.

노엘은 전쟁을 모르고 자랐다. 하지만 분명, 전장은 이런 느낌일 것이다.

지옥.

"이런 곳에서 쓰러질 수 없어요……!"

열기로 이미 온몸은 땀과 그을음투성이였다.

하지만 보머와 만나기 전까지 느꼈던 앞이 캄캄하고 답답했던 『불안』은 느낄 수 없었다. 보머가 뿜어내는 폭염이, 노엘의 마음까지 끓어오르게 했다.

피로도 쌓였을 테지만 노엘은 불꽃을 헤쳐나가면서 점점 앞으로 나아갔다.

보머에게 이끌리듯, 끌려가는 듯.

총성이 울리는 빈도가 줄어들었다. 그리고 보머의 포효가 들려왔다.

불꽃을 거느리며 녹색 눈을 반짝거리는 보머가 노엘을 향해 달려왔다.

"어이, 여기 있는 녀석들 미친 것 같아! 제대로 겨냥하지도 않고 마구 총을 갈겨대!"

완전히 들떠 있었다. 뭐가 그리 즐거운지 그는 그렇게 외치며 웃었다.

"다, 다다다당신도 위험하고 미친 것 같아요!"

"귀찮으니까, 네가 저 녀석들 상대 좀 해라! 그럼!"

"네?!"

보머는 아무래도…… 불리하다고 생각하고 도망쳐 온 것 같았다.

총을 가진 여러 명의 경비원이 쫓아왔다.

"자, 봐라. 저 여자! 침입자는 저 녀석인 것 같다!"

"누구든 상관없어, 잘도 여기까지 멋대로 들어오다니!"

"어쨌든 잡아라!"

"아니다, 죽여라! 쏴 죽여!"

그들은 거의 패닉 상태였다. 아마 공포와 분노와 열기로 인해.

"뭣……, 설마 미끼로 이용한 건가요?!"

미끼라기보다 그저 적을 떠넘겼다.

노엘도 이미 패닉 상태였다. 어디로 어떻게 도망쳐야 할지 전혀 감이 오지 않았다. 어쨌든 가까이에서 폭발이 일어나고, 뭔가가 불타오르며 검은 연기와 하얀 연기가 자욱했다…….

그렇게 고생하고 벌벌 떨면서 노엘이 신중하게 걸어온 교도소 부지. 그곳을 보머는 웃으며 총알처럼 질주했다.

독방에서 얘기할 때, 보머는 뭔가 개운한 것처럼 보였다. 마치 안정된 것처럼.

─그렇게 생각했던 제가 바보였어요……!

그의 본질은 전혀 바뀌지 않았다. 정신 나간 파괴마, 폭탄마였다. 게다가 그는 때때로 자신이 저질러 놓고 콜록콜록 기침을 했다. 역시 어떻게 된 것 같다.

정신이 들자 노엘은 제2 교도소 문에 다다랐다.

뒤를 돌아보았다.

불타오르고 있었다…….

내일 라프라스 신문 1면은 이 불꽃이 장식할 것이다.

"오! 용케 살아있잖아. 안심했다."

태연한 목소리에 노엘은 오만상을 찌푸리며 돌아보았다. 거기엔 보머가 서 있었다.

한발 앞서 그가 『탈옥』한 것이다. 보머는 이미 문밖에 있었다.

"아, 아까는 잘도 절 미끼로 썼군요?!"

"네 뒤치다꺼리는 할 생각 없다고 했잖아."

"그리고…… 이거, 너무 다 불태운 거 같아요! 이러다간 죽은 사람도 나오게 생겼잖아요!"

"뭐라고? 뭔 소리를 하는 거냐. 우린 탈옥하려고 했다고. 감옥 놈들을 봐줘서 뭘 어쩌겠다는 거냐."

귀찮다는 듯 말을 툭 내뱉은 후, 보머는 천천히 오른손을 올렸다.

"그것보다, 아직 안 끝났어."

부웅하고 보머가 오른손을 힘껏 휘둘렀다.

쿠웅. 열을 품은 바람이 소리를 냈다.

노엘과 보머 사이에, 불꽃 벽이 나타났다. 마른 잡초가 타닥타닥 타며 갈라졌다.

"자, 이럴 때 어떻게 할 거냐, 노엘?! 좀 더 내게 네 힘을 보여라!"

"다, 당신 정말……! 절 돌보지 않는 건 당신 맘이지만, 방해해서 어쩌겠다는 거죠?!"

그래, 그건 잘 알고 있다.

미쳤다.

제대로 된 인간은 악마와 계약 따위 하지 않는다.

"미안. 너무 재밌어져서 말이야……! 이래봬도 난 너에게 기대하고 있다고. 네가 나름대로 아수라장을 빠져나온 걸 알고 있으니까! 하하하하하하……!"

"……재밌어졌다고요? ……전, 놀러 온 게 아니란 말이에요."

어떤 불만을 말해도 그에게 통하지 않았다. 노엘의 기분 같은 건 이해할 생각도 없을 것이다.

노엘의 주먹이 떨렸다.

넘지 못할 줄 아는 건가.

여기서 울음을 터뜨릴 줄 아는 건가.

쩔쩔맬 줄 아는 건가.

보머는 배를 움켜쥐고 껄껄 웃었다.

"적당히 좀—."

노엘이 폭발했다.

보머처럼, 불덩이처럼, 총알처럼.

불꽃 벽을 깨부수고

"하세요————!!!!"

문을 넘어, 보머에게 박치기를 먹였다.

가족

살짝 눈을 뜬 채 무슨 일이 일어났는지 잘 모르겠다는 얼굴을
한 지 수십 초 후.

보머는 벌떡 몸을 일으키고 콜록콜록 격하게 기침을 했다.

"정신이 들었어요?"

기침이 멎은 보머는 주위를 둘러보았다.

뒤돌아보며, 검은 연기가 피어오르는 교도소를 보았다.

"어이……, 아니, 설마 내가……."

"당신이 너무 얕보니까 한 방 날렸어요. 그랬더니 풀썩 기절하
던데요. 깔끔하게. 간단히."

노엘의 분노와 짜증과 화가 꽤 진정된 상태였다. 혼신의 박치기
이기는 했지만, 한 방에 보머가 날아가 기절할 줄은 몰랐다.

기절한 보머를 끌어서 바위 밑으로 옮겼다. 생각했던 것 이상으
로 보머는 가벼웠다.

특별 독방에서 제대로 된 식사를 하지 못했는지, 아니면 가혹
한 생활로 노엘에게도 힘이 붙은 건지…….

보머는 아무 말도 하지 않았다. 애니메이션 캐릭터처럼 눈을 껌

뻑였다. 자기 자신도 기절할 줄은 상상도 못 했던 모양이었다.

"제가 입만 산 게 아니라는 거, 이 정도면 증명됐겠죠?"

"하! 이건 아니지! 난 독방 생활로 피로가 쌓여서 그런 거라고. 마스크도 없고……."

보머가 일어섰다. 그가 기절했던 건 겨우 몇 분이었다. 그리고 이젠 완전히 상태가 돌아온 것처럼 보였다.

"어, 어쨌든! 원래는 네 박치기 같은 거로 날 쓰러뜨릴 순 없단 말이다."

"그래도 약속은 확실히 지켜요! 당신은 카론을 구출하는데 협력해 줘야겠어요!"

"~~~~~으으으!"

보머는 이를 갈면서 마음속 깊이 분한 얼굴로 금발을 헝클어뜨렸다. 당장이라도 어린애처럼 발을 동동 구를 것만 같은 분위기였다.

10초간 충분히 분해한 후, 보머는 앗 하고 짧고 강하게 숨을 쉬었다.

"알았다고, 어쩔 수 없지……. 나도 남자다. 불꽃 속에 뛰어들 정도의 근성을 보여준 이상, 두말하지 않겠다."

"정말이죠?"

"그래. 네가 입만 산 게 아니란 건…… 인정하지."

"목소리가 작아요!"

"인! 정! 한! 다! 고! 이걸로 됐냐, 어어?!"

완전히 자포자기였다. 그의 발언과 태도에 불량한 기가 가득했다. 이 이상 장난치면 진짜로 화낼지도 몰랐다. 노엘은 이 정도로 만족했다.

"어이, 어이. 어제의 적은 뭐였지, 뭐 그런 건가. 일이 묘하게 됐군……. 뭐, 사회에서 삐져나온 마인 동지끼리 잘 해보자고."

"네, 잘 부탁해요, 보머. 아니면…… 후고라고 부르는 게 좋나요?"

"난…… 그렇군……. 보머가 더 좋다."

두 사람은 눈을 맞추고 조용히 웃었다.

라프라스 시가지로 이어지는 유일한 도로를 달려 소방차와 경찰차가 다가오고 있었다.

교도소의 경비원도 딱히 죽이려 한 건 아니었다. 이제 곧 이 주변은 탈옥범을 찾기 위한 수색대로 인해 소란스러워질 것이다.

"일단 어디 자리를 잡아야겠어. 카론을 구하려면 작전 회의부터 해야 하고, 제대로 된 밥도 먹고 싶고 샤워도 하고 싶어."

"동감이에요. 특히 샤워. 이젠 땀으로 온몸이 끈적끈적해요. 누구 씨 때문에."

"이대로 제철소로 가자. 괜찮나?"

"무시? 당신, 지금 절 무시한 거죠?"

"시끄러워, 하나하나 말꼬리 잡지 마! 잡히고 싶어?!"

이 상태로는 샤워나 식사를 하기도 전에 대판 싸울 것 같았다.

노엘은 조금 반성했다. 무심코 카론에게 대할 때와 똑같은 태도를 보여버린 자신에 대해.

보머는 카론보다도 발화점이 낮았다. 좀 전의 박치기로 한 건 하긴 했지만, 진심으로 화내면 감당할 수 없을 것이다. 어쨌든, 보머는 이전에 카론과 막상막하로 싸웠으니까.

"제철소라면, 당신과 싸웠던…… 거기?"

"그래. 거기는 내 근거지다. 욕조는 없지만, 제대로 뜨거운 물이 나오는 샤워 시설 완비. 전기도 통하고, 전파도 일단은 통하고, 침대도 있다. 최고라고."

"……딱히 그렇게 편해 보이진 않던데……."

노엘의 기억에 남아 있는 건, 눈부시게 빛나며 부글부글 끓어오르던 용광로. 서 있기만 해도 땀이 흐르는 열기와 먼지 냄새가 가득한 폐허였다.

"크큭. 너를 끌고 가서, 그대로 리벤지 매치를 하고 싶군."

"막 독방에서 나와서 피곤하죠? 저한테 맞아서 기절하는 상태로 무슨 리벤지예요?"

"핫…… 그거 미안하게 됐네."

바위와 나무들 사이로, 경찰 램프를 번쩍이며 떠나는 경찰 차량을 바라보았다.

소방차의 사이렌은 두통을 일으킬 정도로 시끄러웠다.

노엘과 보머는 거기서부터 몇 시간을 계속 걸었다.

목적지에 도착한 것은 이미 해는 지고 난 후였다.

라프라스 교외의 폐 제철소. 후고 드레셀과 그 패거리가 모여서 〈드레셀 제철소〉라고도 조롱받던 폐허.

크게 다친 질리안을 여기로 납치하고, 노엘과 카론은 보머와 싸웠다.

그렇게 오래된 일도 아닌데, 노엘에게는 이상하게 그립게 느껴졌다.

"후우. 도착, 도착. 그대로군."

"어라……. 근데 잠깐만요. 왠지 좀 이상해요. 사람이 기척이―"

폐허일 텐데 하고 노엘이 생각하던 그때였다.

건물 안 그늘 속에서 우르르 몇 명의 남자들이 모습을 나타냈다.

모두, 한눈에 『선량한 일반 시민』으로는 보이지 않는 몸과 얼굴. 그중에는 왠지 노엘도 본 적이 있는 듯한 건달도 있었다.

"누군가 했더니, 보머 아닌가!"

"하하하핫, 아직 교수형을 당하진 않았나 보네."

"엄청나군! 정말 탈옥한 건가! 무슨 드라마 찍냐!"

모두 기쁜 듯 보머를 둘러쌌다.

보머는 처음엔 멍한 표정이었지만, 결국 쓴웃음을 지어 보였다.

"뭐냐, 너희들. 아직 이런 곳에 있었던 건가."

"이제 와서 우리 같은 놈들한테 딱히 갈 데가 달리 있겠어? 보스는 너 하나다."

"탈옥이라니, 너무 무모한 거 아니야? 몸이 엉망이 됐네. 하지만 네가 얌전히 거기 처박혀 있지 않을 것 같지 않긴 했어."

"아, 맞다. 잠깐, 이 꼬맹이는……."

왠지 본 기억이 있는 건달이 노엘을 알아보고 눈이 동그래졌다. 아무래도 그쪽도 노엘을 기억하는 것 같았다.

그 한마디로 모두의 시선이 노엘에게 집중되었다. 적의는 느낄 수 없었지만, 명백하게 외부자를 보는 눈빛이었다. 하지만 당황스러운 건 노엘도 마찬가지였다.

"뭐, 뭐예요, 보머. 이 사람들은?"

"크크큭……. 안심해라. 이 녀석들은 내 전력의 일부야. 넌 얼굴을 까먹은 것 같은데, 이 녀석하고 이 녀석은…… 그때 제철소에서 싸웠을 거다."

노엘은 기억이 떠올랐다.

그러고 보니, 보머는 슬럼의 건달들을 자기편으로 끌어들여 갱 비슷하게 집단행동을 했었다. 질리안을 구하러 왔을 때도 그『동료』들의 방해를 받았다.

당시 노엘은 거의 아무것도 하지 않았다. 전부 카론이 간단하게
처리해 주었다.

잘 보니 이가 없는 남자도 있고, 얼굴에 발톱 자국이 난 남자도
있었다.

"······그때, 당신의 부하였던 사람들이군요. 그걸 알고 나니 더
안심할 수 없겠는데요······."

"버로우즈와 연결된 놈은 없어."

"······."

"알았다, 설명하면 되잖아. 귀찮게말야, 정말······."

보머는 진정으로 귀찮은 듯, 건달들에게 설명해다.

노엘이 탈옥을 도와준 것. 버로우즈와 진심으로 싸우고 있다는
것. 그리고 보머는 노엘에게 협력할 거라는 것도.

노엘은 이제 적이 아니다.

손을 대면 나름의 대처를 할 것이라고.

—으윽······, 납득할까요? **이런** 사람들이······. 카론도 없고, 저
한테 분풀이라도 하면 견딜 수 없을 거예요.

노엘은 안절부절못했다.

하지만.

"그렇군. 네가 보머를 구해줬다면, 뭐. 퉁친 걸로 하지."

"어……."

"뭐, 잘 지내보자. 이봐, 보머. 난 잠깐 나가서 술이랑 먹을 것 좀 사올게."

"난 파이손을 불러올게."

"자, 그럼 쌓인 얘기는 안에서 하지."

걱정했던 것보다 훨씬 그들은 시원스러웠다. 외부자인 노엘에게 관심을 주기보단 보머의 귀환을 축하하고 싶은 것 같았다.

그들을 너무 나쁘게만 본 것 같아 노엘은 다시 반성했다.

제철소 안은 쓰레기투성이였고, 벽엔 낙서가 늘었다. 용광로에는 아무것도 채워져 있지 않아 그 안의 공기도 차가웠다.

보머가 말한 샤워 시설이라는 건, 과거 이 제철소 직원이 쓰던 것이었다. 너무 오래돼서 바닥도 더럽고 물은 미적지근한 데다가 졸졸 나왔지만, 샤워를 마친 노엘은 완전히 다시 태어난 기분이었다.

보머의 부하들이 사 온 음식은 정크 푸드뿐이었지만, 따뜻했다.

노엘에게 배당된 침대는 정말이지 형편없었다. 쓰레기장에서 주워온 것 같은 매트리스, 여기저기 벌레 먹은 시트와 이불.

그런 침대에 누운 노엘은 오랜만에 깊이 잠들었다.

카론은 어떻게 지내고 있을까.

살아있을까.

험한 꼴을 당하지 않으면 좋겠는데.

어렴풋한 꿈속에서, 노엘의 얼굴이 욱신거렸다.

황금빛으로 빛나는 쇠사슬이 보였다.

꿈인지 환상인지 플래시백인지 알 수 없었다.

『나는 악마의 긍지를 걸고, 계약을 완수할 것이다. 그것이 우리를 잇는, 악마의 계약이라는 〈사슬〉이다』

쇠사슬로 그와 이어져 있다.

―카론. 반드시 구하러 갈게요.

다음 날 아침, 노엘이 옷을 다 갈아입자, 보머가 한 번도 본 적 없는 남자를 데리고 왔다.

안경을 낀 장신의 남자였다. 연령 미상. 어젯밤 보머를 맞이했던 남자들과는 풍기는 분위기가 확연히 달랐고, 보기에는 지적으로 보였다. 복장도 깔끔해서, 라프라스 비즈니스 거리를 걸어 다녀도 하나 손색이 없을 것 같았다.

……그런데, 이런 남자가 이런 폐허에 있다는 게 생뚱맞았다.

그는 노엘과 눈이 맞았을 때, 안경테 끝에 손을 가져갔다. 순간 왼쪽 렌즈에 녹색 빛이 떠오른 것처럼 보였다.

"여, 일어났나, 노엘? 이 녀석은―."

"파이손이라고 부르도록 해, 노엘 체르퀘티. 보머와 내 친구들이 신세를 졌더군. 여러 의미로."

"⋯⋯아, 네⋯⋯."

언동도 전혀 건달처럼 보이지 않았다. 그래서 오히려 수상쩍었다.

게다가 노엘은 그의 친구도 모르고, 누구의 신세를 돌본 기억
도 없었다. 당혹스러워하자, 보머가 히죽이며 설명해 주었다.

"전에 카론이 날려버린 녀석 중에, 이 녀석이 데려온 녀석도 있
었다. 공통된 친구라는 말이지. 카론의 구출에는 이 녀석의 힘도
빌릴 생각이다."

"어⋯⋯. 잠깐만요. 당신의 부하들에게 협력시킬 거라는 말인가요?"

"그래. 머릿수는 많으면 많을수록 좋겠지. 상대는 그 버로우즈—
라프라스 그 자체다. 나와 너, 이렇게 둘이서는 역시 무모할 것
같은데."

"그건, 그, 뭐라고 해야 하나⋯⋯. 신뢰할 수 있는 건가요? 당신 하
나만으로도 위태로운데, 거기에 신원도 수상한 건달까지는 좀⋯⋯."

"후후. 분명 너에겐 신원도 뭣도 없는, 위험한 인물들로만 보일
지도 모르지."

파이손이라 불리는 남자는, 노엘의 말에 기분 나쁜 기색도 없
이, 오히려 쓴웃음에 가까운 웃음을 지어 보였다.

"넌, 과거 라프라스를 좌지우지하던 마피아에 대해 아나?"

"⋯⋯네. 롯소 패밀리와 비앙코 패밀리⋯⋯였었죠."

작년까지, 노엘에게는 이름도 들어본 적 있었는지 가물가물한 정도의 조직. 지금은 어째서 그들이 라프라스에서 모습을 감췄는지 그 진상까지 알고 있다.

라프라스를 실질적으로 지배하던 마피아는 젊은 시의원과 뒤에서 그를 돕던 대악마에 의해 〈제물〉이 되었던 것이다.

일개 시의원이 시장이 되기 위해.

"그렇다. 지금은 거의 사실상 해체됐지. 어디 시장의 그럴듯한 작전 때문에."

파이손은 안경을 고쳐 쓰고 비열하게 웃었다.

"하지만 그건 보스가 살해당하고 간부가 모조리 체포되었기 때문에, 질서가 없어졌을 뿐이다."

양쪽 패밀리 모두, 말단 조직원까지 한 명도 남김없이 체포된 것은 아니었다.

남겨진 말단 조직원의 대부분은 손을 씻지 않은 채, 지하 조직에 뿔뿔이 흩어졌다.

파이손은 『롯소 패밀리의 말단 조직원인 어느 일각』에 대한 이야기를 시작했다.

그들은 라프라스 슬럼에 머물며 이전보다도 더욱 무질서하게 반사회적인 생활을 이어나가고 있었다. 마피아의 속했던 때는 일종의 자긍심을 갖고 있었고, 독특한 규율도 따랐다. 조직이 와해

되자, 그들은 그것조차 잃어버린 것이다.

그곳에 카리스마는 없었다. 아무도 자신이 어디로 가야 할지 모르는 날들.

"하지만 그런 언더 그라운드에 **아무 의미도 없이** 행패를 부리는 소년이 있었다. 놀랍게도, 그는 악마와 계약한 몸이었다."

소년은 너무나도 순수하고 제멋대로였다. 원하는 건 힘뿐. 돈도 여자도 지위에도 흥미를 보이지 않았다. 그저 힘.

『모든 걸 송두리째 바꿔버릴 힘』을 원했다.

전 마피아 중에 강한 녀석이 있을 거라 생각했던 것이리라.

하지만 결국, 그만큼 강한 자는 없었다. 인간은 마인에 대적할 수 없었다.

그의 싸움은 언제나 무모했고 제멋대로였다. 누구에게나 전력을 다했다.

무모함에 걸맞은 그의 힘이 만나 결국— 그 일대에 결여됐던 카리스마가 되었다.

젊은 마인에게는 다른 사람 위에 설 목적도 욕망도 없었지만, 자연스럽게 그를 중심으로 한 갱단이 만들어졌다. 이름도 없이, 그 조직은 라프라스의 언더 그라운드에서 활개를 치게 되었다.

"그게— 보머와 당신들이군요."

"그렇다. 우리는 과거 지하 조직 나름의 이치에 따라 살아왔다.

피와 침묵의 규율에 따라, 우리는 『절대 동료를 배신하지 않는다』.”

조용한 말투였지만, 마지막 말에는 오싹할 정도로 힘이 있었다.

파이손은 그 말을 노엘을 똑바로 바라보며 말했다.

“이제는 적(赤)이 아니라 녹(緑)의 가족이지만.”

“……?”

노엘은 잘 이해가 가지 않는 한 마디였다. 그 말에 억지로 엮어
보자면 파이손의 넥타이가 녹색이라는 정도였다.

그런데, 갑자기 보머가 어째서인지 작은 목소리로 거칠게 말했다.

“아~니, 그거 좀 그만해. 너희가 멋대로 그런 거잖아.”

“맞아, 멋대로 한 거지. 가만히 좀 내버려 둬.”

“저기……. 무슨 말씀을 하는 건지 잘…….”

“—어쨌든! 이 녀석들이 그저 단순한 건달들이 아니란 말이다,
알았어? 이 녀석들은 싸움에 도움이 된다. 그리고 의리 있는 놈
들이야. 썩었어도, 마음으로 움직이는 인간이다.”

보머에게 파이손을 비롯한 건달들은 「어쩌다 보니 멋대로 생겨
난 부하」에 지나지 않았다. 하지만 보머도 그들을 함부로 대할 생
각은 없어 보였다.

그의 싸움법은 엉망진창이고 주변 따윈 아랑곳하지 않는다. 분
명 같이하는 녀석들도 제멋대로 따라온 느낌일 것이다.

그래도 굳이 파이손과 건달들은 따라왔다.

기묘하고 비상식적이지만, 그들의 관계는 정직했다.

"이번 상대는 시장과 경찰, 그리고 네 친구. 이미 뒤에서 살금살금 움직여서 어떻게 될 게 아니야."

언제나 히죽이던 보머의 얼굴에 웃음기가 사라졌다.

"―전쟁이다. 악마를 둘러싼, 권력 없는 쓰레기와 권력 있는 쓰레기의. 카론을 구하려면 수단을 가릴 때가 아니야."

노엘은 끄덕이며 마른침을 삼켰다.

보머만 있으면 충분하리라 여겼지만, 보머 본인은 그렇게 생각하지 않았다. 아마 파이손도 마찬가지일 것이다.

노엘과는 다른 각도에서 버로우즈를 봐 온 두 사람이었다. 그들의 의견은 받아들여야 했다.

노엘은 갑자기 생긴 이 많은 인원을 거느릴 자신이 없었다. 게다가 이번에 협력하기로 한 건 폭주하기 쉬운 보머와 그런 그를 따르는 무법자들.

―하지만 보머와 그들도 결국, 버로우즈 시장에게 이용당했어요. 나와 같은 피해자라고 할 수 있겠네요. 이해가 일치한다면……
만약, 함께 싸울 수 있다면…… 마음이 든든하겠어요.

노엘은 보머을 향해 끄덕였다.

망설이던 건 아주 잠깐뿐이었다.

"분명 그 말 대로예요. 여기까지 왔으면 할 수밖에 없어요. 믿을

게요, 보머."

"흠. 역시 늠름해졌어."

"느, 늠름?!"

"결단력이 강해졌다고나 할까, 과감해진 것 같다."

"그거 소녀한테 할 만한 칭찬이 아니잖아요! 게다가 저에겐 모두 정말 벅찬 상황뿐이에요!"

"딱히 칭찬한 거 아닌데. 그냥, 목적을 위해 대담해지는 녀석이 싫진 않다고."

보머가 이렇게까지 말할 줄이야. 노엘은 말문이 막혔다. 방금 소녀의 마음을 상처입힌 감탄과는 달리, 이건 노엘에게 더할 나위 없는 칭찬이었다.

보머는 정말 칭찬할 의도는 없었는지, 하고 싶은 말을 한 사람처럼 당당하게 팔짱을 꼈다. 살짝 부끄러워진 노엘은 획하고 외면했다.

"그러면 파이손. 모두에게 소개 시켜줘. 난 귀찮으니까 좀 잘게."

"그래, 그게 좋겠군. 어젯밤은 결국 거의 밤새워 마셨지? 푹 쉬고, 마스크 없이 보낸 옥중 생활로 잃은 체력을 회복하도록 해. 네 몸 상태가 걱정이다."

보머는 얼굴을 찡그리며 숨을 내뱉고는 재빨리 물러갔다. 파이손은 잠시 그 뒷모습을 지켜보았다.

"저……. 보머는 몸이 어디가 안 좋나요?"

"미안하지만, 그거에 대해서 내가 할 말은 없다. 자, 가지."

보머에게 직접 물어보라는 말인가. 저 상태라면 솔직하게 털어놓을 것 같지 않지만.

노엘은 파이손의 재촉에 방을 나왔다.

보머의 근거지에 건달이나 전 마피아는 노엘이 생각한 것보다 훨씬 많았다. 그중에는 젊은 여자도 있었고, 이런 누추한 곳에서 동성의 동료가 생길 줄은 몰랐다며 기뻐했다.

슬럼에서 노엘에게 상냥하게 말을 걸어준 여성과 닮아있었다. 노엘은 이러한 여성과 가까이 지낸 적은 없었지만, 모나지 않게 대하기로 결심했다. 노엘 또한 이런 위험한 남자가 잔뜩 있는 환경에 여성이 있을 줄은 상상도 못 했다.

"으음, 이제 그 두 사람을 소개해야 하는데……."

파이손은 약간 곤란한 듯 두리번거렸지만, 의외로 금방 체념했다.

"노엘 양. 갈색 피부에 입이 걸걸한 여자와 입가를 가린 음울한 남자를 보면, 내가 찾고 있다고 전해 주지 않겠나?"

"아…… 네. 또 굉장히 개성적이신 분들이네요……."

"그래, 개성 덩어리들이지."

제철소는 넓어서 사람을 찾으려면 한참 걸릴 것 같았다. 딱히 뭘 할 것도 없으므로 노엘은 파이손을 돕기로 했다.

이곳을 여기저기 돌아다녀 보니, 보머와의 싸움이 떠올랐다.

그때 노엘은 양팔이 없었고, 배짱도 각오도 부족했다.

그리고…… 질리안.

버로우즈가 지시했다고는 하지만, 보머가 한 짓은 용서할 수 없었다. 그의 폭탄으로 리트너 가는 집을 잃었고 질리안은 크게 다쳤다. 게다가, 절대 안정을 취해야 했던 질리안을 보머는 납치하여 이런 곳에 감금했었다.

그때는 보머에 대한 분노와 질리안에 대한 미안함에 사로잡혀 엉망인 정신 상태로 싸웠다.

지금은 완전히 안심하고 있다. 눈빛이 나쁜 남자들과 인사를 나누며 걷고 있다.

도중에 카론과 보머가 격렬하게 싸웠던 용광로에 다다랐다. 이 큰 방 안의 2층에 질리안이 쓰러져있었다.

보머를 깔아버린 철골은 철거되어 있었다.

—그때, 제정신이 아니었다. 적어도 질리안만은 살길 바랐다.

지금 이 상황을 생각하면—

그때 구하지 말았어야 했나?

노엘은 그런 생각을 잠시나마 머릿속에 떠올린 자기 자신이 싫어졌다. 결과적으로 질리안은 적으로 돌아섰지만, 노엘은 지금도 그녀가 밉지 않았다.

자신에게는 질리안과 마주할 각오가 있었다. 그리고 모든 것은 질리안에게 달렸다. 질리안이 어떠한 말도 들으려 하지 않는다면 노엘이 아무리 다가가도 의미가 없었다.

이 주변엔 보머의 추종자가 없는 것 같았다. 혼자가 되자, 부정 적인 생각만 떠올랐다. 노엘은 입구 부근으로 돌아갔다.

거기에 있던 건달들이 파이손이 찾던 두 사람과 1층에서 엇갈 렸다고 알려주어, 노엘은 그쪽으로 발걸음을 돌렸다.

가는 길에 시너 냄새가 심해졌다. 그리고 벽의 낙서가 늘어났 다. 누군가 스프레이 도료라도 쓰고 있는 걸까.

큰 방을 나왔다. 거기에는 한 명의 젊은 남자가, 뭐라고 투덜대 며 벽에 스프레이를 뿌리고 있었다. 그 옆에는 황금색 쇠 파이프 로 보이는 것을 짊어진 젊은 여자가 있었다. 젊은 남자의 스프레 이 아트를 조용히 바라보고 있었다.

그때, 여자가 노엘의 기척을 느끼고 뒤돌았다.

그녀의 피부는 갈색이었다.

—혹시, 이 사람이?

노엘이 입을 열기도 전에, 여자는 쇠 파이프로 깡깡 하고 가볍 게 바닥을 때리며 다가왔다.

"호오, 네가 소문의 노엘 체르퀘터?"

움찔할 정도로 목소리가 낮았다. 그 목소리에 스프레이 캔을 흔들고 있던 젊은 남자도 뒤를 돌아보았다. 녹색 스카프로 입가를 가렸고, 눈빛은 매우 음울했다.

뭐랄까…… 굉장히 개성이 강했다. 파이손이 말한 대로, 두 사람 모두 개성 덩어리였다.

"흐음……. 이런 양갓집 아가씨가 보머를……."

"……믿을 수 없어…… 정말로? 그 대단한 보머가 이런…… 어린 애한테 지다니."

젊은 남자도 소곤소곤 조용히 말하며 다가왔다. 두 사람 모두 우호적이지 않은 것은 명백했다.

"어어, 당신들은?"

"하이, 난 토드. 앤 슬러그. 보머의 부하야."

개구리에, 민달팽이.

거기에 뱀.

왠지 들어본 적 있는 듯한 조합의 이름이었다. 분명 본명은 아닐 것이다.

슬러그는 스프레이 캔을 만지작거리며, 노엘을 흘겨보며 투덜댔다.

"너 같은 어린애가 보머를 쓰러뜨리다니 믿을 수 없어. 보머는 최강의 남자라구."

"자, 잠깐만요…… 갑자기, 무슨 말이죠?"

"어차피 온실에서 엄청나게 오냐오냐 자란 아가씨잖아? 우리가 이런 녀석에게 힘을 빌려줄 이유 같은 건 없단 말이지!"

"우리는 보머를 존경해, 초 리스펙! 봐, 지금도 이렇게 보머를 찬양하는 스프레이 아트를 탄생시키는 중이었다구, 알아?"

모른다. 슬러그가 가리킨 벽에는 분명 무언가가 그려져 있었다.

슬럼에서 자주 본 것 같은 컬러풀한 스프레이 아트. 이것을 밑 그림도 없이 그렸다면 그건 또 그거대로 대단하다고 노엘은 생각 했다. ……그렇지만.

"저기, 저건 뭐라고 쓰여 있는 거죠……?"

"시, 실례잖아?! 너, 예술(아트)을 이해 못 하는 타입?! 보머도 가끔 은 완전 칭찬해 줬는데! 저건 『우리 보머의 열렬한 폭환(爆還)!!!』 이라고 그린 거라구!"

"……폭환……?"

"『폭발적인 귀환』의 줄임말이다! 이런 것도 이해 못 한다니, 역 시 믿을 수 없어. 너도 버로우즈처럼 보머의 『힘』을 이용하려고 하는 거지……!"

"……그런 의미 모를 말로 트집을 잡아도……."

"뭐어어어?! 트집?! 이게 어디서 뚫린 입이라고! 야!"

노엘은 순간 「토드는 위험하다」는 것이 이해됐다. 보머 이상으로 발화점이 낮았다. 마치 폭발할 듯한 분노였다.

그 옆에서는 딸칵딸칵딸칵딸칵딸칵딸칵딸칵 하고 스프레이 캔을 엄청난 기세로 흔드는 소리가 났다. 눈을 돌리자, 슬러그의 눈빛이 이상했다.

"말은 가려서 해라, 아가씨. 우리를 화나게 하면— 봐주지 않는다."

슬러그도 위험했다.

노엘은 진절머리가 났다. 그 보머에 심취한 녀석들이 모였으니, 두 명 정도는 이 정도 『숭배자』가 있어도 이상하지 않은 건가.

"그쯤에서 그만두지, 보기 흉하게."

노엘이 어찌할 줄 모르고 있던 중에 드디어 구조선이 들어왔다.

안정된 중재인. 뒤를 돌아보자, 파이손이 다가오고 있었다.

"헉, 파이손!"

토드는 그가 어려운 듯했다. 파이손의 중재는 온화했지만 그녀는 들어 올린 쇠 파이프를 내렸다.

"너희가 보머를 맹렬히 사랑하는 건 알아. 잘 알지만, 그럴수록 꼴사납게 건달 같이 굴어서 보머의 얼굴에 먹칠하지 마라."

"아니, 근데 파이손……."

"노엘 양을 봤겠지. 너희가 위협해도 꿈쩍하지 않잖아."

파이손이 그렇게 말하자 노엘은 처음으로 자각했다.

신참 피아니스트로서 상류층에서 살았더라면, 방금 두 사람의 위협에 바로 자지러졌을 것이다. 하지만 지금의 노엘은 조금도 무섭지 않았다. 아마 이제까지 대치해왔던 상대가 너무 어마어마했기 때문일 것이다. 그야 악마나 마인, 시장이니 말이다.

이런 어린 건달 두 사람에게 위협당해도 딱히 별생각이 들지 않게 된 것이다.

"뭐, 뭐야, 이게 우릴 무시하는 거냐! 이 자식이!"

"이, 이이이이이거 보라구, 이게 그냥 스프레이가 아니야. 독가스라구? 무서울 거야? 무섭지?"

"저기…… 보머의 부하는 다 이런 분들뿐인가요?"

붕붕 휘두르는 쇠 파이프와 딸칵딸칵 흔들리는 스프레이 캔을 앞에 두고 노엘은 질린 얼굴로 파이손을 바라보았다.

"에휴, 그냥 눈감아 줘. 나처럼 전 마피아 있는가 하면, 살짝 모자란 건달들이 있는 것도 사실이다."

"뭐어?! 누구보고 모자라대? 이 자식이?! 파이손!"

"하지만 다들, 보머라는 남자의 인생에 끌린 건 마찬가지다. 보머를 쓰러뜨린 너에게 호의적으로 대할 수 없는 사람이 있는 것도 어쩔 수 없는 일이지."

"그건…… 그렇겠네요. 분명."

"와, 우리 무시당하는 것 같은데, 토드."

"시끄러, 좀. 알고 있다고! 어이, 파이손."

토드가 한층 더 크게 바닥에 쇠 파이프를 내리쳤다. 황금색 불꽃이 튀겼다. 파이손은 이제야 얘기를 들을 마음이 생긴 듯 조용히 토드에게 눈을 돌렸다.

"넌 정말 괜찮은 거냐?! 보머가 이런 어린애 때문에 애들을 다 끌어들이려고 한다고!"

"이거 참, 곤란하게 됐군. 노엘 양에게 협력하는 건 보머가 정한 일이다. 그리고 이번에도 기본적인 기존 방침은 같아— 『따라오고 싶은 놈들만 따라오면 돼』. 보머는 너희에게 참가를 강요한 적 없다."

파이손의 말투는 온화했지만, 말에는 우직한 힘이 느껴졌다. 그리고 안경 안쪽 눈에는— 싸늘함도 있었다.

토드와 슬러그는 그 눈빛을 읽고 순식간에 입을 다물었다.

이 뱀은 개구리뿐만 아니라 민달팽이에도 강한 것 같았다.

"보, 보머를 믿지 않는다니, 그, 그런 말이…… 아니라……."

"……아니야! 내가 못 믿는 건 보머가 아니라고. 이 녀석이야! 이봐, 노엘, 너한테 근성은 있는 거냐?"

"헛, 네?"

"나한텐 있어! 이 오른팔에 이 담배빵을 봐라! 너 같은 금발 아가씨는 못 따라 하겠지!"

"……그렇긴 하죠……. 오른팔은 뜯겨버렸으니까……."

"헉?! 뭐?! 가, 갑자기 무슨 기괴한 말을 하는 거냐, 무서운 꼬맹이군……!"

"나, 나도, 담력 테스트로 빌딩 3층에서 바다로 뛰어든 적 있어. 적어도 이 정도 힙한 것도 못 하면, 명함도 못 내—"

"분명, 제 의지로 뛰어내린 적은 없었네요. 팔다리를 **움직일 수 없는** 상태로 빌딩 옥상에서 떨어진 적이라면 있지만요. 두 번."

"뭐라고? 그그그그러면 죽잖아, 도가 지나쳐!"

"추가로 말하자면, 어제 라프라스 경찰의 기동대 대장을 병원으로 보낸 것도 노엘 양이다. 너희도 TV로 봐서 알겠지?"

부탁하지도 않았는데 파이손이 덧붙여 말해주었다.

—아아, 그것도 대대적으로 보도되어버렸군요. 게다가 내가 범인으로…….

자신에게 또다시 위험한 무용담— 이 아니라 죄목이 추가된 것 같다.

노엘이 남 일처럼 생각하는 사이, 토드와 슬러그는 서로 부둥켜안을 기세로 떨고 있었다.

"야, 야, 슬러그. 얘 좀 위험한 것 같지?"

"정상이 아니야, 마치 마피아 같아……."

"이게 너희와 노엘 양의 경험 차라는 거다."

유서 깊은 음악가 가문 출신인데, 마피아와 같은 취급을 받다

참을 수 없었다.

이대로 가만히 둔다면, 이 두 사람은 계속 크게 착각할 것이다.

"잠깐, 잠깐만요. 팔이 뜯긴 것도, 빌딩에서 떨어진 것도, 기동대와 싸운 것도 모두 사실이에요. 하지만, 저 혼자였다면 극복할 수 없었을 거예요. ―파트너가 있었어요. 저를 항상 지탱해주었던 강한…… 악마가."

토드와 슬러그가 서로 마주 보았다. 보머가 어디까지 말했는지 모르지만, 좀 전만큼 많이 놀라지 않는 것을 보면 대악마 카론의 존재는 이미 들은 것이리라.

"그는…… 카론은, 크게 다친 채 끌려갔어요. 저에게는 그와 완수해야 할 복수가 있어요. 당신들이 보머를 소중히 생각하는 마음은 저도 이해할 수 있어요. 저에게 신뢰할 수 있는 동료……, 파트너는…… 카론이니까요."

"……"

"하지만 저희가 어떻든, 당신들에게 상관이 없는 것도 틀림없어요. 일부러 위험을 무릅쓸 필요도 없겠지요. 그러니까 제 생각도 보머와 같아요. 무리한 협력을 바라는 건 아니에요."

토드와 슬러그에게 지금까지 자신이 걸어온 길을 전부 이 자리에서 보여줄 수는 없었다. 다른 사람에게 신뢰를 얻는 것은 어려운 일이었다.

"흠. 그럼 이렇게 하지, 토드, 슬러그. **나를** 도와주지 않겠나?"

"뭐? 또 뭐…… 뭘 꾸미는 거야?"

"꾸미다니, 듣기 거북하군. 난 『최근 경찰이 악마를 잡았다』라는 소문의 진상을 쫓고 싶을 뿐이야. 노엘 양과 보머의 부탁을 들어주지 않는다면 그 정도 여유는 있겠지?"

파이손이 씨익하고 웃었다.

의외로 입이 컸다. 그 웃음은 정말이지 교활해서 약간 뱀을 닮아있었다. 그리고— 건실한 인간이 지을 듯한 정상적인 것이 아니었다.

"왜, 왠지 비겁하잖아, 이거. 역시 결국 우리한텐 선택지 따윈 없었던 거 아니야?"

"그런가? 딱히 나도 억지로 시키는 건 아니다. 그저 『녹』의 가족으로서, 짬이 나면 도와달라고 부탁하는 것뿐이지."

"아, 정말! 알았다고. 보머와 파이손의 부탁이면 어쩔 수 없지. 할 일도 없고 도와주겠어!"

토드가 될 대로 되란 듯 큰 소리로 대답했다. 슬러그도 축 어깨를 늘어뜨리고 한숨을 쉬었다.

너무나 명백하게 어쩔 수 없어서 돕는다는 느낌이었지만, 일단 이 두 사람도 카론 구출에 협력해주기로 한 것 같았다.

—정말, 괜찮을까요…….

노엘은 솔직히 그렇게 생각했지만, 두 사람에게 고개를 숙였다.

"감사합니다. 아무것도 사례할 만한 건 없지만……."

"딱히 그런 거 필요 없어. 그런데 파이손, 그 악마에 대한 소문은 어떻게 알아보면 돼?"

"흠. ……노엘 양, 대악마 카론이 어디에 갇혀있는지 짐작 가는 곳이 있을까?"

노엘은 어떤 말도 할 수 없었다. 카론이 어디로 끌려갔는지, 그런 건 생각해본 적도 없었다. 그것이 가장 중요한데.

"……죄송해요, 여기 오는데 온힘을 다해 달려오느라……. 전 짐작도 못 하겠어요……."

"아니다, 괜찮아. 경찰이 대악마를 잡았다는 소문은 정말로 여기저기서 들리고 있어. 말하기는 좀 그렇지만, 만약 이미 죽었다면— 악마를 제거 아니면 처형했다고 대대적으로 보도했을 거다. 그렇다면, 아직 카론은 살아있다고 할 수 있어."

"……."

얼굴색 하나 바뀌지 않고, 노엘에게 비정한 예측도 서슴없이 하는 이 남자는 역시 『진짜』였다. 엄청나게 혹독하고 잔혹한 세계를 살아왔던 것이리라.

노엘은 저절로 입을 다물었다.

"악마를 감금하기 위해선 그 나름의 설비가 필요하겠지. 버로우즈 시장이 관련된 이상, 장소는 확실히 라프라스 안이다. 요 며칠 간의 시내 상황을 알아보면, 분명 흔적을 찾을 수 있을 거야."

"그렇군. 그걸 나와 토드가 알아보라는 거지……?"

"뭐야, 활약할 만한 뭐가 없는 거 같은데."

"재밌는 건 조금만 미뤄 두도록 하지. 마지막엔 모두가 대활약 하게 될 거다. 반드시."

"그럼 됐어. 다른 녀석들한테도 전해 둘게. 그럼 난 먼저 간다!"

행동이 빠르다. 토드는 황금 쇠 파이프를 어깨에 메고 슬러그 를 따라 사라졌다.

무슨 얘기를 했는지, 가는 도중에 토드는 몇 번이나 슬러그를 구박했다.

저 두 사람은 대체 어떻게 정보는 모은다는 걸까.

"……왠지 역시 여러모로 걱정이 되네요……."

"후후. 네 마음을 모르는 건 아니다. 그래도 저 두 사람은, 우 리 중에서 어떤 의미론 가장 보머에 가까워."

"그런가요?"

"솔직하지."

파이손이 미소를 지었다.

노엘은 갑자기 문득 떠올랐다.

파이손은 녹색 넥타이. 슬러그는 녹색 스카프. 그리고 토드는 길게 늘어뜨린 머리에 녹색 브릿지를 넣었다.
VERDE
　녹의 가족.

　보머의 눈은 녹색이고, 항상 녹색 후드가 달린 코트를 입고 있
었다.

　파이손이 자신들을 그렇게 불렀을 때, 보머는 분명― 쑥스러워
했다.

　히익히익, 쌔액쌔액. 불온한 소리가 들렸다.

　자신의 가슴 속에서.

　그것은 예전에 발작을 일으킨 형에게서 나던 소리였다.

　가뜩이나 머리까지 아팠다. 모든 것을 포기하고 싶은, 몸속이
폭발할 듯한 참을 수 없는 고통이었다.

　너무 싫다. 이 소리도 고통도. 자신은 강해졌을 터였다. 어째서
자신 안에서 「약함의 상징」인 이 소리를 이렇게 가까이에서 들어
야만 하는 것인가.

　악마는 소원대로 후고에게 힘을 내려주었지만, 동시에 〈대가〉도
주어졌다. 노엘 체르퀘티와 같이 빼앗긴 것이 아니었다.

『형. 퇴원하면 같이 가자.』

『으응…… 그래. 퇴원하면.』

『뭐야, 그 말투는. 꼭 언제 죽을지 모른다는 느낌이야.』

『뭐…… 사실 그렇기도 하고…….』

『그럼 안 되지. 자, 나랑 약속해! 살아서 퇴원해서 나랑 꼭 영화 보러 간다고. 꼭이야, 꼭!』

『……응. 알았어……. 약속.』

옛날, 아주 먼 옛날의 일이었다.

형과 영화를 보러 가기로 약속을 했다. 퇴원하면 이번에 대히트 해서 롱런하고 있는 영화를 보러 가기로.

처음엔 형은 몸 상태를 생각해서 영화 보러 가는 것을 꺼렸다. 후고는 영화 같은 건 앉아서 보면 되는 것 아니냐며 설득했다.

약속한 날 아침, 후고가 일어나자— 형은 발작을 일으켰고 부모 님이 허둥지둥 구급차를 부르고 있었다. 퇴원한 지 얼마 안 된 형 은, 금세 다시 병원으로 돌아가게 되었다.

그런 일이 몇 번이나 반복됐다. 결국에는 또야 라고 생각이 들 정도였다.

형도, 딱히 원해서 그런 몸이 된 것이 아니었다. 건강해질 수만 있다고 하면 수술도 겁내지 않고 몇 번이나 받았고, 심각한 부작 용이 생기는 약도 먹었다.

어린 후고도 형의 치료에 큰돈이 든다는 건 어렴풋이 알고 있었다. 부모님은 그 치료비를 벌기 위해 언제나 잔업을 해야 했다.

결과적으로 후고는 혼자서 식사를 하는 일이 많았고, 차츰 직접 만들어 먹을 정도가 되었다. 아직 초등학생이었는데.

모두 다, 네 식구가 함께 살기 위해 열심히 살았던 것이다.

그리고 그에 대한 보답이 올 터였다.

어느 날 밤, 한순간에 모든 것이 뒤집히기 전까지.

형은 부모님과 함께 죽었다고 생각했다.

자연스럽게 가족에 대한 기억은 사라졌다.

후고에게 이미 어떻게 되든 상관없는 존재가 된 것이다.

이 세상에 살아남지 못한 약자 따위.

후고는 그날 절대적인 『힘』에 매료되어 충동적으로 라프라스를 파괴하는 괴물이 되었다.

경찰과 충돌하는 건 필연적인 일이었다.

"마인 보머! 넌 포위됐다. 이렇게…… 이렇게나 라프라스를 불태우고 파괴하다니……. 네놈이 한 짓은 용서받을 수 없다! 여기서 널 죽여주겠다!"

그 목소리와 그 모습을 보자 보머도 놀랄 수밖에 없었다.

설마 그 녀석이 경찰이 될 줄은 꿈에도 몰랐다.

그 폭발과 큰불 속에서 병약한 형이 살아남았을 리가 없었다.

부모님보다도 먼저 죽었을 거라 생각했다.

"······열심히 일하는 건 좋지만, 공사 구분은 똑바로 하시지. 『체포한다』가 아니라 『죽인다』라니. 아무리 내가 불꽃과 폭탄을 쓴다고 해도, 그렇게까지 증오하지 않아도 되지 않나. ─불에 부모가 죽기라도 했나 보지?"

마스크 아래로, 후고는 왜인지 웃음이 터져 나왔다.

"네, 네놈이······ 어떻게 그걸······."

"크크큭. **너**에 대해서 잘 알고 있어. 몇 년 전, 시가지에서 악마와 마인이 날뛰었지. 그 불똥이 튀어 네 집은 전부 타버리고······ 가족 모두를 잃었다. 그렇지?"

"······윽······?!"

"그런 네가 악마나 마인 그리고 불꽃 그 자체에 증오를 품는 것도 무리는 아니겠어."

"네놈이 대체 어떻게······?!"

"나 말하는 거냐? 『폭열의 마인』이다. 집도 가족도, 폭열에 날아가 버렸지. 그 모든 것을 송두리째 바꿔버린 힘에 홀려 자신의 가족을 망가뜨린 힘을 그저 따라 하고 있을 뿐인─"

후고는 가스마스크를 벗었다.

"─네 동생이다."

훤해진 시야.

오스카 드레셀의 경악이 똑똑히 보였다.

그렇게 빈약하고 부서질 것 같았던 몸이, 이제는 다부졌다. 키도 후고보다도 컸다. 라프라스 경찰 제복도 잘 어울렸다.

후고를 몰아세우던 얼굴은 정의감과 자신감에 가득 차 있었다. 한 번 한 약속은 어떻게든 지킬 것 같은 얼굴. 자신과 같은 녹색 눈이 강직하게 빛나 있었다.

그래도 후고는 그의 정체를 알고 있었다.

약하고 내일을 살아갈 용기도 없는, 약속 따윈 금방 어기고 마는…… 말뿐인 남자.

공허한 남자.

"여어, 형. 안 본 사이에…… 아주 건강해졌네!"

참지 못하고 큰 소리로 웃고 말았다.

이렇게 웃긴 얘기가 어디 있을까.

언제 죽을지 몰랐던 형이 이렇게 건강한 모습으로 자신의 적이 되어 나타나다니.

"……후, ……후고, 너냐?!"

주위에는 다른 경관들도 있는데, 오스카는 넋을 잃은 모양이었다.

"미안하네. 나도 이렇게 재회하고 싶진 않았다고."

"어째서지, 후고……! 그 화재로 가족을 잃은 건 너도 마찬가지 잖아! 그 불꽃에 홀렸다고……? 어째서……?!"

94

—아아, 짜증나. 아무것도 모르고 있군. 정말 아무것도 깨닫지 못했어. 이 녀석은 역시 글러 먹었다.

후고는 눈을 내리깔고 천천히 가스마스크를 쓴 후, 후드를 뒤집어썼다.

"난 **원래부터** 동경했었어. 몇 명이 아무리 매달려서 용을 써도 뒤집을 수 없는 현실…… 그것을 한순간에 뒤바꿀 수 있을 만큼의, **악마 같은 힘을**."

어릴 적부터 악마와 계약하고 싶던 것은 아니었다.

그렇지만, 그런 힘을 바랐던 건 사실이었다.

형의 얼굴이 일그러졌다.

실연이라도 당한 듯, 심하게…… 상처받은 얼굴이었다.

"……나 때문이냐? 나라는 무력한 환자를 보고 자라서 그렇게 된 거야?"

"그렇다면 어쩔 건데?"

"너를 쓰러뜨릴 거다."

후고는 순간 형의 눈에 어두운 그림자가 드리운 것을 보았다.

"봐라, 후고. 난, 이제 병약한 몸이 아니다. 그건 악마 따위의 힘을 빌린 게 아니라, 그저 묵묵히 하루도 빠짐없이 자신을 단련했기 때문이다."

"……."

"네가 무력한 나를 보고, 마인을 동경했다고 한다면— 내가 너를 쓰러뜨려서, 그 속박에서 해방시켜 주겠다. 너와 싸워 마주하겠어!"

분명 자신의 눈도 어둠의 그림자가 드리워져 있을 것이다.

후고는 가슴 속에서 끓어오는 분노에 몸을 맡겼다.

"—어차피 그것도 말뿐이겠지."

"뭐?"

"아무리 단련해봤자, 평범한 인간 몸으론 마인을 이길 수 없어!"

히익히익, 쌔액쌔액하는 소리가 멎을 기미가 보이지 않았다.

탈옥할 때, 역시 너무 무리했다. 하지만 만약 적당히 하다가 실패했다면 분명 본전도 찾지 못하고, 그리고 죽을 때까지 그걸 후회했겠지.

—난…… 우리는 언제든 전력으로 싸워야 해. 무슨 일이 일어날지 모르니까 말이야. 어떤 평화도, 정의도, 악도…… 긴장을 늦추면 바로 뒤바뀔 거다.

이런 모습은 누구에게도 보일 수 없었다. 파이손에게는 들키고 말았지만, 무턱대고 떠벌릴 남자는 아니니 그 점에선 안심이었다.

이곳의 공기도 좋지는 않았다. 그래도 교도소 독방보다는 훨씬 나왔다.

……독방에 매일 형이 심문이라는 명목으로 면회를 왔었다.

그런데 갑자기 오지 않는다 싶더니 이런 일이 벌어졌다. 노엘과 카론에게 쓸데없이 손을 대서 병원 신세를 지다니.

—또 병원이냐, 이 멍청한 형은. 정말이지.

그래도…….

—그래도 죽지 않았으니…… 뭐, 그걸로 됐다. 완벽하게 KO 시킨 건 대악마였다고 했었지.

형제가 악마와 계약하고 활개를 쳤는데 악마에게 박살난다면, 이 무슨 꼴사나운 얘기냐.

노엘의 말의 따르면, 그 악마는 카론보다도 훨씬 강하다고 했다.

후고의 가슴 속에서 펄펄 열이 끓어 올랐다. 이건 폐와 기관지를 태우는 고통과는 다른 것이었다. 분노와도 닮은 고양감.

언제나 전력으로 싸우고 싶다. 그 악마와 싸워보고 싶다.

노엘과 카론에게 진 후 전부 타버려서 한동안 느끼지 못했던 충동이었다.

—아아. 싸움이다. 상대해주겠어. 살아남아서……. 다시 그 녀석 문병을 가줄까.

오랜만에.

머리가 다시 살짝 아팠다. 그래도 호흡은 안정됐다.

그때는 이미, 후고는 꿈도 꾸지 않는 깊은 잠에 빠져있었다.

Passage 3

탈환

바스틸 해식동.

라프라스 해안선 절벽이 파도로 침식되어, 긴 시간에 걸쳐 형성된 천연 동굴이다. 지금 이 순간에도 파도가 조금씩 조금씩 바위를 깎고 있다.

라프라스에서도 유명한 관광지 중 하나였다. 입구가 매우 크기 때문에 소형 유람선으로 안쪽을 돌아보는 투어도 있다.

이 부근에서 보는 석양이 상당히 아름다워, 해가 질 때 많은 사람이 찾아왔다. 관광객뿐만 아니라, 지역 주민들도 이곳에서 보이는 광경에 매료되었다.

하지만 이 동굴에는 〈바위 감옥〉라 불리는 속칭이 붙어 있었다.

전설에 따르면 이 동굴은 거대한 오징어, 혹은 문어의 모습을 한 대악마가 절벽의 바위 표면을 깎아 만들었고, 용기 있는 자들이 동굴 깊숙이 몰아넣어 봉인인가 퇴치인가를 했다고 전해지고 있다.

중세에는 해적이 아지트로 썼다고 한다. 항해 중에 잘못을 저지른 선원을 가둬두는 돌 감옥이 있어서, 그것을 보는 투어까지 만

들어졌다.

원래라면 여기는 아침부터 밤까지 관광객의 모습이 보여야 했다.

하지만―.

"바로 요전 날부터 갑자기 안전 공사인지 뭔지를 시작했다. 유람선은 전부 취소되었고, 투어도 전액 환불했어. 이렇게까지 뚜렷한 변화가 있던 곳은 여기뿐이야."

파이손이 안경을 치켜세우며 이야기했다.

"뭐, 맞겠지. 사람들만 치우면 뭔가를 숨기기에는 안성맞춤이야. ……그런데, 대악마를 여기에 감금하다니, 꽤나 그럴 듯하네."

"호오. 너도 『바다 악마의 전설』을 알고 있었군."

"알지. 옛날에 형이― 아니, 이런 건 됐고. 노엘, 작전은 잊지 않았겠지?"

보머가 갑자기 뒤돌자, 그가 매고 있던 백팩에서 달그락 달그락 소리가 났다.

노엘은 그 안에 뭐가 들었는지 알 수 없지만, 위험하고 불온한 소리가 들려서 견딜 수 없었다.

"잊지 않았어요. 롯소 분들이 감시자와 경비들의 발을 묶으면, 저와 당신은 그 틈에 안으로 침입한다……죠."

"참 잘했어요. 역시 대악마나 망할 여장 남자가 나오면, 우리가 상대할 수밖에 없겠지."

정보에 의하면, 지노 로렌치도 경찰서를 나와 이쪽으로 향했다고 한다.

동굴 안에서 격전이 일어나겠지. 노엘뿐만 아니라, 누구나가 그렇게 예측했다. 노엘의 역할은 보머의 서포트였다.

전력에 도움이 안 될 것 같지만, 전선에는 서야만 했다.

목적은 카론의 구출이고 질리안이 분명 앞길을 가로막을 것이다. 뒤에서 보고 있을 수만은 없었다.

"지노 관리관이라면 몰라도, 시저는 어떻게든 피해서 나아갈 수밖에 없어요."

"그런 건 다 알아."

"과연 그럴까요. 전엔 『난 악마를 폭파하고 싶다고!』라고 영문 모를 소리를 하며 카론에게 싸움을 걸지 않았었나요?"

"전엔 전이고! ……하지만 지금 생각해보면, 역시 그때 질리안을 죽이는 게 편했으려나?"

"헛소리 그만해요. 질리안은 제가 어떻게든 해보겠어요."

보머는 일부러 과장스레 어깨를 으쓱이며 먼저 걸어 나갔다.

뒤를 돌아보았다. 파이손, 토드, 슬러그. 이외에도 10명 정도. 모두 싸움 경력이 많은 자였다.

토드와 슬러그는 멍청하지만, 위세가 좋다고 전 마피아였던 남자가 말해주었다. 어쩌면 노엘도 그들에게서 배울 점이 있을지도 모른다며…….

"야! 노엘! 골든 스파이크 드래곤을 방해하기만 해. 멍청하게 내 앞을 가로막았다가는 너부터 작살을 내줄 테니까!"

"뭐, 뭐라고요? 골든……?"

"골든 스파이크 드래곤! 이 쇠 파이프 말이야!"

아드레날린으로 텐션이 올라갔는지, 토드는 붕붕 쇠 파이프(골든 스파이크 드래곤)를 휘둘렀다. 옆에 있던 슬러그는 그것이 어떻게 움직일지 아는 듯, 무표정으로 능숙하게 피했다.

—배울 점이 있다고요……? 정말일까요……?

파이손은 평소처럼 차분한 모습으로, 때때로 안경테 끝에 손을 갖다 댔다.

파이손, 토드, 슬러그라는 이름을 준 건 보머인 듯했다. 노엘은 악의로밖에 느껴지지 않는 심각한 센스라고 생각했지만, 정작 본인들은 마음에 든 모양이었다.

머리가 좋고 교활하니까 뱀.^{파이손}

허스키 보이스에 입이 걸어서 개구리.^{토드}

음침하고 음울하니까 민달팽이.^{슬러그}

그런 이유로 이런 이름을 노엘에게 붙였다면, 아마 미친 듯이 화가 났을 거다. 본인들이 쉽게 받아들인 건, 어쩌면 원래 이름에 애착이 없었기 때문이었을까.

파이손의 안경 왼쪽 렌즈에, 녹색이 작은 글자가 떠올랐다.

"파이손, 그 안경은—."

"아아, 이거? 아는 사람에게 부탁해서 살짝 개조한 스마트 글래스다. 『목표물』을 겨누는데 굉장히 도움이 많이 돼. 녹화나 촬영도 할 수도 있고 간단하게 암시장치로도 쓸 수 있거든."

그런 것을 통해서 본다고 말하니 왠지 불안해졌다. 자주 안경다리 끝을 만진다고 생각은 했다. 아마도 분명 촬영하고 있었던 것이리라.

"주위에 꽤 많은 수의 열이 감지됐다. 십중팔구 센서나 카메라 같은 거겠지. 우리의 존재는 이미 들켰을지도 모르겠군."

둘러보자, 주위엔 사람은 없었다. 『위험』, 『공사 중』, 『출입금지』라고 표시된 테이프와 줄 사이를 빠져나가며 노엘과 보머는 먼저 동굴 안으로 침입했다.

대량의 자재와 컨테이너, 금속제 바리케이드가 관광객을 위해 정비된 길을 막고 있었다.

인기척은 없었다.

이렇게 보니, 공사 현장처럼 보였다.

하지만…… 안쪽에선 아무 소리도 들리지 않았다. 공사 중이라면 매우 요란한 소리가 나는 것이 당연할 터인데. 들리는 건 바위 표면에 부딪히는 파도 소리뿐이었다.

"딱 보기에도 급조한 바리케이드네요."

"흠, 잔꾀를 부렸군."

"하지만 이런 건 생각해서 움직이면 길을 만들 수 있겠네요."

"뭐? 생각해서 움직인다고?"

"그러니까, 바리케이드나 컨테이너를 밀어서 옮기면, 지나갈 수 있게—"

"뭔 소린지 모르겠네. 설마 너희, 지금까지 그런 점잖은 방법으로 다녔냐?"

"네?"

보머는 성큼성큼 바리케이드에 다가갔다.

다가가자마자, 바리케이드도 자재도 차례차례 바닷속으로 던져 버렸다. 바닷물의 물보라가 세차게 일어났다.

"방해되면 던져버리면 되는데."

"그, 그런 난폭한……! 제일 큰 컨테이너는 어떻게 하려고요?"

"허어? 컨테이너? 훗차."

보머는 귀찮은 듯 폭탄을 던졌다.

강철제 컨테이너도 자재도 기재도, 전부 큰소리를 내며 날아갔다.

"자, 잠깐 소리요! 소리! 소리를 내면 어떡해요?!"

엄청난 이명이었다. 노엘은 너무 놀란 나머지 큰소리를 내고 말 았다.

"파이손이 말했잖아, 센서투성이라고. 어차피 들켰을 텐데 뭐. 우린 안으로 간다. 대결전이 될 텐데 뭘 그렇게 쫄고 있는 거냐."

보머는 당당하게 성큼성큼 앞장섰다.

말문이 막힌 노엘의 옆에, 희미하게 쓴웃음을 짓는 파이손이 서 있었다.

"저 녀석은 싸움을 피하려 하지 않으니 뭐. 이번만 좀 버티면 다음엔 편해질지도 몰라."

유일하게 냉정한 파이손도 이렇다. 결국 그도 근본은 무투파 마피아인 것인가.

노엘은 이 동굴에 걸어서 온 적이 없었다. 유람선을 타고 들어갈 수 있는 곳까지 간 정도가 다였다. 그 후에 본 석양이 더 인상에 남았다.

그래서 걸어가다가 꽤 큰 공간이 나왔을 때 놀랄 수밖에 없었다.

선두로 걸어가던 보머가 걸음을 멈추고 벽에 등을 기댔다. 커다란 백팩이 덜그럭하며 소리를 냈다.

노엘이 슬쩍 그 앞을 보자, 무장한 경관이 여러 명 있었다. 입구 쪽을 가리키며, 심각한 얼굴로 얘기를 나누고 있다.

"역시 있네요……."

"안전 공사는 무슨. 전혀 그렇게 안 보여. 이젠 숨길 마음도 없군."

"마치 오늘 우리가 여기에 올 줄 예상한 것 같네요."

"그야 당연하지."

보머가 아무렇지 않게 말했다. 노엘은 깜짝 놀라서 그의 얼굴을 말똥말똥 쳐다보고 말았다.

"**기동대 대장**이 흠씬 두들겨 맞고, 범인인 악마는 잡았지만 마인은 놓쳤고……. 그리고 바로 감옥이 **습격**당해 수감되어 있던 최강의 마인이 탈옥. 버로우즈가 아니어도 마인들이 바로 행동할 거라는 정도는 예상할 수 있겠지."

보머는 노엘의 등 뒤로 눈을 돌렸다.

뒤따라온 보머 부하들이 주먹을 치켜 올렸다.

"우린 언제든 갈 준비가 돼 있다. 뒤를 맡겨라, 보머!"

"그래, 뒤를 맡길게. 네, 다섯 명이 남아서 저 녀석들을 상대해 줘. 모두 준비는 됐나?"

"나도 준비 완료. 무슨 발을 묶어, 그냥 싹 다 전멸시키고 뒤따라 갈게!"

"오케이, 기대하고 있을게, 토드. 그럼— 카론 탈환 결전, 개시다!!"

보머의 호령에, 토드가 선봉에 나섰다. 노엘의 옆을 바람처럼 달려나갔다.

망설임도 두려움도 없이, 올곧았다. 그녀에게 끌리듯 불량해 보이는 남자 4명이 빠져나갔다.

"뭐, 뭐야, 이 녀석들은?!"

"두 사람이 아니었던 건가?!"

놀라는 경관들을 토드와 남자들이 차례로 덮쳤다. 그중에 침착한 경관이 있어서 놀라기보다 먼저 총을 겨눴지만, 파이손의 총탄이 정확하게 그의 팔을 맞혔다.

총성과 비명이 들리고, 안에서 세 명의 경관이 증원부대로 도착했다.

"핫, 쪽수로 이겨보려고 했다면 큰 착각이다! 모두 이 골든 스파이크 드래곤으로 날려주겠어! 파티가 시작됐다!!"

경관은 전원 전투용 소총이나 서브 머신건을 들고 있었다. 중무장을 한 것이다. 그들은 『마인』을 상대할 줄 알고 대비했기 때문이다. 하지만, 토드도 슬러그도, 다른 건달들도 모두 조금도 두려워하지 않고 돌진했다.

"뭐지, 이놈들은……?"

"미안하군. 친구들도 잔뜩 데려와 버렸네. 그래도…… 딱히 문제없겠지?!"

쿠웅하고 불꽃이 보머의 주먹을 감쌌다.

"모두 죽여!"

한 경관이 소리쳤다.

경찰이 말하기엔 너무나 위험한 발언.

보머가 백팩에서 원통형으로 된 것을 꺼내 안쪽을 향해 던졌다.

폭발음과 섬광. 눈부신 빛이 비명을 지르며 맥없이 쓰러지는 경관들을 비췄다.

"어이, 가자, 노엘!"

"지, 지금 그건?!"

"스턴 그레네이드다. 나치고는 양심적이지?!"

노엘은 어쩐지 이명이 심하더라 하고 납득을 했다. 소리가 계속 뇌리에 꽂힌 듯한 느낌이 들었다.

동굴 안은 좁은 통로로 이루어져 있었다. 여기를 폭파하면 지나갈 수 없을 가능성을 생각한 것일까. 전투 중인 보머에게 그 정도 지혜가 있을 줄이야.

경관 두 사람은 스턴 그레네이드의 빛과 소리 때문에 몸을 웅크렸다. 보머는 그들을 일부러 짓밟았다.

통로 끝에는 다다르자 다시 공간이 넓어졌다. 거기에는 경관들의 캠프가 있었다. 여기서 불침번을 서며 기다렸던 건가.

AMMO라고 적힌 튼튼한 상자가 쌓여 있었다. 도망 생활 중, 노엘은 그런 상자들 속에는 탄약이 들어있다는 것을 알게 되었다.

그들도 『전쟁』할 생각에 준비를 단단히 한 듯했다.

"여기도 좀 쪽수가 많아? 파이손."

"너도 좀만 움직여주면 굉장히 편할 것 같아. 머릿수만 줄여주면 뒤는 우리가 처리하지."

"알았어. ─노엘, 너한테 싸움은 기대 안 해. 이 녀석들하고 같이 저쪽 구석에 있어."

"아, 알았어요. 하지만…… 혼자서 괜찮겠어요?"

"흠. 뭐 적어도…… 교도소 통째를 혼자 처리하는 것보다는 괜찮지."

보머는 대담하게 웃으며 경관들 앞으로 뛰쳐나갔다.

"네놈이, 보머─ 후고 드레셀이냐!"

"그렇다! 탈옥수를 찾아서 안심했나?!"

"이봐! 죽고 싶지 않으면 먼저 이 녀석을 쳐라!"

아마 그 경관은 이곳의 리더였다. 누구보다도 앞장서서 전투용 소총을 겨누며 발사했다.

하지만─ 그보다 빨리 보머가 폭탄을 날렸다.

동굴 입구에서 바리케이드를 날려버린 폭탄보다도 위력이 더 컸다. 동굴 안에서의 폭발 소리는, 노엘이 작게 비명을 지르게 만들 정도였다. 이곳은 천장이 높은 공간이었다. 보머는 아무 거리낌 없이 폭탄을 내던졌다.

"자…… 잠깐…… 꺄아악!"

"이번 건 너무 심했나. 조금 더 낮게 던지는 게 나을 것 같군."

우수수 천장에서 먼지인지 모래인지 모를 것들이 떨어졌다. 금세 그 연기로 시야가 뿌옇게 변했다. 노엘은 파이손에게 거의 안

기다시피 구석으로 피난했다.

파이손에게 초연 냄새가 났다. 얼굴을 들어 올리자, 눈앞에는 녹색 넥타이가 있었다.

노엘은 카론이 여러 번 이렇게 안아 구해주었던 기억이 떠올랐다.

폭발은 지금도 계속되었고, 남자의 비명과 폭발 소리, 불꽃이 타오르는 소리가 울려 퍼졌다.

상당히 큰 백팩을 메고 있다 싶었는데, 보머는 그 안에 폭탄을 담을 수 있을 만큼 많이 담아온 것 같았다.

대부분의 경관은 연기에 휩싸인 채 도망치려고 우왕좌왕하고 있었다.

보머의 몸은 태양처럼 타올랐다.

뇌리에 깊숙이 박혔다.

어두컴컴한 동굴 안, 그가 광원이 되어 빛났다.

그가 움직이면 그 흔적이 잔상처럼 남았다.

"쿨럭, ……우르르르 떼 지어 다니고 말이야, 이 자식들이!"

그는 대체 몇 명을 쓰러뜨린 걸까.

눈앞에서 휘청거리던 경관에게 손바닥에서 흘러나온 불꽃을 세차게 던졌다. 후려갈겼다. 쓰러지는 경관. 누가 잡아당겨서 쓰러지는 듯한 정도로 보머의 몸도 앞으로 기울었다.

그것을 본 순간, 파이손이 재빠르게 일어섰다.

"나머지는 우리에게 맡겨, 보머! 이 정도로 줄여주면 충분해!"

보기 드물게 그가 크게 소리쳤다. 보머가 노엘과 부하들이 있는 곳으로 돌아보았다. 그는 어깨가 들썩일 정도로 숨을 헐떡이고 있었다.

"알았다, 뒤는 맡길게. 노엘! 가자, 정면 돌파다!"

노엘은 튕기듯 일어섰다. 거의 반사적으로 움직였다. 그건 자신이 의족이라는 것을 완전히 잊고 일어선 움직임이었다. 하마터면 앞으로 꼬꾸라질 뻔했다.

자신이 지금 보머에게 **끌린 것**을 역력히 실감했다.

"아차, 노엘 체르퀘티. 너에게 주는 선물이다."

파이손이 내민 것은 소형 권총이었다.

"이건—."

"소형이지만, 구경은 9밀리다. 위력도 충분하고, 반동도 작아. 총알은 여섯 발밖에 없으니 사용처를 잘 생각하고 쓰도록."

"……사용처……."

소형이라고는 하지만 500그램 이상은 나갈 것이다. 한 손으로 들자 묵직했다.

전에 쏴 본 권총은 조금 더 무거웠다.

하지만, 그때 **대상**은 눈앞에 있었다. 도망칠 수 없는 상태로. ……몇 발을 쐈었을까.

옆에 있던 악마에게 제지당할 정도로 쐈다.

"네. 잘 쓸게요. 고마워요."

"그걸로 보머를 서포트 해줘. 보머는 강하지만, 시야가 좁아서 앞뒤를 생각하지 않는다. 자신의 몸도— 아니, 그만하지. 이 이상은."

"……."

"사실은, 이날이 오기 전까지 총 사용법을 알려주고 싶었다. ……살아남는다면 알려줄까."

"네. 꼭이요."

파이손이 세차게 끄덕이고, 자신의 총 슬라이드를 당겼다. 그의 안경 렌즈에 녹색 조준기^{사이트}가 떠올랐다.

그 모습을 지켜본 후, 노엘은 보머의 곁으로 서둘러 갔다.

시야가 좁아 앞뒤를 생각하지 않는다.

그런 마인에게 필사적으로 달라붙는다.

처음엔 장소에 따라 섬광탄을 쓰던 보머였지만, 완전히 흥분해버린 듯 장소를 가리지 않고 폭탄을 던지는 상태가 되었다. 적어도 노엘에게는 그렇게 보였다.

그리고 보머가 욕설을 퍼부은 대로, 경찰은 우르르르 계속해서 나타났다. 그다지 상스러운 말을 하고 싶지 않았던 노엘도 「무슨 벌레 같네요」라고 내뱉고 싶어졌다.

"하아…… 하아…… 우물쭈물하다가 백팩이 텅 비게 생겼네……."

"이런 동굴 속에서 그렇게 무턱대고 폭탄 같은 것 좀 쓰지 마세요! 산소도 부족해지고 지반도 흔들리고, 여러 가지로 안 좋지 않아요!"

"이봐, 너. 그거 나한테 하는 말이냐?"

분명 그는 〈폭탄마〉였고, 악마에게 받은 이름은 『폭열의 마인』이다.

하지만 이대로는 카론에게 가기도 전에 떨어지는 돌에 다칠 것 같았다. 최악의 경우 사고사할 수도 있었다.

"이봐, 머리 말고 발을 움직여! 엄청나게 경비들이 움직이고 있다. 이제 더 위험한 녀석들이 슬슬 나올지도 모른다고."

"으의! 알았어요!"

어느새 동굴 특유의 거친 지면이 없는 곳에 와 있었다. 대신 체크 무늬 강철판과 철판, 철골로 쌓아 올린 발판이 있었다.

주변을 보니, 꽤 안쪽까지 들어온 것을 알 수 있었다. 천장은 낮았고, 그렇게 넓지 않았다. 유람선도 여기까지는 들어오지 못할 것이다.

이 발판이 언제부터 있었는지는 알 수 없었다. 요 2, 3일 전에 만든 것으로는 보이지 않았다. 원래 해식동 심부 보전 공사 자체는 실제로 이루어지고 있었던 것이다.

천연 동굴보다는 조금 더 걷기 쉬워졌지만, 의족인 노엘은 누군가와는 다르게 맹렬하게 달릴 수는 없었다.

길 앞에 흔들리는 사람의 그림자.

그것은 본 보머가 폭탄을 번쩍 올린 그때.

"피해요, 보머!"

노엘에게는 들렸다.

자라락.

쇠사슬이 흔들리는 소리가.

보머는 그 폭탄을 던지지 않고 뒤로 물러섰다.

번개처럼 섬광이 주위를 비췄다. 폭탄보다도 더 강한 충격에 동굴이 흔들렸다.

"……뭐지……?!"

"당신이 말한…… 『더 위험한 녀석』이에요."

노엘은 마른침을 삼켰다.

동굴 안쪽에서 천천히 그 그림자가 나타났다. 칠흑 같은 후드를 쓰고 검붉은 쇠사슬로 구속된— 새 머리의 대악마. 카론과는 닮은 듯 다른 그 머리는, 뼈가 비칠 것 같은 순백색이었다.

대악마 시저의 나타난 것이다.

그리고 그가 나타났다는 것은,

"거, 거짓말이지…… 노엘?!"

질리안도 나타난다는 뜻이었다.

언제나와 같은 하얀 드레스에 푸른 장미 코사지.

노엘의 모습을 보자마자, 질리안은 얼굴색이 바뀐 채 입을 벙긋거렸다.

"핫, 이야, 이 녀석 진짜로 마인이 됐어! 내 눈으로 직접 보고도 믿기지가 않는군!"

보머는 왜인지 기뻐 보였다. 시저를 앞에 두고도 전혀 겁을 내지 않았다. 아직 그의 마음속에는 강한 자와 싸우고 싶다는 충동이 남아 있는 것일까.

질리안은 노엘의 곁에 선 보머가 전혀 보이지 않는 듯한 기색이었다.

아니, 정말로 보이지 않는 걸까. 노엘 이외에는 아무래도 상관없다고 생각하니까.

"그, 그럴 리가 없어! 왜?! 노엘은 악마에게 해방됐잖아, 이제 귓가에 복수, 복수 속삭일 녀석은 없는데, 그런데 어째서?! 왜 노엘이 여기에 있는 거야?! 어, 게다가 그 녀석…… 그 녀석은…… 그 폭탄마 아니야? 대체 이게 어떻게 된 거야, 노엘?!"

"질리안. 카론은 절 속인 것도 아니고 꼬드긴 것도 아니에요.

제 의지로, 복수를 선택한 거예요. 내게서 악마를 뺏어도…… 복수는 멈추지 않아요. 포기하지 않아요!"

"다 거짓말이야, 그럴 리가 없어!! 노엘은 그럴 애가 아니야!!"

"……윽. 질리안…… 당신은……."

"정말 모르겠어?! 이대로는, 계속해서 범죄로 몸을 망칠 뿐이라니까! 노엘이 그러지 말았으면 좋겠어, 노엘이 행복해졌으면 좋겠단 말이야. 왜 몰라주는 거야, 우린 친군데!! 복수 같은 거 해도 아무것도 안 남는다니까!!"

질리안의 비명 같은 외침이, 동굴 안에 쩌렁쩌렁 울려 퍼졌다.

노엘은 아무 말도 하지 않고 물끄러미 질리안을 바라볼 뿐.

시저는 조각처럼 움직이지 않았다. ……하지만 왠지 그 시선이 질리안을 향하고 있다는 건 알 수 있었다.

보머가 마른 웃음을 흘렸다.

"이미 꽤나 물이 든 것 같군, 질리안 리트너. 내 탓…… 은 아닌 것 같고. 그렇게나 소중한 친구의 얘기도 제대로 들으려 하지 않는군. 그게 네 본성인 건가?"

"닥쳐, 이 미친 폭탄마! 그러고 보니 네가 카론을 대신해서 노엘을 속인 거지? 그래, 그럴 게 뻔해!"

질리안이 보머를 향해 한 발 앞으로 내밀었다.

순간적으로 노엘은 질리안에게 말을 걸었다.

"잠깐, 질리안. 진정해요."

이대로 보머와 격돌하면 폭탄을 맞게 될 것이다. 그 전에 시저가 움직이겠지만, 그건 그거대로 이쪽에 좋지 않았다.

"진정하라니 그런 건 됐어! ……노엘은 언제나 내 이상이었어. **옛날의** 노엘이라면 분명 이런 짓을 하지 않았을 텐데……!"

"……질리안……."

"노엘의 가장 멋진 모습은 내가 제일 잘 알고 있어! 내가 가장 많이 노엘을 생각하고 있다고! 친구인걸! 그러니까 지금 노엘이 하는 짓은 틀렸다고 확실하게 말할 수 있는 거야! 눈을 좀 떠! **옛날처럼** 멋진 노엘로 돌아오라고!!"

아아, 『거기』인 건가 하고 노엘은 생각했다.

질리안에게는 역시 이미 아무것도 보이지 않았다.

지금 여기에 서 있는 노엘도, 지금 일어난 일조차 질리안에겐 보이지 않았다. 보려고도 하지 않았다. 그녀는 거부하고 있었다.

그녀는 보이지 않을 뿐만 아니라— 움직일 수 없었다.

학교가 끝난 후, 라프라스의 아름다운 석양이 비치는 피아노 교실. 그곳에서 단둘이 피아노에 쏟아붓던 시간. 아직 미숙하지만, 얼마든지 발전할 가능성이 있던 서로의 실력.

아직 서투른 부분도 있었지만, 아름다웠던 피아노 선율.

그 황금빛 과거에 갇혀있을 뿐이었다. 그녀는 『여기』에 없었다.

『거기』에 있는 것이었다.

"너희 관계 같은 건 내 알 바 아니지만, 나도 한 가지 알아차린 게 있지. 그건— 왠지 너의 그 이기적인 모습에 헛구역질이 난다는 거다."

보머도 시저를 경계하는 듯했다. 직접 공격할 낌새는 없었다. 다만 표정과 말로 질리안을 후벼파고 있을 뿐이었다.

보머의 그 폭언은 평소보다도 진짜처럼 들렸다. 그는 질리안을 진심으로 경멸하고, 역겹다는 듯 노려봤다.

"시끄러워, 너 같은 놈이 뭘 알아!"

"알고 싶지도 않거든. 이기적인 꼬맹이가 뭘 생각하는지 따위."

"뭐라고⋯⋯!"

"—질리안."

노엘이 조용히 한마디 끼어들자 질리안은 벼락이라도 맞은 듯이 긴장하며 입을 다물었다.

"**지금의** 당신에게 무슨 말을 해도 전해지지 않겠죠. 그러니까 전 당신을 뛰어 넘어가겠어요. 부디, **지금의** 제 모습을 그 눈으로 똑똑히 봐 주세요. 전 제 의지로 카론을⋯⋯ 복수를 되찾겠어요."

질리안의 보랏빛 눈동자가 흔들렸다. 입술도 파르르 떨리기 시작했다.

그 눈은 노엘의 앞을 가로막고 나서부터 항상 반짝반짝 빛나고 있었다.

자신에게 불리한 것은 전혀 비추지 않은 채. 질리안의 눈은, 질리안 자신을 속였다.

그리고 그녀는 그것을 깨달으려 하고 있었다.

조금만 더.

분명 전해질 거다.

지금의 노엘의 모습과 목소리로 조금만 더 하면.

"……흠. 잘 봐라, 질리안. 네 **이상의 노엘**은 확실히 **옛날** 이야기인 것 같다. ……알았나. 사람이란 변하는 거라고."

"쳇, 시, 시끄러워…… 시끄러워, 시끄럽다고!! 시저, 이 자식을 죽여줘!!"

휙하고 기세 좋게 질리안이 시저를 바라보았다. 그녀가 가리킨 건 보머였다.

"이 자식을 지금 당장 노엘에게 떼어놓으라고!"

"……"

"빨리! 뭘 멍하지 있는 거야!'"

지금까지 즉각적으로 질리안의 명령에 따랐던 시저가 처음으로 질리안에게 재촉당할 때까지 움직이지 않았다. 말없이 지그시 질리안을 바라보는 그 모습은―.

정말 이걸로 괜찮은 것인지 묻고 있었다.

질리안의 새된 목소리에 겨우 시저가 움직였다. 이 악마에게 적당하라는 것은 없을 것이다.

"보머, 아무리 당신이라도 이 악마와 정면으로 싸우는 건……!"

"헷, 엄청나군. 카론보다도 강한 악마라니 피가 끓는다. ……이렇게 말하고 싶지만, 그래도 역시 정말 위험해 보이네."

"어떻게 하려고요?!"

"안심해라. 다 생각이 있어!"

보머와 시저는 동시에 움직였다.

폭탄에 의한 충격. 시저가 내뿜는 하얀 충격.

그것은 격렬하게 충돌하여 강철 발판을 부쉈다. 여기저기 깨지며 파편이 흩어졌다.

동굴 전체가 붕괴하는 것이 아닌가 걱정이 될 정도의 격돌이었다. 이 격돌은 한 번에 끝나지 않고 몇 번이나 이어졌다.

하지만, 잘 보면 처음 충돌 이후 보머는 기본적으로 시저의 공격을 피하며 빈틈을 노리고 있었다.

시저의 『구속』이 아직 풀리지 않은 것은 노엘과 보머에게 몇 안 되는 행운이었다. 움직임이 느리다. 그래도 마인 보머의 힘으로도 제대로 상대할 수 없었지만.

시저의 공격은 몇 번을 봐도 정체를 알 수 없었다. 바람— 충격파를 직접 다루는 것처럼 보이기도 하고, 새하얀 빛인지 번개를

123

다루는 것처럼 보이기도 했다.

보머는 경이적인 속도로 시저의 공격을 피하고 있었다.

시저에게 안달이나 초조함은 보이지 않았다. 오히려 기계적으로 보였다.

하지만, 갑자기.

사라졌다.

"어……?!"

동굴 안 기압에 이변이 일어났다. 키이이잉 하고 귀가 째질듯한 이명. 고막이 아팠다.

"보머……!"

조심해요.

노엘은 귀를 막고 쭈그려 앉았다. 보머에게 한 경고의 말이 입안에서 머물렀다.

그리고 우레와 같은 소리.

철 발판이 타는 냄새. 하얀 연기. 시저가 넓은 공터 중앙에 나타나 있었다. 그는 이 공터 전체를 공격했다는 말인가.

보머는— 이 공격도 피했다.

녹색 코트 옷자락에 살짝 그을린 것이 보였다.

시저는 이 공격으로 모든 힘을 소모했는지, 얼굴을 들어 올리지도 못하고 살짝 몸을 앞으로 구부린 채 움직이지 않았다.

거기에 불덩이가 된 보머가 힘껏 몸을 부딪쳤다. 시저가 휘청하는 것이 노엘에게도 보였다.

보머가 순간 굳은 표정으로 웃음을 짓는 것도.

폭탄이 흩날렸다.

시저는 폭염에 휩싸였다.

엄청난 기세로 주위에 연기가 자욱이 끼어, 노엘과 질리안도 콜록 콜록 기침이 나왔다.

"이, 이런 곳에서까지 폭탄 좀 쓰지 마!"

"자, 잠깐만요, 보머. 연기가! 그리고 발판이……!"

"바닥을 나만 박살 낸 건 아니라고!"

보머가 지적한 대로, 강철제 발판을 구멍투성이로 만든 것은 거의 시저였다.

이 발판이 어느 정도 높이에 만들어졌는지 알 수 없지만, 그 아래는 수심도 분명치 않은 바다였다. 떨어지면 정말로 끝인데 보머에게는 어떠한 망설임도 없었다. 폭탄을 계속해서 던졌다.

시저는 다행히 「눈」으로만 상대의 모습을 파악할 수 있는 듯했다. 뭔가 초현실적인 힘으로 보머가 있는 곳을 찾아내는 것 같지 않았다. 왜냐하면— 연기가 심해지자, 악마도 두리번거리기 시작했기 때문이다.

"어, 엄청난 연기……! 어떻게 이렇게 연기가 많이 나는 거죠……?!"

이젠 눈을 뜰 수도 없었다. 완전히 질리안의 모습도 보이지 않았고, 그녀의 기침과 불평 소리만 들릴 정도가 되었다.

콜록거리는 노엘 앞에 데구르르하고 원통으로 된 물건이 굴러왔다.

거기에는 스모크라고 프린트되어 있었다.

(어이, 노엘!)

연기 속에서 보머가 튀어나와 노엘을 쿡 찌르고 귓속말을 했다. 그에게서 초연 냄새가 확 났다. 얼굴도 머리카락도 그을린 채 헐떡이고 있었다. 그렇지만, 큰 부상은 없어 보였다.

(이제 때가 됐어, 녀석들을 따돌리고 앞으로 나아갈 거다. 이제 이 발판은 진짜로 위험해. 이 연기라면 우릴 못 찾을 거야!)

(일부러 연기를 피워 상대의 시야를 묶어놓은 거군요.)

(그래. 폭탄과 함께 수류탄도 마구 뿌려댔지.)

(당신답지 않게 꽤나 지능적인 작전, 나이스하네요!)

(시끄러, 꼭 쓸데없이 한 마디가 많아! 그리고 보면 너 완전 날바보 취급하는 거지!)

노엘은 보머에게 안기듯 연기 속을 빠져나갔다.

질리안의 옆을 지나가는 것 같은 느낌이 들었다.

뒤를 돌아 보자, 눈을 비비며 기침하는 질리안의 모습이 희미하게 보였다.

—질리안.

이번엔 목소리가 닿았을까.

지금까지의 질리안과는 조금 다른 듯한 느낌이 들었다. 카론을 되찾기 위해 나타난 것이, 그렇게 그녀에게는 충격이었던 걸까. 어쩌면 그 마음 틈 속에 파고들 수 있을지도 모른다.

그렇게 생각하자, 질리안의 뒷모습이 연약하고 그 나이대의 무력한 소녀의 것으로 보였다.

연기가 조금씩 걷혔다. 목과 폐에 타는 듯한 고통도 줄어들었다.

"제길, 아무리 잔재주를 부려도, 어차피 시저한테는 안 통—."

시저는 구멍이 뻥뻥 뚫려 너덜너덜해진 발판 중앙에 우뚝 서 있었다. 아무것도 하지 않고.

그리고 이윽고 천천히 질리안의 곁으로 돌아왔다.

보머의 공격으로 생긴 상처는 이미 아물고 있었다.

"녀석들이 사라졌다."

시저는 나직이 그것만을 고했다.

질리안은…… 얼이 빠져있었다. 긴장이 풀리자 주저앉을 뻔했다.

"……그렇게나, 카론을 원하는 거야? 나를 속이면서까지……."

질리안의 보랏빛 시선은 빙빙 허공을 헤맸다. 너무 기침을 많이

한 탓인지, 아니면 다른 이유에서인지 그 눈에는 어렴풋이 눈물이 어렸다.

"연기…… 되게 안 걷히네……. 시저, 쫓아갈 수 있겠어?"

"뒤를 쫓는 것보다 곧장 안으로 돌아가는 게 낫다. 어차피 녀석들의 목적지는 거기니까."

시저의 목소리는 고요했다. 그가 이렇게 길게 말하는 건 드문 일이었다.

질리안은 한숨을 쉬며 어깨를 떨어뜨렸다.

"그렇, 네."

"……그리고."

"응?"

시저가 말을 보충하는 건 더욱 드문 일이었다. 질리안도 역시 조금은 놀란 얼굴로 시저를 올려다보았다.

"연기는 이미 다 걷혔다."

질리안은 눈을 부릅떴다.

그 눈의 초점은 맞지 않았다. 처음엔 새파래지게 동요했지만, 머지않아 질리안의 얼굴에는 포기와 달관의 표정이 떠올랐다.

"……그렇구나. ……안쪽으로 가자."

"내 로브 옷자락을 잡아도 된다. 발밑을 조심해라."

"……됐어, 그런 거. 시저 정도는 잘 보여. 발밑도…… 잘……."

"그런가."

시저가 쇠사슬을 흔들며 조용히 걷기 시작했다.

질리안은 시선을 아래로 떨어뜨리고, 터벅터벅 그 뒤를 따라갔다.

"하아, 하아……."

"콜록 콜록."

"커헉, 하아……."

곤혹을 치렀다.

두 사람의 기침은 진정되지 않았다. 보머의 기침은 노엘보다도
심해서, 쌔액쌔액 숨을 몰아쉴 정도였다.

"커헉, 커억…… 하아, 어떻게 피하긴 했군. 여기쯤에서 숨을 좀
돌려야겠어……."

"콜록, 당신까지 숨이 막히면 어쩌자는 거에욧."

"아우 시끄러워…… 평소엔, 마스크가, 있었잖아……!"

쓰러지듯 주저앉았다.

이곳은 꼭 철교 같았다. 파도 소리도 거의 들리지 않았다. 발밑
은 어둡고, 길 끝도 캄캄한 어둠과 이어져 어디까지 계속될지 확
실치 않았다.

"그런데 정말 강렬했어. 난 기절한 질리안 밖에 모르지만, 원래

저런 사이코패스는 아니었지?"

"물론이에요. ……질리안은 착한 아이였어요. 주위에 다 남자뿐인 환경에서 자라서 조금 특이한 아이인 건 확실하지만요. 그치만 제게는 없는 재능을 가져서……. 제 복수가 그 아이를 바꿔버린 거예요."

지금까지 생각해 볼 여유도 없었고, 질리안이 적으로 돌아선 후엔 떠올리지 않으려 했지만—. 질리안과 보낸 날들을 생각하면, 자연스럽게 피아노 음색이 어디선가 들리는 것 같았다.

한 번 들은 음과 곡은 절대 잊지 않았다. 악보를 보는 건 서툴렀지만, 『모범 연주』를 한 번 듣기만 해도 술술 칠 수 있었다.

질리안은 그런 놀라운 재능을 갖고 있었다.

그렇지만, 피아노 선생님은 이렇게도 말했을 것이다.

질리안이 서툰 건 악보뿐만이 아니다. 마음을 담아 치는 것이 서툰 것 같다고. 무리하게 마음을 담아서 치려고 하면, 어딘지 독선적으로 되어 버린다고—.

어쩌면 질리안에게 원래부터 이렇게 될 소질이 있었을지도 모른다.

—그래도 저 아이는 내 소중한 친구.

노엘도 가능하면 그 과거로 돌아가고 싶었다. 학교가 끝난 후의 피아노 교실. 타오르는 듯한 석양 속, 둘이서 연습했던 날. 연탄곡을 쳤던 날.

질리안은 아직 그 장소에 갇혀있었다. 하지만 노엘은 스스로 과거의 모든 것을 버렸다. 운명에 휩쓸리듯 자업자득으로 『지금』에 이르렀다.

"지금의 저를 받아들이라고 하진 않겠어요. 하지만 제가 선택한 길이란 걸 이해해줬으면 좋겠어요. 제가 복수를 이루면, 그 아이는 버로우즈 시장과 저라는 **속박**에서 해방될 거예요."

근거는 없지만, 그렇게 확신했다.

노엘은 보머를 바라보며 단호히 말했다.

"그래서 전 질리안에게 굴복하지 않겠어요. 그 아이와 직접 마주해 보이겠어요."

그것을 들은 보머가 눈을 동그랗게 떴다. 자신이 그런 말을 하는 것이 그렇게 의외인가 하고 노엘이 생각이 들 정도로 그는 놀란 것이다. 보머는 노엘에게서 눈을 돌리며 급하게 자리에서 일어서, 동굴의 어둠 속을 노려보았다.

"왜 그래요?"

"역시 넌 늠름해진 것 같군. 저렇게 민폐인 친구와 직접 마주하겠다니. ……비슷한 녀석이 생각나 버렸어."

"……하아. 비슷한 녀석말이죠."

"이제 다 쉬었겠지. 슬슬 가자."

노엘의 호흡은 이미 예전에 안정되었다. 하지만 보머의 호흡은 아직 정상이 아닌 것 같았다. 어깨가 들썩이는 것을 억지로 참고 있는 것처럼 보였다.

"……보머. 당신의 〈대가〉는 뭐죠?"

"뭐?"

기세 좋게 뒤돌아보던 보머의 얼굴에 명백하게 놀라움이 떠올랐다.

"저는 사람 한 명을 죽이기 위해서 양팔, 양다리를 잃었어요. 당신은 그 엄청나게 강한 『힘』을 받는 대신 무엇을 뺏겼죠? 설마……무슨 병 같은 걸 받았다던가 그런 거?"

보머는 크게 혀를 찼다.

그리고 크게 숨을 들이마시고 내뱉었다.

그때의 소리가…….

귀가 좋은 노엘에게는 잘 들렸다. 들어본 적이 있는 소리였다. 피아노 교실에 다니던 아이.

언제나 천식 흡입기를 가지고 다니던―.

"……믿기 어렵겠지만, 형은 어릴 때 엄청 몸이 약했어. 입원, 수술, 퇴원 그리고 입원을 반복했었지."

"네?! 그…… 그건 정말로 믿기 어렵네요……."

"호흡기도, 심장도, 여하튼 여기저기 안 좋아서 말이야. 난……딱히 그런 거에, 별생각 없을 줄 알았는데…… 본심은 아니었던 것 같다. 그 악마, 말도 안 했는데 나에 대해서 뭐든 알더라고."

"······."

"난 어쩌면 벌을 받은 거라고 그렇게 생각한 적도 있지만, 뭐······. 그래도 후회는 안 해. 정말로."

"······그렇군요. 미안해요."

보머는 속 시원하게 말해주지는 않았다 하지만, 노엘은 그 이상 들을 마음이 없어졌다. 그가 지불한 〈대가〉는 대강 알 수 있었다. 이미 그것으로 충분했다. 그 정도로 알려준 것만으로도 감사했다.

대강 알게 되어 버린 탓에, 앞으로 보머가 너무 무모하게 싸우지 않길 바랐지만, 여기까지 온 이상 더는 어쩔 수 없었다.

끝까지 완수하여 끝내야만 했다.

동굴의 길은 인공적으로 만들어진 길로만 이어져 있었다. 그래도 길이 하나로 이어져 있어서 헤매지 않고 나아갈 수 있었다.

그렇긴 해도, 노엘은 이렇게까지 해식동이 깊고 길 줄은 상상도 못 했다. 관광으로 왔을 때는 그저 입구까지만 본 것이라고 말할 수 있을 정도였다.

앞장서 걷던 보머가 갑자기 걸음을 멈췄다.

앞에서······ 어둠 속에서 누군가 유유히 걸어오고 있었다. 보머보다 훨씬 키가 커서, 순간 시저인 줄 알았지만—.

"하~이, 다음은 나야! 이 이상은 못 가지♥"

바다 냄새를 날려버리는 듯한 고급 브랜드 향수의 향.

그 인물의 옷차림은 변함없었다. 화려한 부채와 코트만 없다면, 일단은 신분 높은 경찰의 복장이었다.

"지노 관리관……!"

"연달아 힘들게 됐군!"

이렇게 말은 했지만, 사전에 파이손과 부하들이, 지노가 서에서 나와 이쪽 방면으로 향했다는 정보를 입수했었다. 지금까지 외길을 따라 들어왔지만, 그들만 아는 출입구가 따로 있을지도 모른다. 지노가 나타나리라는 건 이미 예상했다.

"저기, 노엘. 내가 분명히 마지막 경고했었지? 더 이상 권력을 거스르는 건 그만두라고. 그런데 왜~ 또 이런 곳에 있는 걸까?"

"당하면 돌려줘야죠……! 그저 그뿐이에요!"

"하~ 정말 싫다~, 참 끈질기네. 게다가 그 말, 완전히 마피아 신조 같다구. 이래서 여자는 싫다니까!"

"네놈도 반쯤 여자 같은데 무슨 소리냐, 망할 여장 남자가!"

"난 누나야, 몇 번을 말해야 알겠니!"

보머는 화가 치민 듯 지노를 노려보았다.

"이봐, 얘기 들었다. ……형이 오랫동안 신세를 졌다지?"

"우훗. 됐어, 사례 같은 건♥"

제철소에 있을 때, 노엘은 아주 조금 주워들은 이야기가 있었다.

보머는 슬며시 오스카의 상태도 살펴본 것 같았다. 그때 우연히 얻은 정보가 있었다.

참혹한 사고로 집이 전소된 후, 살아남은 오스카를 거둔 것은 지노였다고.

그의 교육과 후원이 있었기에 오스카는 경찰관이 될 수 있었을 것이다. 오스카의 능력이 경찰로서 우수했던 것은 틀림없지만, 아마 지노의 입김도 있었을 것이다.

"마지막엔 살짝 궤도가 비스듬히 엇나갔지만, 형은 당신과 달리 올바르게 자랐어. 그치만, 보머…… 아니, 후고. 당신은 참 여기저기 돌아다니더라?"

"……뭐?"

"여기 붙었다 저기 붙었다. 후훗. 이런 시원찮은 동생을 쫓는 형도 힘들었겠다."

"짭새 주제에 버로우즈 같은 놈하고 한패인 네놈이, 다 안다는 듯 말하지 마! 네놈들과는 돈으로 이어져 있었을 뿐이야. 처음부터 사이좋게 지낼 생각은— 없다고!"

보머가 분노를 못 참고 돌진했다

그건 폭발처럼 갑자기 일어난 일이었다.

불꽃에 휩싸인 훅이 허공을 갈랐다.

그렇게 빠른 공격을 지노는 가볍게 피했다.

"쪼오옴! 갑자기 공격하다니, 비겁하지 않아~?"

"닥쳐, 네놈들도 맨날 비겁한 방법을 써온 주제에."

"흐~음…… 그렇다면 나한테도 생각이 있지."

지노의 얼굴이 섬뜩한 얼굴로 일그러졌다.

그의 부채 움직임이 딱하고 멈췄다.

"애들아, 나올 시간이야♥"

파도 소리 같은 것이 들렸다.

어둠 속에서 하얀 정장을 입은 남자들이 나타났다.

그들의 수는…… 다 셀 수 없었다. 10명 이상은 됐다. 어느새 노엘과 보머는 포위되었다.

이 남자들은 분명히 경찰은 아니었다. 해변에도 동굴에도 어울리지 않는 하얀 정장. 여기는 이렇게 어두운데 선글라스를 낀 자들도 많았다. 그들은 손에 모두 기관단총이나 라이플을 들고, 노엘과 보머를 겨누고 있었다.

"뭐야, 이 녀석들은…… 경찰이 아니잖아. 설마……?!"

"우후훗, 잘 아네. 이 애들은 비앙코 패밀리의 떨거지들. 러셀이 말단들을 매수해서 조직을 다시 만들어줬어. 이제는 러셀 버로우즈의 사병 같은 느낌이려나."

"저, 전 마피아?!"

노엘은 말이 나오지 않았다. 버로우즈는 그런 것까지 손안에 넣었던 것인가 하는 놀라움도 컸지만— 지노는 경찰이 아닌가.

경찰 관리관이 마피아에게 지시를 내리다니, 어떻게 된 것이 분명했다. 이렇게나 정의가 전혀 기능하지 않는다는 것을 과시한다니, 놀라기보다는 어처구니가 없었다.

"핫, 우리가 적이라면, 저쪽은 백인 거냐, 웃기는군!"

"자, 잠깐 보머, 뭐가 웃기단 건지……."

"여기는 청소도 편하니까, 마구마구 사정없이 갈겨줘♥"

여러 명이 동시에 총의 슬라이드를 당기는, 어마 무시한 소리가 들렸다.

전방에는 지노가, 철교 양쪽에서는 총 끝을 겨누고 있었다. 다리의 높이도, 다리 밑에 고인 바닷물의 깊이도 알 수 없었다. 도망칠 곳이 없다.

"보머! 무슨 수가 없을까요……?!"

"쳇……, 무사히 나갈 순 없겠군……. 제길!"

보머도 결국 두 손 두 발을 들었다.

지노가 살며시 윙크했다.

"그럼, 잘 가.♥

바위를 부술듯한
총성이 울려 퍼졌다.

타
천

노엘이…… 눈을 떴다.

이번엔 진짜로 죽을 줄 알았는데…… 살아있다.

게다가 아무 데도 아프지 않았다.

"어라? 뭐지? 응?"

눈앞에서 지노가 살짝 놀란 모습으로 두리번거리고 있었다.

"아하하핫. 뭐야 이게 최전선이냐! 내 골든 스파이크 드래곤의 도금이 아직도 반짝거리고 있다고, 짜샤!"

황금빛 쇠 파이프. 까랑까랑하게 울리는 허스키 보이스. 머리에서 피를 흘리며 쓰러진 흰 정장을 입은 남자의 등 뒤에서, 갈색빛 피부의 여자가 튀어나왔다.

잘못 본 것이 아니었다. 분명 그건 토드였다.

"이런 곳에서 반가운 흰 정장을 보게 될 줄이야."

총의 탄창을 교환하면서, 파이손이 천천히 등장했다.

"핫하! 아직이야! 아직도 색칠이 부족하다구우우!! 뭐야, 파이손, 이 녀석들 한 방 먹여줘도 되는 거지? 괜찮아? 괜찮냐구우우우?!"

"지금 너한테 이성을 요구하는 건 어리석은 일인 줄을 알지만,

입 좀 다물도록."

슬러그는 왠지 제정신이 아니었다. 파이손이 질린 얼굴로 제지했다.

"너희들……!"

보머의 얼굴이 확 밝아졌다. 그 순간, 그의 웃는 얼굴은 마치 어린아이 같았다.

다급히 달려온 건 파이손과 슬러그, 토드 셋뿐만이 아니었다. 여기에 돌입한 거의 멤버 전원이었다. 그들이 뒤에서 비앙코 패밀리의 조직원들을 물리쳐 주었다.

모두 피투성이였지만, 팔팔 그 자체였다.

"어우 정말. 우리 부서원들이랑 러셀이 고용한 경비원도 전~부 당했단 거야? 다시 가르쳐야지, 안 되겠네."

전세가 완전히 역전되고, 이제 포위된 건 지노 쪽이었다. 하지만 그는 여유만만, 평소 태도를 관철했다. 이제 와서 아직도 무슨 수가 있다는 것인가.

"하~. 이렇게 돼 버리면 어쩔 수 없겠네."

그는 차락 부채를 접고, 품속에 넣었다.

"……오랜만에 내가 직접 나서볼까!"

지노의 눈빛이 짐승처럼 변했다.

그리고 다음 순간, 그 큰 키로 말도 안 될 만큼 높이 비약하여 노엘을 노리듯 덮쳐왔다. 보머가 끌어 당겨준 덕분에 노엘은 위기에서 벗어날 수 있었다.

쿠웅 하고 철교가 흔들렸다.

노엘은 자신의 눈을 의심했다. 지노가 착지한 지점, 강철제인 다리의 바닥이 찌그러진 것이다!

"어이, 진짜냐! 여장 남자, 네놈도 마인이냐?!"

지노는 새침한 얼굴로 일어서며 재빨리 화려한 옷과 머리를 정리했다.

"설마! 난 순수한 인간이야. 하루도 빠짐없이 트레이닝을 해 온 결과일 뿐이지. 꾸준히 갈고 닦은 이 근육과 격투술은 진짜야. ……내 힘은, 악마와의 계약 따위로 얻은 가짜가 아니라고!"

"하……아앗?"

노엘의 입에서 느닷없이 괴상한 소리가 튀어나왔다.

말도 안 돼. 근육이 얼마나 있으면, 저렇게 높이 뛰고, 강철을 우그러뜨릴 수 있는 것인가.

"쳇……. 괴물인 건가!"

혀를 찬 후, 보머는 힐끗 노엘을 보았다.

그가 무언가 생각한 것은 약 1초. 바로 행동으로 옮겼다.

"─헛?"

그는 노엘의 멱살을 잡았다.

143

"으랏차!!!"

그리고 냅다 던졌다.

마인의 완력은 놀랍게도 노엘의 몸을 공중에 던져 포물선을 그리고, 지노의 머리 위도 뛰어넘을 정도였다. 그리고 거의 얼굴로 철교 바닥에 내동댕이쳐졌다.

"으아아아악!! 뭐, 뭘 한 거예요?!"

"뭐야, 노엘 먼저 보낼 생각이야? 그건 안 돼—."

보머는 순식간에 불타올라, 지금까지 보여주지 않았던 스피드로 지노에게 온몸을 던졌다.

아니, 그러려고 했다.

"호오!"

지노는 마인의 전력 태클도 피했다.

하지만 보머도 이것으로 쓰러뜨릴 순 없다고 생각한 것 같았다.

"바보냐, 한눈을 파니까 이렇게 되는 거다! 이런 좁은 곳에서 누가 싸울 줄 알고!"

특기인 악담도 하는 둥 마는 둥 하고, 보머는 노엘을 안고 맹렬하게 달려나갔다.

노엘은 뭐라고 불평을 늘어놓고 싶었지만, 뒤를 보자 그럴 마음이 사라졌다.

"으아아아악, 기다려, 이 쥐새끼 같은 것들이이이이이!!"

"히이익?!"

굉장한 기세…… 엄청난 기세였다. 올림픽 육상 경기에서도 나오지 않을 정도의 속도.

그리고 그 기백. 너무나도 압도적이었다.

잡히면 죽는다가 아니라, 잡히면 먹힌다는 표현이 어울렸다.

"큰일이야, 저 녀석 저렇게 빡친 거 처음 봐!"

"아니, 왜 웃는 거예요?"

"웃을 수밖에 없잖아! 하하하하하, 쿨럭, 쿨럭."

"그치만, 따돌리지 않으면……! 우린 죽을 거예요! 갈가리 찢길 거라고요!"

"알아! 저 리프트에 타서 작동시켜 봐!"

보머가 전방을 가리켰다. 분명 거기에는 윗층으로 올라가는 리프트가 있었다.

"아, 알았어요!"

노엘은 리프트에 올라타 레버를 당겼다.

천천히 리프트가 움직이기 시작했다.

하지만 지노도 금방 거기까지 쫓아왔다.

"못 보내!!"

그가 손을 뻗었다. 리프트 어딘가를 잡고 매달리면 끝이었다. 그의 완력이라면 얼마든지 한 손으로 떨어뜨릴 수 있을 것이다.

"네 허락 따위 필요 없어! 이거나 먹어라!"

보머가 잇달아 백팩 속 폭탄을 꺼내 떨어뜨렸다. 완전 폭격 그 자체였다. 지노도 결국 폭발에는 당해내지 못하는 듯 황급히 거리를 떨어뜨렸다.

"으앗, 위험햇! 무례한 아이구나……!"

"핫, 꼴좋군, 이 남장 여자!"

지노의 모습이 멀어져 갔다.

5, 6미터는 올라갔을까. 리프트가 멈춰 섰다.

철컥하는 작은 소리.

"……!"

그 소리를 알아챈 건 노엘 뿐이었다.

그 층 안쪽에 흰 정장 차림의 남자가 있었다. 그는 스나이퍼 라이플을 겨누고 있었다.

보머는 지노를 내려다보느라 알아채지 못했다.

노엘은 망설이지 않았다.

남자의 옆에 커다란 발전기가 있는 것이 보였다.

파이손에게 받은 소형 권총을 겨눈 후 정신없이 총을 쐈다. 탄수는 여섯 발.

반동은 적다고 들었지만, 노엘의 어깨도 왼팔도 마비되어 감각이 없어졌다. 탄창이 텅 빈 총은 손에서 흘러내렸다.

146

서툰 사격 솜씨로도 여러 발을 쏘니 그중 하나가 맞았다—. 여섯 발 중 한 발이 발전기에 명중했다. 불꽃이 튀고, 저격수는 재빨리 허둥지둥하며 도망쳤다.

노엘은 그때 처음으로 발전기 옆에 휘발유 탱크가 있는 것을 깨닫고, 자기가 한 짓의 위험성에 등골이 오싹해졌다.

그렇지만, 어쩔 수 없었다. 이것저것 따질 여유가 없었다.

"……노리고 있었던 건가. 잘 알아냈다."

"총을 겨누는 소리가 나서 알았어요. 저, 귀는 보통사람보다 배는 좋으니까요."

"흠, 제법 하네. 덕분에 살았다."

보머가 웃으며 주먹을 내밀었다.

분명 영화와 만화에서는, 이 주먹을 주먹으로 쳐주는 것이 『예의』일 터. 부잣집 아가씨로 자라온 노엘에겐 한 번도 해본 적 없는 경험이었다.

쑥스러움을 감추며 노엘도 웃으면서 주먹을 가볍게 쳤다—.

"끝났다고 생각한다면 큰 착각이라구우우우우우우~!!"

리프트 아래에서 우렁찬 소리가.

"뭐야?!"

"서, 설마!"

그 설마였다.

지노가 생명줄도 없이, 원숭이처럼 튀어나온 돌과 리프트의 골조를 기어올라 순식간에 노엘이 있는 곳까지 따라잡은 것이다.

노엘도 보머도 입을 다물 수 없었다.

"차오~♥"

게다가 거의 숨이 찬 것 같지도 않았다.

"허어어억?! 말이 되냐고, 이런 게!"

"나한테서 도망치려 하다니, 너희는 아직 멀었어! 이 누나는 집념이 강하거든~!"

"다, 당신이 훨씬 끈질긴 거 아닌가요!"

"하나하나 말꼬리 잡지 마! 각오는 됐겠지?!"

슥하고 노엘의 앞으로 보머가 나왔다. 침착해 보였다. 적을 응시하는 그의 옆모습도.

"혼자서…… 괜찮겠나요?"

발전기가 부서졌기 때문에, 리프트는 이제 움직이지 않을 것이다. 파이손과 부하들도 여기에 도와주러 오기 쉽지 않다.

"누구한테 물어보는 거야. 난 마인, 저 녀석은 그냥 사람. 걱정할 필요 없어. ……것보다, 너야말로 괜찮은 거냐? 카론이 있는 곳에 가더라도 분명 거기엔……."

"있겠죠, 질리안과 시저가. 하지만 그래도 괜찮아요."

"직접 마주할 거지?"

"네."

"그러냐. 그럼 그렇게 해. 나를 여기까지 데리고 온 이상, 반드시 해내라."

"물론이죠!"

노엘이 돌아섰다.

그리고 필사적으로 걸어갔다.

결국, 혼자가 되었다. 해식동에 들어오기 전에는, 오히려 불안할 정도로 많은 사람과 함께했는데.

아니, 혼자가 아니었다.

안에— 또 한 명이 있다.

노엘이 가는 모습을 지켜보지 않았다.

지노는 어떤 수라도 쓸 놈이었다. 한눈을 판 순간 당한다.

"이런 일이 다 있네~. 천하의 보머가 타인을 위해 희생을 하다니."

"누가 희생을 했다는 거냐. 네놈한테 질 생각은 없다고."

보머는 매고 있던 백팩을 버렸다.

폭탄이 조금 남았지만, 지금은 조금이라도 몸을 가볍게 하고 싶었다.

"그리고, 이건 타인을 위한 게 아니야. 내가 이러고 싶으니까 이

러는 거다. 질리안…… 그 기분 나쁜 계집애를 날려버릴 수 있는
건, 저 녀석뿐이니까."

"훗. 좀 더 빨리 그런 생각을 할 수 있었다면, 형도 고생 안 시키
고 끝났을걸? 하는 짓이 전부 어긋나 있으니 느려터졌지, 후고!"

"닥쳐! 너랑은 여기서 결판을 짓겠다!"

승부는 오래 끌 수 없었다.

가슴에 터질 듯한 고통과 열이 났다. 두통도 심해지고 있었다.

보머는 폭열과 불꽃을 만들어 지노에게 덤벼들었다.

―이 일격으로……!

결판이 나지 않았다!

동양 무술을 몸에 익힌 것일까? 지노는 가볍게 폴짝 뛰며 보머
의 돌진을 피했다.

"너랑 싸울 방법은!"

탕하고 강철 바닥을 차, 지노가 뛰어올랐다.

"이미 예전에 연구해뒀어!"

보머에게는 큰 빈틈이 생기고 말았다. 층 가장자리에는 울타리
같은 게 설치되어 있지 않았다. 힘이 남은 나머지 아래층으로 떨
어질 것 같았다. 거기서 지노가 한 발을 들어 올려 보머의 정수리
를 내리치려 했다.

"큭……."

아슬아슬하게 직격은 피했다.

하지만.

지노는 착지하자마자 바로 돌아 다시 발차기를 날렸다.

그것이 제대로 보머의 배에 맞았다.

숨이 멎었다.

엄청난 위력.

"커헉!"

강철 바닥에 내동댕이쳐져 쓰러졌고, 정신이 드는 순간 목에 두 번째 킥을 맞았다.

아니, 달랐다.

짓밟고 있었다. 마치 강철 바닥에 짓눌리듯이.

"한 가지 공격만 강한 녀석들은 말이야, 그 공격만 파악하면 별 거 없단 말이야!"

으드득으드득, 목에서 끔찍한 소리가 들렸다.

—위험해. 이대론…… 부러진다!

보머는 최대한 크게 숨을 들이마셨다.

후우웁하고 목과 가슴으로 빈약한 소리가 들렸다.

"어머!"

폭발.

온몸에서 내뿜을 수 있는 폭염을 한 번에 분출시켰다.

지노는 거의 붙어 있는 이 상황에서도 직격을 피했다.

"어휴 정말! 싫어! 최악이야!"

보머의 불꽃이 태운 건, 지노의 현란한 하얀 코트의 옷자락이 다였다. 지노는 공격을 피할 때보다 당황한 모습으로 탈탈 코트의 옷자락을 털었다. 상당히 마음에 든 코트인 듯했다.

그건 큰 빈틈이었지만, 보머는 기회를 살리지 못했다.

가슴이 타들어 갔다. 공기가 폐로 가는 도중에 멈췄다.

거기다 왼쪽 눈 속이 욱신욱신해서 그 고통이 뇌까지 전해지고 있었다.

거친 숨을 내쉬며 보머는 두 번 기침을 내뱉었다.

"이 자식이…… 하아…… 까불고 있어…… 쿨럭……!"

"……흐~음. 역시 그렇군."

지노는 완전히 의기양양한 얼굴이 되어, 턱을 들어 올리며 팔짱을 꼈다. 충분히 거리를 두려 있지만, 명백하게 그는 보머를 **내려다보고 있었다.**

"……뭐가 ……이 자식! 뭐가 『역시』냐……!"

아니……, 일부러 되물을 필요도 없이 보머도 눈치채고 있었다. **적에게 들켰다.** 자신의 몸이 지금 어떻게 되어가고 있는지.

"저기, 후고. 지금까지 필살기로 단기간에 결판을 내왔겠지만…… …. 당신, 역시 다른 마인에 비해서 체력이 없는 것 같네. 그 정도면 네 나이대 인간보다 못한 것 같네. 아, 그래그래!"

지노는 일부러 보란 듯이 뺨을 쳤다. 찰싹 소리가 동굴 안에서 크게 메아리쳤고, 그 소리는 마치 가벼운 폭발음처럼 들렸다.

"당신이 애용하는 가스마스크, 우리가 압수한 그거. 알아보니 왼쪽 렌즈에만 상당한 도수가 들어가 있더라. 그리고 흡수관^{캐니스터} 중 앙에 들어있던 건, 필터가 아니라 산소병이었어."

"—조잘조잘 시끄러워, 닥쳐!"

듣지 않아도 잘 알고 있었다. 적이 득의양양하게 말하는 게 참을 수 없이 화가 치밀어 올랐다.

보머는 제정신을 잃고 폭염을 휘감아 지노에게 돌진했다.

"오옷♥"

보머의 돌진 속도도 불꽃의 기세도, 스스로 놀랄 정도로 약해져 있었다.

원래라면 이 얼굴에는 그 가스마스크가 있었다. 있어야 할 것이 여기 없으니까…… 모든 게 잘 풀리지 않았다. 지노가 읽어낸 것처럼 보머는 단시간에 결판을 내야만 했다.

지노의 말을 차단하기 위한 공격을, 지노는 너무나도 쉽게 피했다.

"당신이 악마에게 지불한 〈대가〉는, 『건강』인가 보네. 호흡기와 왼쪽 눈이 나쁜 거지? 좌우 시력이 너무 차이나면 현기증이 나거나 두통이 난다고 하지. 지금도 혹시 머리 아파? 응? 후고♥"

"하아…… 하아…… 이 새끼가……!"

"—당신, 정말로. 어긋나있구나."

풀썩.

지노의 무거운 발차기가 정통으로 보머의 옆구리에 들어갔다.

우득 하고 갈비뼈 근처에서 소리가 났다. 부러졌거나 금이 간 것인가. 적어도 온전한 것 같진 않았다. 날아가면서도 보머는 그것이 남의 일처럼 느껴졌다.

"건강은 소중한 거야. 결국, 인생은 건강이 최고지. 그걸 버리면서까지 『힘』을 손에 넣었는데, 이쪽에 붙었다가 저쪽에 붙었다가. 변명은 『돈을 받았으니까』라느니, 『의뢰니까』라느니……. 참 얄팍한 이유네. 당신의 정체는 아~무것도 생각하지 않는 어린애야. 대체 뭣 때문에 악마와 계약 같은 걸 한 거야!"

어째서 이런, 정의의 껍질을 뒤집어쓴 악당에게 설교를 들어야만 하는가.

태워서 폭파시킨 후 엉망으로 만들어주고 싶었지만, 보머의 체력은 이미 바닥나 있었다. 흐르는 건 식은땀과 진땀.

뭣 때문에?

뻔하잖아.

그 압도적인 힘에 홀렸으니까.

당연히 그거지…….

아니다.

"〈대가〉는…… 화상 자국이다. 거기에 저주가 걸렸지. 결과적으로 난 건강하지 않게 된 것뿐. ……그게 아니야. 힘을 쓰면 난 온몸이 아프다. ……그리고."

아니다.

힘을 손에 넣어도 아무것도 충족되지 않았다.
만족했던 건 처음뿐이었다.
어째서 오히려 자신이 텅 빈 듯한 느낌이 드는지 알 수 없어서, 그것에 화가 났다. 고삐 풀린 듯 날뛰기 시작한 것도 그 때문이었다.

"나도 알고 있다고. 언젠가 목적과 수단이 바뀌었다는 것 정도는. 난 그저…… 병에 걸린 형을 중심으로, 항상 땅만 보는 그들의 고개를…… **위로 들도록 뒤집고 싶었을 뿐이었다.**"
불꽃과 폭발이 가족을 구할 수 있을 리가 없다.
근본적으로 불꽃과 폭발로 가족을 잃었다.
후고 드레셀이 철이 들었을 무렵 품어온 소원은 전부 사라지고 말았다.

악마는 그 약점을 파고든 것이다.

"어머, 의외네! 알면서도 폭탄마 같은 걸 했던 거야?"

이미 모든 것이 늦었다는 걸 인정하고 싶지 않았을 뿐이었다.

보머는 그에 대한 답을 삼켰다.

말하지 않아도 지노에게 전해진 것일까. 아니면 보머가 어떤 대답을 하던, 지노에겐 알 바 아니었던 것일까. —후자일 것이다.

"후고. 당신도 당신을 쫓던 오스카도— 어긋난, 속수무책인 얼간이구나!"

지노가 입꼬리를 치켜 올리며 쾅하고 바닥을 찼다.

발로 찬 바닥은 엿가락처럼 구부러졌다.

총알처럼 날아왔다. 지금은 보머의 태클보다도 빨랐다.

그런데……

그것이,

어떻게 된 거지?

"……어?"

단단한 강철 바닥에 쓰러진 건 지노였다. 얼굴에서 뚝뚝 피가 흘러내렸다.

"……싫어, 말도 안 돼. ……내가…… 밀린 거야?"

하얀 코트는 이제 옷자락뿐만 아니라 여기저기가 탔다. 순식간에 너덜너덜해진 것이다. 연기까지 피어올랐다.

어안이 벙벙한 얼굴로 지노는 올려다보았다.

그 **남자**를.

얼굴에는 마법진 같은 주홍빛 무늬가 떠올랐고, 안구색은 반전되어 있었다. 흰자위는 칠흑으로, 녹색의 홍채는 진홍색으로.

붉은 것인지 검은 것인지 알 수 없는, 그리고 불꽃이나 연기와는 다른 움직임의 어마어마한 아우라가 몸에서 피어오르고 있었다.

"타, 〈타천〉……?! 이런 어중간한 애송이가?!"

너무 놀란 나머지, 지노는 입이 험해졌다.

지금까지 보머와 노엘의 동향을 전부 예측하고 미리 손을 써온 건 지노였다.

하지만 이 전개는 예상하지 못한 것 같았다.

폭열의 마인이 타천했다. 그것은 각성이라고 해도 좋을 것이다. 〈악마의 계약〉에 대해 고집스럽게 강한 의지를 품어야만 다다를 수 있는 마인의 극치.

지노의 놀라움은, 보머 따윈 거기까지 다다를 수 없다고 깔보았기 때문일 것이다. 본심부터 어긋난 데다 얼빠진 애송이라고 밖에 생각하지 않았다는 증거였다.

"지금 내가 여기에 있는 건 내 의지다. 어긋난 것도, 얼간이도 아니라고! 이 악마의 계약을 걸고 이번에야말로…… **최초의 소원**을 위해 이 힘을 쓰겠다!"

쿠웅.

용솟음치는 마그마와 비슷한, 뜨거운 소리와 빛.

과거에 어긋나 얼빠진 짓을 했단 것을 부정할 수는 없었다. 힘에 취해 눈이 멀었다.

한 번 그렇게 잘못을 저지른 것, 엇갈린 것은 이미 취소할 수 없다.

노엘과 카론에게 꼴사납게 지고, 버로우즈에게 버려지고 난 후 자신은 전부 타버렸다고 생각했다.

절망보다는 오히려 시원함과 안도감이 있었다. 앞이 보이지 않는 갈등은 이걸로 끝이라고.

―하지만 말이야. 어디에 있든 바보 형은 그래도 날 뒤쫓아 온다고.

―게다가 어디선가 바보 형의 모습이 어른거리는, 바보 꼬맹이가 찾아왔다. ……그 녀석의 멍청한 친구도 그렇다.

제대로 얘기를 들으려 하지도 않고, 명백히 틀린 방향으로 가고 있는데 깨닫지도 못한다. 이 녀석도 저 녀석도…… 누구 씨를 쏙 빼닮았다.

─직접 마주한다. 속박해서 해방시켜 주겠다.

─아아, 그렇게 포기를 모르는 바보들만 주변에 있으면……. 전부 타버린 채 가만히 있을 수 없잖아.

─어쩌면 나도. 아직 다시 시작할 수 있을지도 모른다.─

"전부 뒤집어 주겠어.『가족』을 위해서!!"
그는 지옥을 거느리고 있었다.
불꽃이 소용돌이치며 그의 몸을 둘러쌌다.
투쟁심으로 그는 지노에게 덤벼들었다. 지노의 얼굴에서 여유가 사라졌다. 주먹을 내리치자, 불꽃도 함께 지노를 덮쳤다.
지노는 그 위험한 일격을 아슬아슬하게 피했다.
하지만 보머의 눈은, 지노의 움직임을 정확하게 쫓았다. 다음에 어떻게 움직일지 읽은 것처럼. 재빨리 바로 두 번째 공격. 유성처럼 빠른 스트레이트가 지노의 복부에 명중했다.

"으헉……!"

지노의 거대한 몸이 몇 미터나 날아갔다.

하지만 한 번 바닥에 튕긴 후 놀랍게도 낙법을 취했다.

불꽃 속, 보머는 씨익하고 입꼬리를 올렸다.

"어이, 어떻게 된 거지. 움직임이 점점 둔해지는데?"

"……크흑, 정신 나간 폭탄마 따위가…… 잘난 체는……!"

"미안하군, 여장남자. 〈폭탄마〉는 오늘로 폐업이다."

후고를 감싼 불꽃의 열로, 그의 발밑 철강 판은 새빨갛게 물들며 녹아내리기 시작했다. 지노의 얼굴에 흐르는 대량의 땀은 고통 때문인지, 이 화구 바로 옆에 있는 듯한 열기 때문인지 알 수 없었다.

후고의 호흡은 안정되어 있었다. 마치 잠든 것처럼. 무력했던 어린 시절처럼.

화상의 흉터에서 이는 고통도 없었다. 오히려 몸 깊은 곳에서 힘을 뛰어넘는 엄청난 힘이 솟아올랐다.

—아아. 이거라면 이겨낼 수 있겠어. 어떤 놈도, 어떤 어려움도. 나와 나의 『가족』을 막을 수 없다고.

바닥을 녹이고 불태우면서 후고는 한 발 한 발 지노와의 간격을 좁혀갔다.

"이걸로 끝이다, 망할 여장 남자 자식."

주먹을 들어 올리자 뱀 같은 홍염이 허공에서 춤을 췄다.

지노가 한숨을 쉬었다.

"하아……. 오늘은 왠지 재수가 없네……."

노엘은 동굴의 가장 깊은 곳에 도착했다.

동굴은 막다른 곳에 다다랐고— 그곳엔 커다란 감옥이 만들어져 있었다. 겉보기에 이번에 새로 만들어진 것처럼 보였다. 거대한 쇠창살은 3중으로 되어 있었다.

그 안에는 까마귀 머리를 가진 악마가 갇혀있었다.

"카론!!"

노엘은 반사적으로 큰 소리로 불렀다.

지친 듯 주저앉아 있던 카론이 벌떡 일어났다. 그리고 엄청난 기세로 가장 안쪽 쇠창살로 달려들었다.

인간보다도 훨씬 강한 힘을 가진 그가 흔들어도, 그 쇠창살은 꿈쩍도 하지 않았다.

잘 보니, 바닥에도 쇠창살에도 매우 마술적인 문양이 새겨져 있었다.

악마를 소환하는 방법이 전해져 내려왔다면, 봉인하는 방법도 있다는 것인가.

"노엘! 거기서 멈춰라!"

하지만 그는 도망가려고 쇠창살에 매달린 것이 아니었다.

노엘은 그 말에 깜짝 놀라 걸음을 멈췄다.

키잉 하고 주변 공기가 긴장되고— 어둠 속에서 시저와 질리안의 모습이 나타났다. 시저는 쇠사슬을 흔들며 평소보다 **빠른** 움직임으로 감옥 정면에 섰다.

질리안은 깊이 생각에 빠진 얼굴을 하고 있었다. 심하게 상처받고 놀라 현실을 받아들이지 못하는 것이 눈에 확연히 보였다.

"……노엘. 정말로 왔구나……."

"말했잖아요, 질리안. 내 의지로 카론을, 복수를 되찾겠다고."

"저, 저기…… 노엘은 내가 싫어진 거야? 왜? 내가 아는 노엘은 절대 이러지 않아. 내…… **이상적인 노엘**은…… 윽!"

"질리안. 당신의 『이상』은, 당신과 나의 『과거』에 지나지 않아요. 전 분명 변했을지도 모르죠. 하지만, 이제…… 후회하지 않아요."

"거, 거짓말이야! 팔도 다리도 없어지고, 눈까지 한쪽 잃었는데, 그럴 리가."

"이게 지금의 저예요, 질리안! 이상 속의 제가 아니라, 지금의 저를 봐요! 사람은 바뀌어요! 바뀌는 거예요!"

시저의 존재 같은 건 이미 어떻게 되든 상관없었다.

노엘은 있는 힘껏 소리쳤다.

큰 소리를 낸다고 전해질지 알 수 없지만, 소리치지 않을 수 없었다.

"그걸 받아들이라고 강요하진 않겠어요. 복수에 몸을 던진 저를 무시해도 좋아요. 하지만 당신은, 지금의 제가 아니라 추억 속 저를 보고 있을 뿐이잖아요!"

"······!"

"당신의 눈을, 우리가 뜨게 해주겠어요! 과거의 저에게서, 그리고 버로우즈 시장에게서 당신을 해방시킬 거예요!"

질리안은 몸을 떨었다.

시저의 계약자가 된 후 지금까지, 그녀는 항상 자신에 차서, 카론조차 얕볼 만큼 오만함에 가득 차 있었다. 그것이 도금처럼 너덜너덜 벗겨져 떨어지고 있었다.

질리안은 푸른 머리칼을 헝클어뜨리며 쥐어뜯었고, 보랏빛 눈빛은 탁해졌다.

"아니야, 아니야, 아니야, 아니야! 그런 거 알 게 뭐야! 다 틀렸어, 전부, 모든 게 틀렸어. 노엘은 이런 곳에서 이런 짓을 하면 안 된다고!"

"질리안! 제 말 좀 들어봐요! **들리는 거죠**?! 당신도 분명 알고 있을 거예요! 『틀린 건 아무것도 없다』는 걸!"

"아니라니까!! 왜 알아주질 않는 거야?! 난 그저 노엘이 복수를 그만두는 거, 그거면 되는데…… 어째서! 어째서냐고!"

질리안의 목소리는 이미 비명에 가까웠다.

"시저!!"

질리안이 구체적으로 행동을 내리지 않아도, 시저에게는 전해
지는 듯했다.

그는 로브 속에서 오른팔을 꺼냈다. 카론의 손과도 비슷한, 발
톱을 가진 큰 손. 짧고 가는 깃털에 덮여 있었다. 그리고 그 소매
안에 그 또한 예복을 입었으리라 생각됐다.

들어본 적도 없는 소리를 내며, 하얀 섬광과 바람이 그 손바닥
위에서 소용돌이치기 시작했다.

"자, 잘 들어, 노엘. 노엘이 지금 당장 『복수를 그만두겠다』고
하면, 시저는 아무것도 하지 않을 거야. 노엘도 나도 구원받는 거
야. 하지만…… 그만두지 않겠다면. 복수를 여기서 그만두지 않겠
다면, 노엘! 넌 여기서 죽어! 그리고 나도 구원받지 못하고 모든
게 끝나!"

"이봐! 네가 무슨 말을 하는지 알고 말하는 거냐!"

더 이상 참지 못한 카론이 소리쳤다.

"시끄러워! 노엘보다 먼저 널 죽여주겠어!"

안 돼.

질리안이 말한 대로 된다면 모든 것이 완전히 파탄 나 버릴 것

이다.

그래도, 노엘은— 한 발을 내디뎠다.

시저 또한 그것에 맞춰 한발 앞으로 다가왔다.

"노엘! 오지 마! 시저를 어떻게 할 방법 같은 건 없으니까!"

노엘은 아랑곳하지 않고 한 발 더 내디뎠다.

"오지 말라니까! 안 들려?! 응? 노엘— 날 해방시켜 주려는 거 아니야? 나를 구원해주지 않을 거냐고? 친구인 날 구하라고! 노엘!!"

전부 들렸다. 노엘은 어느새 통하지 않는 질리안의 말을, 전부 받아들이며 앞으로 걸어갔다.

시저가 유연히 움직였고, 감옥 속 카론이 쇠창살을 한 번 흔들었다.

그 소리가 퍼진 순간.

노엘의 카시스빛 왼쪽 눈과 카론의 붉은 오른쪽 눈 시선이 마주쳤다.

스윽하고 쇠창살을 쥔 카론의 손이 움직였다.

"……질리안의 친구여."

왼손에 흰빛 소용돌이를 띄운 채, 하얀 악마가 나지막이 노엘에게 말을 걸었다.

"이름뿐인 마인인 네가, 설령 타천의 경지에 이르렀다 해도……."

"저 혼자서는 당신을 이길 수 없다고 말하고 싶은 건가요?"

노엘은 미소를 지었다.

"잘 알고 있군. 그럼에도 물러서지 않겠다면, 자비는 필요 없겠지."

시저의 빛이— 뭉쳐졌다. 그의 발톱이 자란 손이 눈이 부실 정도로 새하얗게 빛났다.

노엘은 똑바로 시저를 응시한 채, 또 한 발 내디뎠다.

질리안이 절규했다.

"이렇게까지 하지 않으면…… 정말 모르겠냐고—————!!!"

시저는 말없이 팔을 내렸다.

봄의 천둥 같은 소리,

시야를 가득 메운 것, 그것은 황금의 빛.

"……뭐……야……? 어…… 어째서……?"

질리안이 뒷걸음질 쳤다.

최강이라 믿었던 시저가 묶여 있었다.

두 줄의 쇠사슬로.

몇 초전에 일어난 천둥 같은 큰 소리는 시저의 공격으로 난 것이 아니었다.

3중의 쇠창살이 부서짐과 동시에, 시저에게 쇠사슬을 감은 소리였다.

쇠사슬은 마치 황금빛 번개처럼 빛났고, 카론과 **노엘의 손**에서 뻗어 나와 있었다.

"시저가, 이런, 말도 안 돼!"

"미안하지만—."

"이게 **우리**의 〈타천〉이다."

모든 것은 동시에 일어났다, 아니 일으킨 일이었다.

노엘의 쇠사슬은 쇠창살을 때려 부쉈다. 그것은 **악마**의 힘을 무력화하던 것. 마인의 힘에는 무력했다. 그리고 평소보다도 위력을 늘린 카론의 쇠사슬은, 쇠창살 사이를 빠져나가 시저를 옭아 맸다.

카론이 평범한 사람 눈에는 보이지 않을 만큼 빠른 속도로 뛰쳐나가, 시저를 뛰어넘는 것을 노엘은 목격했다. 쇠사슬은 노엘이 생각한 대로 움직였고, 카론이 손을 댄 몇 군데를 노렸다. 그리고 쇠창살이 파괴되자마자 상황이 역전됐다.

지금, 시저를 속박하고, 여전히 옭아맨 것은 두 사람의 쇠사슬.

"우리를 잇는 건, 악마의 계약이라는 〈속박〉. 우리의 복수 의지는 카론과 둘이서 하나예요. 그러니까 이 힘도, 두 사람에게 내려진 거예요."

노엘의 하나뿐인 눈은 검은 흑구에 붉은 눈동자로, 기괴한 모습으로 바뀌어 있었다. 그 눈 주위에는 붉은 문양이 스미듯 빛을 내뿜고 있었다.

노엘은 질리안을 바라보았다.

무언가 관통당한 듯 질리안은 깜짝 놀랐고, 이번엔 몇 발자국이나 뒷걸음질 쳤다.

그녀의 얼굴에는, 놀라움과— 공포가 어렸다.

"시, 시저! 뭘 하는 거야. 그런 거 당장 뜯어 버려!"

황금빛 쇠사슬에 묶인 시저의 몸에서는 우드득 소리와 종종 뚜둑하는 소리가 났다.

질리안이 숨을 삼켰다. 시저의 발밑에는 뚝뚝 피가 떨어졌다.

후드 속에서 어떤 표정을 지었는지 알 수 없지만, 시저는 평소처럼 매우 침착해 보였다.

그가 발버둥 쳤다. 질리안의 명령에 따른 것이었다.

하지만 쇠사슬은— 조금도 움직이지 않았다.

"……미안하다, 질리안."

"뭐……?!"

"하나로는 힘이 모자라지만, 두 개라면 **지금**의 날 뛰어넘는다는 것인가……."

턱하고 시저가 무릎을 꿇었다.

"거, 거짓말이야, 시저가 지다니! 노엘…… 너 대체 무슨 짓을 한 거야?! 그, 그, 얼굴은……!"

"질리안, 부디 무서워하지 말아요. 당신 안에 박힌 『이상적인 노엘^저』과는 거리가 있는, 꺼림칙한 모습일지도 모르지만……. 이 모습 또한 저에겐 자랑스러운 훌륭한 노엘 체르퀘티예요."

"……!!"

"노엘."

시저를 사이에 두고, 반대편에 있는 카론이 무엇을 할지 어떤 얼굴을 했을지 뒤돌아보지 않아도 노엘은 손에 잡힐 듯 알 것 같았다.

"네, 카론."

"지금이다!"

왼팔에 힘을 주었다.

있는 힘껏.

손바닥에 떠오르는 붉은 쇠사슬 문양.

신기하게도 증오심은 일지 않았다. 지금까지 그렇게 괴롭혔는데.

황금빛이, 번개가 쇠사슬을 타고 흘렀다. 그것은 다시 천둥 같은 소리를 내고—.

무언가가 찢기는 듯한 감각.

둔탁한 소리.

그것은 적의 몸에서 나는 소리라는 것을 알면서도 섬뜩한 것이었다.

살이, 뼈가, 단단히 옥죄어 찢기는 소리였다.

노엘은 쇠사슬을 휘둘렀다. 그리고 동시에 카론도 쇠사슬을 풀었다.

시저는 비명조차 지르지 않았다. 하지만 피를 뚝뚝 흘리며 그 자리에 쓰러졌다.

"아…… 아아…… 시저!"

질리안의 비명을 들으며 노엘은 카론에게 달려갔다.

"훗, 용케 여기까지—."

팔짱을 끼며 폼 잡으려던 카론에게 노엘은 그대로 박치기를 날렸다.

보머와 달리 카론은 조금도 비틀거리지 않았다.

"이봐, 뭐 하는 거냐!"

겨우 카론의 모습을 제대로 볼 수 있었기에 노엘은 안심했다. 감옥에 들어간 덕에 오히려 휴식을 취할 수 있었는지, 카론의 상처는 깨끗이 회복됐던 것이다.

"당신이 감옥에서 빈둥대는 사이 제가 고생한 거에 대한 복수예요!"

"말이 심하군, 딱히 빈둥댄 건 아니다!"

"그래도, 뭐…… 『그걸』로도 작전을 잘 이해해주셨네요."

"흠. 이렇게 네 타천의 쇠사슬을 사용하는 건— **두 번째**니까. 『그

171

걸」로도 충분히 전해졌다.”

노엘의 〈타천〉은 이것으로 두 번째.

시의적절한 타이밍에 발동시킬 수 있을지 없을지, 반쯤 모험이었다.

그렇지만, 각오가 있다면. 강한 의지와 함께 자신이 믿는 길을 돌진한다면.

악마와 계약으로 얻은 힘은 노엘이 원하는 대로 움직였다.

마인 리퍼를 속박할 때보다도 더욱 정확하게, 노엘의 황금빛 쇠사슬은 응해주었다.

“어, 어떻게 그렇게 딱 맞는 타이밍에……. 한순간이었는데, 시저는 최선을 다했어, 얘기할 틈 같은 건 없었어, 그런데, 어째서, 언제……. ……**언제—**.”

언제, 두 사람은 신호를 맞춘 것인가.

그것은 겨우 1초 시선이 마주쳤던, 그 순간.

아이 컨택이다.

겨우 그것뿐.

질리안은 그 결론에 다다랐다. 입술이 떨렸다.

“노엘이…… 이런 악마와…… 그런 의사소통이 가능했다는 거야?”

“뭐, 간단하지. 이 녀석의 머릿속은 알기 쉬우니까 말이다.”

“좀 다르게 말할 수는 없나요?!”

카론을 한 번 째려본 후 노엘은 질리안에게 걸어갔다.

그 걸음걸이 수 만큼, 질리안은 뒷걸음질을 쳤다.

채울 수 없는 거리가 생겨 버린 것일까. 그것은 괴롭고 슬픈 일이었다. 하지만, 이미 이렇게 된 이상, 지금의 자신을 전부 보여준 이상, 어쩔 수 없는 것도 있었다.

친구를 더는 무서워하게 하고 싶지 않아, 노엘은 그쯤에서 걸음을 멈췄다.

"질리안."

"……뭐, 뭐야……?"

그래. 목소리가 들리는 것 같다. 지금이라면 전해질 거다.

겨우…… 대화를 할 수 있다.

"전 시장을 쓰러뜨리고 복수를 이룰 거예요. 당신도 해방시키겠어요. 그게, 제 복수에 당신을 끌어들인 것에 대한 책임."

"……."

"하지만, 당신도 저도 양보할 수 없다면…… 부딪혀 봐요. 서로가 이해할 때까지 몇 번이고. 저는 이제 그날처럼 도망치지 않을 거예요."

"으……으……윽……! 난…… 난…… 웃!"

당장에라도 큰소리로 울음을 터뜨릴 듯한 얼굴이 된 질리안은, 노엘의 시선을 있는 힘껏 피하며— 도망쳤다.

"질리안!"

노엘의 목소리는 그녀의 자그마한 등 뒤에 부딪쳐 갈 곳을 잃었다.

노엘과 카론의 바로 옆에서 자라락하는 소리가 들렸다.

피투성이의 시저가 느릿느릿 몸을 일으켰다. 간신히 일어섰지만, 그는 휘청거렸다. 피는 멈출 기미가 보이지 않았다.

살기는 전혀 느껴지지 않았고, 카론도 경계 태세를 취하지 않았다.

시저의 하얀 부리가, 노엘과 카론을 향했다.

"……훌륭했다. 젊은이들이여……."

그는 작은 목소리를 쥐어 짜내고는, 비틀거리면서 질리안을 쫓아갔다.

"이상 속의 너밖에 보지 않았던 그 녀석이, 갑자기 모든 것을 받아들이는 건 무리겠지. 하지만, 폭력을 써도 굴복시킬 수 없는 것이 있다는 것을 안 지금이라면, 분명……."

"……기다릴게요, 질리안. 그리고…… 미안해요. 당신이 원하지 않던 길을 선택해서……."

처음엔 노엘도 원하지 않던 길이었다.

하지만 지금 이 길을 받아들인 이상 나아갈 수밖에 없었다. 설사 친구를 상처입힌다 해도.

노엘은 지금도 눈에 선한 질리안의 자그마한 뒷모습의 환영을 뿌리쳤다.

카론을 올려다보았다. 그가 곁에 있다. 그것이 그저 기뻐서, 「이래야지」라는 기분을 억누를 수 없었다. 그래도 달려가 안기는 건 별로 탐탁지 않았다. 무엇보다도 부끄러웠다.

"여기까지 보머와 그의 동료분들과 함께 왔어요."

"그래, 알고 있다. 러셀과 지노가 감옥 앞에서 지껄이더군. 하지만…… 용케 자기편으로 만들었군."

"간단하진 않았지만요."

"……그렇게까지 해서, 잘 와주었구나."

가끔은 보기 드문 일도 있는 법이다.

"잘했다, 노엘."

카론이 이렇게 온화하게, 진지하게 노엘을 칭찬할 줄이야.

"어…… 어머나. 갑자기 힘이……."

"그게 바로 『진이 빠진다』는 거군. 무리도 아니지."

카론이 그 커다란 손을 노엘에게 내밀었다.

"노엘. 정말 고맙—"

"참나! 전장의 한가운데서 천하태평인 녀석들이군!"

갑자기 들린 젊은 남자의 목소리에 카론이 잽싸게 손을 거두었다. 노엘도 그 손을 빌리지 않고도 기쁨의 힘으로 일어설 수 있었다.

"보머! 살아있었군요!"

"멋대로 죽은 사람 취급 말라고……."

"그야 폭발음이 안 들렸는걸요! ……아, 아닌가, 들을 여유가 없었나……. 엇, 근데 뭘 끌고 오는 거예요?!"

노엘 앞에 모습을 나타낸 건 후고와…… 지노였다. 지노는 줄에 칭칭 묶여 후고에게 끌려오고 있었다. 두 사람 모두 너덜너덜했다. 특히 지노의 화려한 흰색 코트는, 옷자락과 소매가 거의 타고 질질 끌린 탓에 흙과 모래투성이가 되어 있었다.

"어, 정보라도 빼낼 수 있을까 싶어서. 포로라는 거다."

"쪼옴~. 후고. 이왕이면 끌지 말고 제대로 안아줘~♥"

"닥쳐, 여장남자. 그럼 좀 걸어! 무겁다고!"

우르르하고 뒤이어 늘어난 발소리가 가까워졌다.

파이손, 토드, 슬러그. 그 외의 남자들도. 전원 상처투성이에 땀에 절어있었지만, 목적을 달성한 얼굴로 걸어왔다.

"이야, 노엘 양. 비앙코 녀석들을 적당한 곳에서 물리친 것 같더군. 역시 여기가 죽을 자리는 아닌 것 같네. 이제 동굴 안은 안전하다."

"쳇, 전 마피아 주제에 저렇다니까. 거야, 보머가 단연 강하지!"

"그렇네…… 뭣하면 파이손이 훨씬 무서울지도…… 백발백중이었어……."

한데 모인 범법자들을 둘러보고, 카론은 흥미로운 듯 말을 꺼냈다.

"호오……, 이 녀석들이……."

"여어, 대악마. 네 공주님을 무사히 데리고 왔다. ……그러고 보니, 갇힌 공주님은 오히려 네 쪽인가?"

"……신세를 졌군."

"됐어, 낯간지럽게. 난 버로우즈가 맘에 들지 않을 뿐이야."

후고는 정말로 쑥스러운 듯, 카론에게서 재빨리 눈을 피했다.

"그런데."

그는 지노를 묶은 줄을 쥔 손에 힘을 주었다.

모두가 지노를 에워쌌고, 파이손의 손에 들린 총은 그의 후두부를 정확하게 겨냥하고 있었다.

"뭐야?"

하지만 이런 판국에도 지노는 겁 없이 웃었다.

"너라면 버로우즈의 전력이 전부 어느 정도인지, 구체적으로 누가 버로우즈와 이어져 있는지, 그런 걸 불 수 있을 텐데."

"음~……. 뭐, 후고가 열심히 해서 날 이긴 것도 있으니까~? 포상으로, 비밀 정보 하나쯤 알려줘도 되려나."

"……꽤나 솔직하군."

카론이 눈을 가늘게 떴다. 하지만 기대하기보다는, 뭔가 경계하는 것 같아 보였다.

지노는— 씨익하고 크게 웃으며 후고를 똑바로 쳐다 보았다.

"옛날에 드레셀 가를 덮친, 악마 소동으로 인한 폭발사건. 사·실·은, 그거 러셀이랑 내가 난리 치는 바람에 일어난 거야♥"

후고의 얼굴에서 넋이 빠져나갔다.

"……뭐?"

그 정보는 딱히 앞으로도 도움이 될 것 같지 않았다.

그저 후고를, 드레셀 가에서 살아남은 자에게 타격을 주려고 했을 뿐인—.

"그것도 모르고, 나나 러셀에게 이용당한 오스카나 당신이나……. 우훗, 결국 역시 어긋나있네~♥"

후고의 손에 힘이 빠진 듯했다.

"빈틈 발견!! 흐으읍!!"

전원이 어안이 벙벙해졌다.

지노는 자신의 몸을 묶고 있던 줄을 순식간에 끊어버렸다. 그리고 도움닫기도 없이 높이 도약하여, 슬러그의 머리 위를 뛰어넘고는 간단하게 포위망을 돌파해버렸다.

"이러면 안 되지, 고작 묶어 둔 정도로 안심하면. 뭐, 줄이 아니라 가시 철사줄이었다면 역시 무리였을지도 모르지만. 준비 부족이었던 저희가 나빴던 거야."

"이, 이런데도 정말로 마인이 아니라니……?!"

"지금 게 날 이긴 포상으로 주는 정보야. 이제 해산해도 되겠지. 다들 집에 가버렸으니까 나도 집에 가볼게. ······다음엔 제대로 전력으로 싸워 줄게♥"

펄럭 하고 화려하게 누더기가 된 코트를 휘날린 후— 지노는 운동선수 같은 속도로 맹돌진하여 도망가 버렸다.

"아······!"

러셀의 오른팔이라고 불러도 좋을 남자였다. 여기서 놓치고 만 것은 뼈아팠다. 하지만, 카론은 천천히 고개를 흔들었다.

"섣불리 쫓아가지 않는 게 좋을 거다. 이쪽도 다들 힘든 건 마찬가지니."

파이손이 지노를 향해 겨눈 총의 방아쇠를 당겼다.

달칵하고 작고 허무한 소리가 났다.

"그러지. 사실 총알도 다 떨어졌어."

그는 총을 홀스터에 넣고, 망연함에 빠진 후고에게 다가갔다.

"괜찮나, 후고?"

"······미안, 잠깐 심호흡 좀 할게······."

노엘은 뭐라고 말을 건네야 할지 몰랐다. 다른 사람들 모두 마찬가지였다.

결국, 모든 것은 버로우즈에게서 시작됐다.

후고는 잠시 땅바닥을 노려보았다.

그렇지만.

"―아니. 지금 중요한 건 단 하나야. 녀석들을 파괴하는 거, 그 것뿐이야."

"그렇다면, 저희는 앞으로도 동료겠네요. 복잡한 건 일단 뒤로 미루죠. 잘 부탁해요, 후고."

노엘은 자연스럽게 그를 본명으로 불렀다.

리퍼라고 이름을 대던 마인의 본명을 불렀을 때 기억이 되살아 났다.

그는― 어떻게 지내고 있을까. 빨리 후고를 만나게 해주고 싶다 는 마음도 노엘에게는 있었다. 분명 지금이라면 형제는 서로 이해 할 수 있을 것이다. 왠지 그런 느낌이 들었다.

"신기한 일이다. 최종 목적이 같아질 줄이야. ……너희들은 어떻 게 할 거지? 내가 할 말은 항상 똑같아…… 따라오고 싶은 녀석 들만 따라오면 돼."

후고의 부하들이 서로 얼굴을 마주 본 것은 아주 잠깐이었다. 말도 나누지 않았다. 그리고 그들은 곧바로 후고를 바라보았다. 그것이 그들의 답이었다.

"네게 결판을 내야 할 상대가 생겼다면, 싸우도록 해. 적어도 나는 따라가겠다. 너와 똑같이, 난 버로우즈 시장에게 『가족』을 빼앗겼어."

"난 원래부터 버로우즈가 맘에 안 들었으니까. 나도 당연히 따라가겠어."

"도시 하나와 싸운다니…… 왠지 끓어오르는걸……. 여기까지 와서 나만 빠진다면 쪽팔리지 않겠나……."

"핫, 역시 너희는 최고야. 그럼, 전원 버로우즈를 후려갈기러 가 볼까!"

"우오오!!"

노엘은 카론의 곁에서, 주먹을 들어 올리며 목소리를 높이는 보머의 부하들을 바라보았다.

저렇게 많은 사람이 모여 일치단결하는 것을, 노엘은 겪어본 적이 없었다. 그때는 피아노만 있으면 좋았던 것이다.

"하지만 왠지 불완전 연소 결말이네요."

"뭐?"

"카론은 되돌아왔지만, 적은 모두 도망가버렸으니까요."

"불완전 연소라고? 설마, 그럴 리가 없다."

카론은 부리 속에서 낮은 쓴웃음을 머금으며 노엘을 똑바로 내려다보았다.

"너희들은 내 힘조차 빌리지 않고, 가장 흉악한 대악마, 경찰관리관 그리고 마피아 집단을 정면돌파 해 보였으니까 말이다. 이번만은 아무리 적이 뭐라 해도 너희의 완전한 승리다. 내가 돌아옴으로써, 너희의 전력은 더욱 올라가겠지. 이 얼마나 훌륭한 결말이냐?"

"도움받은 공주님이 할 말이냐, 그거."

후고가 따끔하게 찔렀지만, 카론은 듣지 못한 척하기로 한 것 같다.

노엘은 『가족』들의 얼굴을 돌아보았다.

혼자서 시작했던 카론의 탈환 작전. 그 결과, 카론뿐만 아니라 이렇게나 많은 사람을 자기편으로 만들게 되었다.

"지금까지의 싸움은, 결코 헛된 것이 아니었어요. 아니, 앞으로 있을 싸움도…… 헛되지 않을 거예요."

"자…… 이제부터 어떻게 하겠나, 노엘?"

올려다보자, 붉은 눈의 대악마가 히죽 웃었다.

노엘도 그와 닮은 웃음을 지었다.

"이제부터는, 물론— 반격 개시예요!"

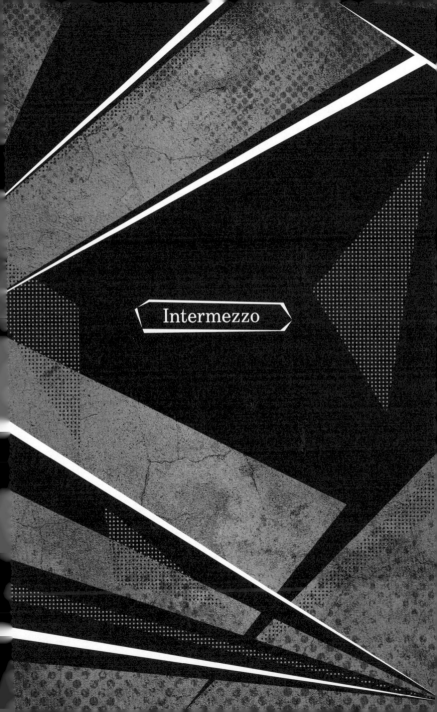

Intermezzo

짙은 녹색 테이블에 여러 장의 카드가 던져졌다.

"하, 됐어, 이제 그만. 이 이상 걸어도 소용없겠네, 난 죽을래."

"넌 꼭 지려고 하면 바로 죽더라. 좀 더 승부를 걸어봐. 오늘 **여기**서 크게 진 남자는 한 게임에 고급 차 한 대 값 날렸어. 보고 좀 배워."

테이블에 앉아 있는 사람은 지노 로렌치.

그리고 딜러는 안대를 한 50대 여성.

지노가 푼돈으로 놀고 있던 건 포커였다. 던진 패는 보기 좋게 노페어였다.

딜러와 지노는 구면인지, 거리낌 없이 이야기를 나누었다.

"사람이 건 금액을 물건으로 예로 드는 건 그만둬. 악취미라니까~?"

"……네가 『악취미』라고 하니까 참……."

"난, 무엇보다도 『지는 게』 싫다구. 설령 게임이라도 말이야. **지지 않는 것이야말로, 이기는 것.** 확실하게 지는 승부는 피하고 싶어."

"아무것도 믿지 않는 너다운 말이네, 지노."

"아무것도 믿지 않는 건 당신도 마찬가지잖아, 마담."

마담이라고 불린 안대를 찬 딜러는 옅은 미소를 지으며 어깨를 으쓱했다.

"뭐, 틀린 말은 아니지."

지노는 칩을 전부 딜러 쪽으로 내밀고 부채를 펼치며 자리에서 일어섰다.

그리고 유리로 막힌 벽으로 걸어갔다.

그의 눈 앞에 라프라스의 밤바다가 펼쳐졌다. 환락가의 네온사인 빛이 일렁이는 파도에 떠올랐고, 그것은 석양과는 다른 아름다움이었다.

"기뻐. 좀처럼 날 이해 못 하겠지만~. 모든 『집단』을 이기는 건 최강의 『개인』이래. 다른 사람 따윈 언제 실패하든 내 알 바 아니야. 정말로 믿을 수 있는 건 자신뿐이지. 그걸 이해하는 마담에게는 안심하고 일을 맡길 수 있어."

"믿을 수 있는 건 자신뿐이라고 지금 방금 네가 말했잖아. 모순이라구."

"……어머. ……그렇네……."

"후후. 살짝 말장난 쳐 본 거야. 그렇게 진지하게 생각할 필요는 없겠지."

"정말로 악취미라니까. ……어머나?"

지노가 급히 품을 뒤적였다. 휴대전화가 울린 듯했다.

딜러는 눈을 내리깔고 익숙한 듯 『공기』가 되었다. 지노의 전화에 전혀 귀 기울이지 않는다. 묵묵히 칩을 모아 카드를 정리했다.

"이쯤에서 게임을 끝내길 잘했어. 러셀이 부르네♥"

"그런가. 정말 넌 바쁜 **여자**구나."

지노가— 부끄러운 듯 미소를 지었다.

그가 그런 얼굴을 하는 건 드문 일이었다.

"나를 여자로 봐주는 건 마담뿐이야."

"……그렇지 않아? 몸은 거친 사내여도 결국은 그런 거지?"

"응, 그럴지도. 하지만 힘에 성별 같은 건 상관없어. 어느 쪽이여도 난 강해!"

"그래, 정말 그래. ……이제 슬슬 가는 게 좋지 않나? 버로우즈는 성미가 급하니까 말이야. 우리 카지노도 이제 시작할 때가 다 됐어."

"응, 이만 갈게. 그럼 ……**그 건**은 잘 부탁할게. 마담."

"……."

고급 융단이 깔려있어도, 지노의 쿵쿵거리는 발소리가 실내에 울렸다.

그 거대한 몸이 방에서 나갈 때까지, 외눈의 딜러는 그를 지켜보았다.

지노가 향한 곳은 밤의 환락가 한구석.

카지노에서 그리 멀지 않았다.

상업구 안에 있음에도, 밤이 되면 치안이 슬럼과 비슷해지는 일대도 있었다. 지노가 혼자서 걸어가는 곳은 그야말로 그런 어두운 길이었다.

길가에는 쓰레기가 눈에 띄었고, 건물의 벽은 온통 수상한 가게의 전단지나 스프레이 아트로 칠해져 있었다.

지노는 어느 바 앞에 섰다. 간판이라고 부를만한 것은 없지만, 문은 세련된 조명이 비추고 있었다.

지노의 도착을 가늠한 듯 검게 칠한 고급 차가 다가왔다.

차는 지노의 옆에 섰고, 남자 한 명이 내리자 바로 출발하여 사라졌다.

차에서 내린 건 러셀 버로우즈. 라프라스 시장이 이런 곳에 있는 것을 본다면 시민들은 놀랄 것이다.

버로우즈는 가볍게 주위를 둘러보았다. 그의 표정은 굳어있었다.

"나는 여기서 망이라도 보고 있을게. 안셀모였나? 그 앤, 내 타입도 아니구."

"맘대로 해."

버로우즈는 퉁명스럽게 말하고는 바 안으로 들어갔다.

"……아~ 정말. **그때**부터 계속 기분이 안 좋다니까……."

지노는 어깨를 으쓱하며 한숨을 쉬었다.

"아이고, 어서 오세요, 러셀 씨! 미안합니다, 이런 곳까지 오시게 해서!"

굽실굽실하면서 버로우즈를 맞이한 건 하얀 정장을 입은, 매우 경박해 보이는 남성.

버로우즈가 재편한 신생 비앙코 패밀리의 보스 안셀모였다.

이 바를 중심으로 한, 이 주변 일대는 비앙코 패밀리의 구역이다. 바는 사실상 비앙코의 사무실이었다. 버로우즈의 이외의 다른 손님은 한 명도 없었다.

"아, 아니면 러셀 씨는 평소에도 이런 가게에서 노십니까?"

"……."

버로우즈를 안쪽까지 안내하는 길에서, 안셀모는 우뚝 서 있는 조직원 한 명을 쿡 찔렀다.

"야! 뭘 멍하니 있는 거야. 빨리 러셀 씨에게 돔 페리뇽 한 병이라도 내와, 이 멍청한 놈아!"

"……됐다. 술 마시러 온 게 아니다."

"아하, 그러시군요."

테이블을 둘러싼 소파는 전부 고급으로, 굉장히 푹신해 보였다. 하지만, 버로우즈는 서 있었고, 안셀모는 털썩 소파에 앉아 다리까지 꼬았다.

이런 어린 보스를, 버로우즈는 냉정한 눈으로 내려다보았다.

"—변명이라도 들어 볼까."

"네에?"

"지난 바위 감옥에서 있었던 싸움. 롯소의 잔당들에게 쩔쩔맸다더군? 네가 조금 더 움직일 줄 알았는데."

"어우~. 그런 무서운 얼굴 하지 마세요! 죄송합니다, 제 부하들이 생각보다 도움이 안 된 것 같아서. 나이프를 쥐는 것부터 여자를 다루는 법까지 제가 착실히 가르친 줄 알았는데 말입죠."

"……."

"뭐, 그래도 롯소 잔챙이들 중에 그리운 얼굴도 있더라구요. 〈뱀〉이 있었다니까요, 〈뱀〉이. 제가 막지 않았다면 그 녀석한테 7, 8명은 당했을걸요. 앗, 아니, 저도 물론 활약했다고요? 세보니까 한 10명은 해치웠나? 그 뒤론 안 셌으니까요!"

"……그래서, 너도 네 부하도…… 빈손으로 돌아온 거냐."

"으아, 죄송함다! 피해를 최소화하는 게 제일 중요하다고 생각했습니다!"

안셀모의 껄껄거리는 웃음소리가 가게 안을 울렸다.

……공허하게 울렸다.

그 이외에 아무도 웃지 않았다. 물론 버로우즈도.

"안심하십쇼, 러셀 씨. 저희 조직은 두 번째 접촉이 진짜입니다! 첫 번째 접촉은 상황을 살피고 적의 정보수집도 겸하고 있습죠. 그러니까 그렇게 조급해하지 않으셔도, 다음엔 깨끗이."

"페엑?"

안셀몬의 기묘한 단말마 소리와 총성은 거의 동시에 일어났다.

히죽거리는 얼굴 그대로 안셀몬은 죽었다. 버로우즈가 한 치의 망설임도 없이 그의 미간을 총으로 쏴버린 것이다. 총구에서 초연이 피어나는 총을 축 늘어뜨리고 버로우즈는 무표정으로 말했다.

"무슨 소릴 하는 거야? 다음 같은 건 없다. 상대를 죽이던지, 네가 죽던지, 딱 한 번뿐이다."

버로우즈는 안셀몬에서 주위로 눈을 돌렸다.

버로우즈와 눈이 맞은 조직원은 모두 얼어붙거나 마른침을 삼키거나 둘 중 하나였다. 얼굴이 새파래져 몸을 떠는 자도 있었다.

"너희도 이렇게 되고 싶지 않으면 똑바로 해."

안셀몬의 미간 구멍에서는 철철 피가 흘러나왔고, 그의 흰 정장을 물들였다. 그가 앉은 소파 등받이에는 뼈와 뇌수 파편이 흠뻑 묻어있었다.

"이 조직은 해체하고 다른 조직에 통합한다. 이상."

버로우즈는 총을 품속에 넣고 성큼성큼 입구로 향했다.

보스가 살해당했는데, 조직원들은 전혀 분노를 드러내지 않았고, 그저 한결같이 버로우즈가 무서워— 고개를 숙이며 길을 열어주었다.

가게 안에서 총성이 들렸다.

지노는 동요하지 않고 부채로 느긋하게 얼굴을 부채질할 뿐.

이윽고 돌보다도 딱딱한 표정의 버로우즈가 나왔고, 약간 거칠게 문을 닫았다.

"그러니까 『좀 더 인선을 생각해보는 게 좋을 것 같다』고 충고했잖아. 그 애, 싸움하고 살인 기술만은 확실하지만, 그래도 그것 **뿐**이야."

"네가 할 말이냐. 멍하니 카론을 놓치고, 주요 인물 한 명도 죽이지 못하고 도망친 건 너도 마찬가지다."

"어머. 그럼 나도 처분하는 거야?"

"……너와 보낸 시간은 길다. 한 번 정도는 눈감아 주지. 하지

192

만, 도움이 안 된다고 느끼는 순간 너도 거기까지다. 서로 옛날부터 쭉 그래 왔으니."

"우훗, 그러네."

"〈미스티〉에 있었던 것 같더군. 상황은 어땠어?"

"문제없어. 이번에 함께 놀지 않을래? 마담도 환영할 거야."

"……너희는 참 사이가 좋군. 서로 고독을 추구하는 데 비해선 말이야. —난 바빠다. 그리고 그 여자와 승부하는 건 이제 사양이야. 난 운에는 좌우되지 않아, 확실한 길을 걷는다."

버로우즈는 혼자 어둡고 더러운 길을 걸어 사라졌다. 아까 타고 온 차는 근처에서 대기하고 있을 것이다.

"나를 부른 건 협박하려고 그런 건가? 『다음은 없다』고? 아우, 무서워~."

지노는 혼잣말을 하고, 눈을 내리깔며 **코웃음을 쳤다.**

"그렇게 다른 사람에게 시키기만 하니 잘 안 되는 거야, 러셀. 『승부는 항상, 자신과 마주하는 고독한 것』."

—진짜 강자는, 자신의 실력밖에 믿지 않는다.

도
박
장

치장하는 건 오랜만이었다.

거울 앞에서 노엘은 자기도 모르게 미소를 지었다.

입고 있는 드레스는 피아니스트로 사람들 앞에 나갈 때 입는 그런 것이 아니고, 상류층 영애로서 파티에 출석할 때 입는 것에 가까웠다. 파이손이 준비해 준 것이었다.

오른쪽 어깨에 위화감이 있었다. 아니⋯⋯, 위화감 있다는 말은 이상한 소리다. 여기에는 원래 오른팔이 이어져 있었고, 지금과 비슷한 무게감으로 생활을 했었을 터인데.

노엘은 지금 의수를 달고 있었다.

전혀 움직이지 않는, 완전히 외관을 위한 의수였다. 긴 소매 드레스에 소매에 장갑을 끼면 한눈에 바로 알아챌 수 없을 것 같았다.

드레스 스커트의 길이도 상당히 길어서, 부츠를 신으면 의족이라는 것도 숨길 수 있었다.

전신 거울 앞에 선 노엘은 이전의 몸을 되찾은 것처럼 보였다.

"어이, 준비는 다 됐나?"

"네."

"……오오. 아가씨의 진가를 발휘하는 거냐?"

방에 후고가 들어왔다. 노엘을 웬일로 솔직하게 칭찬했지만, 그도 격식을 차린 모습이 상당히 그럴듯했다. 녹색 셔츠에 다크 그레이 쓰리피스 정장 차림이었다.

그리고 얼굴과 목의 화상 흉터는 파운데이션으로 감쪽같이 감췄다. 이것도 파이손이 준비해 준 것이었다. 세상에는 흉터를 가리기 위해 개발된 파운데이션이 있는 듯하다.

화상 흉터만 없다면, 꽤 단정하고 잘생긴 얼굴이었다. ……하지만, 그것을 말하면 확실히 우쭐할 것이기 때문에 노엘은 가만히 있었다.

"다른 분들은 준비가 다 됐나요?"

"벌써 다 끝났어, 네가 제일 느리다고. ……아니, 음, 한 명이 어쩔 줄 몰라 해서 방금 막 겨우 끝냈지만……."

"아아…… 토드, 화냈었죠……. 설득했나요?"

"대충은. 그래도 현장에서 뭔가 짜증나는 일이 생기면, 옷을 다 찢어버릴지도 몰라."

"하아……. 앞으로 여러 의미로 큰 승부라고 했는데, 시작하기 전부터 걱정이네요……."

"두 사람 다 준비가 끝났으면 출발하자."

파이손이 부르러 왔다.

그도 정장, 턱시도 차림이었다. 굉장히 잘 어울렸지만, 그렇지 않아도, 나이를 가늠할 수 없었는데 더욱이 직업까지 가늠하기 어려운 인물이 되어 버렸다. 마피아라고 해도 납득할 수 있었고, 펀드매니저라고 해도 아무도 의심하지 않을 것이다.

"음. 잘 어울리는군, 노엘 양. ……참, 보머. 자켓은 제대로 입도록 해."

후고는 자켓을 어깨에 걸치고 있었다. 파이손이 눈을 번뜩이자, 후고는 노골적으로 얼굴을 찌푸렸다.

"싫어. 이런 옷 입어본 적도 없고 너무 갑갑해서 못 참겠어."

"뭐……. 하지만, 토드를 설득하는데 시간을 잡아먹어 버렸으니. 이 점은 그냥 타협할까."

"이제 가요, 오늘 밤 버로우즈 시장을 물 먹이는 거예요."

노엘, 카론, 후고, 파이손, 토드, 슬러그. 일몰과 함께 여섯 명은 아지트인 제철소를 나섰다.

목표는 라프라스 상업구 바닷가에 있는 카지노 〈미스티〉.

〈바위 감옥〉의 격렬한 전투에서 승리하고, 카론을 탈환하고 나서 일주일이 지났을 때쯤, 노엘과 동료들은 다음 작전에 돌입했다.

카론이 제안한 것은 버로우즈 자금원을 공격하는 것.

바위 감옥에서 버로우즈는 비앙코 패밀리의 잔당까지 끌어안고 있는 것이 확인됐다. 라프라스 제일의 경비회사 최대주주이므로, 사실상 마음대로 경비원을 움직일 수 있을 것이다. 거기에 그는 라프라스 경찰까지 완전히 조종하고 있는 것이었다.

화수분 같은 전력을 수배할 수 있는 버로우즈에게 이대로 도전해선, 언젠가 인원수로 압도당할 것이 분명했다.

하지만 이런 대담한 행위를 할 수 있는 것은 전부 『돈』의 힘이 있기 때문이다.

단순한 이야기지만, 돈만 있으면 뭐든지 할 수 있다는 것이다.

그리고 현재 버로우즈는 그 돈이 엄청나게 많았다…….

노엘은 또 버로우즈와 관련이 있는 대기업을 어떻게 하는 건가 싶었지만, 카론이 꺼낸 말은 좀 더 대담한 작전이었다.

"러셀 손에 들어오는 대부분은 검은돈이다. 그대로 쓰면 불법이라 바로 들킨다. 돈을 건네든, 받든, 돈을 깨끗이 **세탁**할 장소가 필요할 거야. 그게— 라프라스의 유일한 카지노, 〈미스티〉다."

"그렇군. 그곳을 지금 버로우즈 시장이 돈 세탁하는데 쓰고 있다는 얘기인가."

"이전엔 롯소의 구역이었지. ……러셀은 돈 대부분을 미스티에서 세탁하고, 다시 미스티를 통해 받고 있다. 그 카지노를 무너뜨리면, 녀석의 지갑에 큰 데미지를 줄 수 있을 거다."

노엘과 카론, 두 사람만으로는 불가능한 작전.

인원수가 늘어난 지금이라면 할 수 있다.

그것이 바로 카론의 생각이었다.

이 제안에 아무도 이의를 제기하지 않았고, 바로 그날부터 준비가 시작됐다.

모두의 옷 사이즈를 물어본 파이손이, 뒤에서 뱀처럼 사악한 웃음을 띤 것을 노엘은 우연히 보고 말았다.

그로부터 며칠 뒤.

파이손은 필요한 것들을 전부 준비했고, 카론은 면밀한 계획을 세웠다.

후고는 **물리적**으로 카지노를 때려 부술 작전이라고 생각한 듯했고, 사실 노엘도 그런 느낌이지 않을까 생각했지만— 실제로는 달랐다.

카지노는 파산시킬 수 있다.

승부에서 계속 이긴다면.

『모두, 통신은 잘 들리나? 이제부터 다시 한 번 작전을 설명하겠다. 들으면서 카지노에 들어가라.』

기계에 약한 카론이었지만, 무전기의 사용법은 이미 마스터한 것 같다.

모두에게 나눠준 것은 골 전도식 초소용 이어폰이다. 헤어스타일을 잘 만지면 감쪽같이 숨길 수 있을 정도로 작았지만, 그 대신 배터리를 휴대하기 어렵다는 게 애로사항이었다.

이번 작전 또한 단기 결전이다.

『카지노 금고에 정면 돌파하는 건 현실적으로 거의 불가능하다. 따라서 **미스티 측에서** 금고를 열도록 해야 한다. 모든 수단을 써서 도박으로 승부 벌여 승리하는 작전이다. 전례가 없는 건 아니다. 하룻밤에 카지노를 파산시킨 갬블러는 몇몇 실존한다. 다만…… 그 하룻밤에 평생 쓸 운을 전부 써버려서, 모두 평범하게 죽지는 않았지만. 쿠쿡…….』

─마지막 정보, 필요했나?

카지노로 향하는 모두가 동시에 반론할 말을 생각했지만, 카론에게 통신에 반응하는 것은 엄하게 금지당했다.

『알았나. 아무쪼록 귀를 너무 신경 쓰거나, 내 통신에 대답하지마. 내가 너희에게 어떤 대답을 원할 때는 반드시 예스나 노로 대답할 수 있도록 한다. 예스라면 턱에 손을 갖다 대고, 노라면 머리를 긁어라. 감시 카메라 영상으로 확인하겠다.』

정보에 따르면, 미스티에는 수많은 감시 카메라가 있다고 한다. 영업 중에는 상시 세 명 이상이 체크하고 있다는 것도.

파이손이 준비한 바이러스가 든 USB 메모리로 카지노의 컴퓨터를 해킹하여 모든 카메라 영상을 하나의 노트북으로 본다고 했다.

인간에게는 도저히 불가능하지만, 지혜로운 대악마에게는 손쉬운 일인 것 같았다. ……한 가지 염려되는 게 있다면, 그가 기계치라는 것일까.

『내부에서는 되도록 다른 사람인 척하고, 일반 고객처럼 행동해라. 접촉은 최소한으로 하도록. 모든 지시는 내가 내리겠다. ……뭐지, 토드. 이의 있나?』

토드는 머리를 긁적였다. 확실한 『NO』의 의사표시.

카론이 어떻게 하든, 그건 이미 지금의 그녀에게 아무래도 상관없었다.

토드는 지금 굉장히, 아주 많이, 격분했다.

─으아아악. 역시 싫어, 싫다고. 제기랄 짜증나!! 지금 당장 파이손을 패게 해줘!

벅벅벅벅!

갈 곳을 잃은 분노가 토드 자신의 머리로 향했다.

『그만해, 세팅한 머리를 망칠 셈이냐! 아주 잠깐, 고작 몇 시간이다, 좀만 참아!』

이럴 때 만큼이라도 평범한 또래 여자의 모습을 해.

그렇게 말하며 파이손이 이번 작전의 『토드용 전투복』으로 준비한 것이, 하필이면 핑크색 칵테일 드레스였다. 옷자락에는 프릴이 달려있어 가련한 인상을 주었지만, 실루엣은 단정한 어른의 분위기를 자아내고— 이런 걸 입을 바에는 죽든지 벌거벗는 게 낫다고 말할 정도로, 토드의 취향에는 맞지 않았다.

이런 나풀나풀한 핑크색 드레스는, 토드 인생에는 존재하지 않을 예정이었다.

게다가 드레스에 맞추기 위해 구두는 새하얀 펌프스였고, 왼쪽 어깨에 새긴 타투도 파운데이션으로 가려야만 했다.

애용, 아니, 『파트너』인 쇠 파이프도 당연히 몰수. 토드는 지금 자신의 모든 아이덴티티를 빼앗긴 느낌이었다.

—반드시…… 반드시 이 작전이 끝나면 파이손 자식을 한 방 먹여주겠어……! 골든 스파이크 드래곤으로 날려줄 거야! 명심해, 이 자식!

토드는 어깨를 들썩이며 카지노에 들어갔다.

입장한 5명은, 팀이라는 것을 들키지 않도록 약 5분 정도 틈을 두고 한 명씩 입장했다. 토드가 마지막이었다.

『좋아…… 전원 입장했군. 목표액은 100만 칩이지만, 일단은 3만 칩까지는 자력으로 벌어줬으면 좋겠다. 그 후 100만까지 딸 방법은 생각해둔 게 하나 있어. 그럼 난 뒷문으로 침입해서 모니터룸을 해…… 햇키……잉……? ……을 착수하겠다. —건투를 빈다.』

—네 건투를 빌고 싶다고!

또다시 카지노에 들어간 모두가 반론하고 싶은 충동에 휩싸였다.

하지만 어찌 됐든— 카지노 〈미스티〉 함락 작전이 시작됐다.

바닷가를 따라 세워진 〈미스티〉의 현란한 네온사인과 전등은 해면에 비쳐서 아름답게 일렁였다. 그리고 카지노 내부는 더욱 호화스러웠다. 지나칠 정도로 많은 조명이 설치됐고, 천장은 거의 거울로 돼 있어 빛이 넘쳐 흘렀다.

노엘은 카지노가 처음이었다. 만약 피아니스트로 정상적으로 살았다면 여기에 올 기회는 없었을지도 모른다.

미스티는 상당히 번성하여 많은 손님이 오가고 있었다. 드레스 코드가 엄격하여 모두 정장 차림이었으므로, 카지노의 화려한 분위기에 박차를 가하고 있었다.

노엘은 의수를 차야만 했던 이유를 이해했다. 일단 자신은 지명수배자인 몸이다. 한쪽 팔과 한쪽 눈만 있는 어린 여성은, 이미 겉모습부터 특징이 너무 뚜렷했다.

일반객이 신고하는 것을 방지하기 위한 『변장』이었던 것이다. 보머의 화상 흉터를 가린 것도 같은 이유일 것이다.

트럼프를 사용한 게임의 인기가 높은 듯, 모든 테이블에 여러 손님이 앉아 있었다. 하지만 노엘은 룰을 잘 몰랐다. 겨우 포커의 족보를 몇 개 아는 정도였다.

이런 초짜가 도전해도 지는 건 당연했다.

파이손도 카론도, 『초심자의 행운』이 있다고 말하긴 했지만.

딜러가 함께하는 게임이라면 초보나 신참을 처음엔 이기도록 해서 대담하게 만드는, 카지노 쪽에서 본다면 『덫』을 놓을 수도 있다.

슬롯머신으로 잿팟을 노려야 할까. 하지만 그거야말로 진짜로 운에 모든 것을 맡기게 된다. 우리는 어떻게 해서라도 이겨야만 했다.

노엘은 빛과 소리의 홍수 속에서, 처음엔 눈앞이 캄캄해서 그저 서성거리고 말았다.

몇 번인가, 자연스럽게 2층에 눈길을 주기도 했다.

아주 굳세 보이는 남자 종업원이 지키는 커다란 문. 그 안은 VIP룸인 것 같았다.

〈미스티〉에서는, 하룻밤에 100만 칩을 벌면 어떤 신분의 인간이라도 VIP룸에 『초대』되어, 지배인과 게임할 수 있다─. 그것은 라프라스 환락가에서는 유명한 이야기였다.

미스티 측도 VIP룸의 존재는 부정하지 않았지만, 안에서 어떤 도박이 이루어지는지는 절대로 공개하지 않았다. 그도 그럴 것이다. VIP룸에서 벌어지는 도박의 레이트는 그야말로 터무니없었다.

VIP룸에서 게임을 이기면, 평생 써도 다 쓰지 못할 돈을 얻을 수 있었다.

하지만, 진다면— **모든 것**을 잃는다. 말 그대로 모든 것이다.

VIP룸에 들어가면 두 번 다시 돌아오지 못한다— 라는 괴담 같은 결말은 역시 없는 것 같지만, 전 재산을 잃고 자살하거나 뒷 골목에서 사체로 발견되거나, 행방불명이 되는 등의 얘기는 여기 저기 떠돌았다.

그런 소문이 있어도, 미스티에 라프라스 경찰의 손이 미친 적은 없었다. 그렇기는커녕, 관리관 지노 로렌치가 가끔 친분으로 VIP룸에 들어가, 오락 정도로 오너와 승부를 즐긴다는 정보가 있었다.

완전히— 끈끈히 이어져 있다는 말이었다.

반드시 저 문 안으로 가야만 했다. 그러기 위해서 오늘 밤 안에 100만 칩을 따야 했다.

100만 칩으로도 막대한 현금과 교환할 수 있지만, 그것은 그저 목표치에 지나지 않았다. 노엘은 앞날이 불안했다. 현금으로 환산한 액수는 상류층인 노엘에게도 놀랄 만큼 큰 금액이었다.

여러 번 동료들과 지나쳤다. 되도록 눈도 마주치지 않도록 했다. 그들은 이미 몇 번 게임을 한 것 같았다.

카론에게서 일단 수중의 칩을 3만 칩으로 늘리라는 지시가 있었다. 안색을 살펴보았을 때, 다들 아직까진 지지는 않은 것 같았다.

토드가 굉장히 기분 나빠 보이는 건 여전했다. 파이손은 평소와 다름없었다. 후고와 슬러그는 이 자리를 즐기고 있는 듯했다.

—슬슬 저도 뭐라도 하지 않으면, 카론에게 혼나겠어요.

살짝 초조해진 노엘의 눈에 들어온— 아니, 귀에 들린 것은 주사위 게임이었다.

예쁜 반투명 주사위가 녹색 테이블 위에서 구르고 있었다. 카드에 못지않게 인기가 있는 것 같았다. 주사위 눈에 따라 손님이 일희일비하는 목소리가 주위에 울려 퍼졌다.

노엘이 테이블로 다가가자, 두 남성 손님이 혀를 차며 멀어져갔다.

"역시 이상하다니까. 중요할 때 꼭 빗나가."

"이 테이블만 레이트가 높기도 하고. 뭔가 장치를 해놨겠지."

그들은 소곤소곤 그렇게 이야기했지만, 노엘에게는 확실하게 들렸다.

두 사람이 빠짐으로써 게임도 일단락한 것 같았다. 그 테이블에는 노엘 한 사람만 남게 되었다. 딜러는 젊은 남자로 노엘에게 방긋 웃으면 인사를 했다.

"저, 도전해보겠어요. 룰을 알려주세요."

"세 개의 주사위 눈을 예측하기만 하면 되는 굉장히 간단한 게임입니다. 처음이시라면, 주사위 눈의 합계가 홀수인지, 짝수인지 예상하는 게임을 해보시는 건 어떠신가요?"

"그럼…… 홀수에 50칩 걸게요."

"알겠습니다."

딜러는 산뜻한 손놀림으로 세 개의 주사위를 던졌다.

데굴, 데굴데굴.

어딘지 마음이 편안해지는 소리를 내며 주사위가 떨어졌다.

주사위 눈은 1, 2, 6.

"홀수입니다. 축하합니다! 이렇게 바로 맞추실 줄이야, 재능이 있을지도……! 다음엔 더 크게 걸어보시는 건 어떠신가요? 아가씨 에겐 왠지 특별한 재능이 느껴집니다."

여전히 생글생글 웃고 있다.

그것은 마치 『대사』처럼 들렸다. 확실하게 띄우려고 하는 것일 까. 여기서 우쭐해지면 상대가 바라는 바가 되지만, 오늘 밤은 따 야만 했다. 찔끔찔끔해서는 도달할 수 없을 액수까지.

"그…… 그런가요? 그럼…… 또 홀수로. 이번엔 1,000칩."

"대담하시네요! 그럼……!"

데굴.

데굴, 데굴.

"……!"

주사위 눈은 3, 3, 4.

"아이쿠, 아쉽습니다! 짝수입니다. 모처럼 큰돈을 거셨는데 죄송합니다."

노엘은 놓치지 않았다. 세 개의 주사위 중 하나가 낸 소리는, 다른 두 개의 것과 달랐다.

처음에 던진 주사위와 다른 것이었다. 소리로…… 알 수 있었다. 노엘은 딜러에게 미소를 지었다.

"홀수로 1,000 칩이요. 단, **제일 처음에 던진 주사위로 해주겠어요?**"

"……네?"

"자, 빨리. 던져 주세요. **제일 처음에 던진 주사위로요.**"

딜러의 얼굴이 굳어진 것이 보였다.

……그로부터 노엘은 다섯 판을 그 테이블에서 게임했고, 모두 홀수에 걸어 승리했다. 수중에 있던 칩이 1만 칩까지 늘어났다.

"이봐. 좀 어때?"

로비에서 갑자기 누군가 말을 걸어 뒤돌아보자, 거기에는 매우 기분이 좋아 보이는 후고가 있었다. 접촉은 피하라는 지시를 받았지만, 뭔가 사정이 있을지도 모른다는 생각에 노엘이 대답을 했다.

"주사위 게임의 부정을 알아챘어요. 그래서 1만 칩 땄어요."

"오, 너도 좀 하는걸. 나도 마침 딱 1만 정도 땄다."

"당신, 도박 잘하나요?"

"아니, 딱히. 뭐 좀 재밌는 일이 있어서 말이야."

후고가 돈을 건 게임은 포커였다. 그다지 실력에 자신이 있었던 것은 아니었다. 다만, 그 딜러가 들떠 있었고, 포커 룰을 알고 있었기 때문에 해본 것이 다였다.

딜러는 짙은 갈색 머리를 한 젊은 남자로, 실실 헐렁한 웃음을 짓고 있었다.

왠지, 유니폼에 『덮인』 듯한 풍채였다.

후고와 딜러의 눈이 맞았다.

그 순간, 딜러가 마치 유령이라도 본 얼굴을 했고— 후고는 그 얼굴을 어디서 본 적이 있는 듯한 느낌이 들었다. 그렇지만, 그때는 누구인지, 어디서 만났는지 떠올리지 못하고, 딜러의 상기된 목소리에 끌리듯 테이블에 앉았다.

그리고 세 판의 게임을 내리 크게 졌다.

다른 손님은 계속해서 큰 족보를 받았고, 후고는 항상 안 좋은 패였다. 이렇게나 운이 없었나, 아니면 악마와 계약한 탓에, 다른 사람보다 운이 떨어진 건가? 초조해지기 시작했을 때, 딱…… 생각이 났다.

딜러의 손놀림. 손가락을 튕기는 버릇.

『역시 그 솜씨가 어디 안 가는군. 이젠 「자물쇠」는 안 따나?』

승자의 환성에 섞어, 씨익하고 웃으며 후고가 그렇게 묻자, 딜러는 보기 좋게 얼어붙었다.

그 남자는 슬럼에서 〈자물쇠 따기 찰리〉라고 불리던 좀도둑이었다.

자잘한 도둑질만 했었지만, 자물쇠 따기 기술은 일류였다.

후고가 투옥되기 얼마 전부터 모습을 감추어서 분명 체포된 줄 알았는데— 아무래도 손재주가 좋은 것을 무기로 성실하게 살길을 고른 듯했다.

상대는 확실하게 후고를 알아보았다. 그럼에도 자신을 등치려고 했었던 거라면……. 후고는 그 한 마디로 살짝 으름장을 놓은 셈이었다.

다음 판에는 들고 있던 돈을 전부 걸었다. 결과는 최강의 족보인 로열 스트레이트 플래시로 후고의 대승리.

『하핫…… 손님, 엄청난 행운이네요……. 만족하셨는지요……?』

찰리의 굳은 미소와 억양 없는 찬사를 잊을 수 없었다. 큰 소리로 웃을 뻔했다.

하지만…….

항상 꼬질꼬질하던 금발을 정리하고 갈색으로 물들여, 말끔한 유니폼을 입은 슬럼 출신의 남자가 얼마나 필사적으로 살려고 하는지는 상상하기 어렵지 않았다.

이 이상 협박해서 후고의 정체를 마구 떠벌려도 곤란하다.

후고는 단 한 판으로 딴 1만 칩을 챙기고, 그 테이블에서 떠난 것이었다.

"당신이 거기서 물러서다니!"

"이봐, 나한테도 자비는 있다고. 그것보다, 이걸로 2만 칩……중간 목표달성까지 이제 1만 칩이다. 파이손하고 다른 애들은 지금 어떻게 됐으려나……."

그러자, 두 사람의 귀에 카론의 목소리가 들렸다.

『모두, 들리나? 이쪽의 준비는 끝났다. 현재, 모든 감시 카메라 영상을 체크할 수 있는 상태다. 후고, 노엘. 수다는 그쯤에서 그만떨지.』

후고는 시시하다는 듯 입을 삐쭉 내밀었고 노엘은 성실하게 턱에 손을 갖다 댔다.

"……후고. 파이손이 너에게 할 말이 있다고 한다. 거기에서도 보이겠지…… 신사용 화장실로 들어가라."

후고는 턱에 손도 대지 않고 크게 한숨을 쉰 후 화장실로 향했다.

노엘은 화장실 쪽을 힐끔 쳐다보았다. 파이손이 마침 화장실에서 나오고 있었다.

후고를 본 그의 얼굴에는…… 씨익하고 뱀 같은 웃음이 떠올랐다. 노엘은 왠지 오싹했다.

후고는 화장실에서 금방 나와 바로 노엘에게 발걸음을 향했다. 그리고 귓속말.

"……1만 칩이다."

"네?!"

"화장실 한 칸에 놓여있었다……. 파이손 자식이 용케 따낸 것 같아."

"대, 대체 어떻게……."

"……모르는 게 나을 거야……. 봤지, 그 얼굴……."

"……네……."

아마 분명 정상적인 방법은 아닐 것이다. 하지만 목숨이 아까웠으므로, 두 사람은 그 얼굴과 함께 의문을 잊기로 했다.

『좋아, 이걸로 3만 칩이군. 자세한 얘기는 나중에 설명하겠지만……. 한 판의 게임으로 그 칩을 약 100만 칩으로 바꿀 수 있다. 지금부터 그 준비에 착수하겠다. 내가 신호를 주면, 둘 중 하나가 3만 칩을 가지고, 룰렛대 「A」로 가라.』

"흠…… 그래."

후고는 웃으며, 갑자기 노엘에게 2만 칩을 떠맡겼다.

"뭐, 뭐예요? 이런 큰돈을 저 혼자 갖고 있으라는 거예요?"

"카론은 룰렛대에 뭔가 사기를 치려고 하겠지. ―알았나, 룰렛은 한 번 맞으면 배당이 크다. 번호를 하나만 지정해서 돈을 거는

『스트레이트 업』이라는 게 있어. 배당은—."

『36배다. 현재 수중에 있는 돈을 다 걸면, 한 번에 100만 칩 이상을 딸 수 있어.』

카론의 차분한 목소리가 후고의 설명을 이어받았다.

노엘은 꿀꺽하며 마른침을 삼켰다.

칩 1장의 가치가 얼마인지는 당연히 들었다. 플라스틱제의, 마치 장난감 같은 이 칩. 현금이 아니기 때문에 실감이 희미해져, 장난감 돈처럼 흥청망청 써버리는 인간이 있다는 것도 납득이 갔다.

하지만 현실은 지금 수중에 있는 칩만으로, 남국의 리조트에서 몇 개월이나 살 수 있을 정도의 가치가 있었다.

그것이 단 한 판의 룰렛으로 36배가 된다—.

—왜, 왠지…… 꿈속에 있는 듯한 느낌이 드네요…….

샹들리에, 네온사인, 슬롯머신의 라이트가 시야에 가득 차 깜빡였다. 정신이 아찔해졌다. 승부는 이제부터라기보다, 아직 실전은 시작도 하지 않았다. 자신들이 덤벼든 것은 전초전에 지나지 않았다.

여기저기에 검은 정장을 입은 남자들이 서서, 층 전체에서 눈을 반짝이고 있었다. 멍하니 걸어 다녀도 칩을 뺏길 걱정은 없을 것 같았다. 그것은 좋은 일이지만, 이렇게 엄중한 감시 속에서 한 번에 사기를 성공할 수 있을까.

현금과 달리 칩은 상당히 액면가가 큰 종류도 있으므로 3만 칩이라도 개수는 몇 개 되지 않았다. 100만 칩이라도 되면 역시 달라질지도 모르겠지만.

······무거워. 장난감 돈 같은 칩이, 어떤 금속보다도 무거워.

『─됐다. 준비가 끝났다.』

카론이 간단하게 그때를 알려왔다.

노엘은 무거운 발걸음으로 『A』의 룰렛대로 향했다.

─어······ 저건······.

"······루, 룰렛에 어서 오세요. ······자, 자, 그럼······ 칩을 걸어주세요······."

룰렛대 『A』를 담당하는 딜러는─ 슬러그였다. 틀림없는 슬러그였다. 딜러 제복을 입었지만, 변함없이 스카프로 입가를 가리고 있었다.

무슨 일이 있어서 이렇게 된 건지는─ 뭐, 나중에 카론에게라도 물어보면 될 것이다. 이것도 사기 수법의 일환이라는 건 확실했다.

다른 손님은 다행히 수상히 여기지도 않고, 제각기 생각한 곳에 칩을 두었다.

노엘이 다가가자 슬러그는 창피한 듯 눈을 피했다.

"아······ 20······ 어, 당신은 오늘 20명째 손님······입니다."

그는 작은 목소리로 잘 이해가 되지 않는 말을 했다.

하지만 룰렛대를 보자, 노엘은 그가 말하고자 하는 것을 이해할 수 있었다.

검정 20에 아무도 배팅하지 않았다.

"20명째? 그렇다면, 전 검정 20에 전액…… 3만 칩을 걸겠어요."

노엘이 검정 20에 칩을 턱하고 쌓자, 주위에서 「오오」하고 소리를 질렀다.

당당하게 배팅한 건, 결과를 알고 있었기 때문이었다. 사기 없이 진검승부로 감에 의지하여 스트레이트 업 같은 걸 할 수 있을리 없었다.

하지만, 결과를 알아도―.

"……"

긴장됐다.

슬러그가 룰렛 속 공을 튕겼다.

차락하고 독특한 소리를 내며 공이 기세 좋게 돌았다.

"아, 어…… 노 모어 배트…… 노 모어 배트……."

룰렛의 룰을 들었는지, 슬러그는 조금 딜러답게 『마감』을 선언했다.

노엘도, 다른 손님도 공의 미래를 말없이 지켜보았다.

노엘은 『운명의 수레바퀴』라는 말이 갑자기 떠올랐다.

딜컹하고 공이 포켓에 떨어졌다.

"아…… 검정 20…… 검정 20……!"

슬러그의 선언도 들리지 않을 정도의 환성이 노엘의 주위에서 와아하고 일어났다.

"이 아가씨, 대단하네!"

"36배라구! 어, 그러니까…… 얼마가 되는 거지?!"

"잿팟이야! 이봐, 잿팟이라고!"

모든 사람이 졌는데, 자기 일처럼 노엘의 대승을 기뻐했다. 노엘은 약간 겸연쩍었다.

원래대로 했다면 맞을 리가 없었다. 세상에는 이런 승부에서 이기는 사람도 있겠지만, 카론이 얘기한 일화처럼 분명 평생 분의 운을 다 쓴 것일 거다.

어디선가 검은 옷을 입은 남자 두 명이 나타나, 노엘 앞에 정중히 인사를 했다.

"축하드립니다. 손님의 100만 칩을 준비했습니다."

잿팟을 한 손님에게는 이러한 서비스가 있는 것이리라. 한 명이 검은 가죽 가방을 열어, 안에 황금빛 칩이 10장 들어가 있는 것을 보여주었다.

"손님. 저희 카지노의 VIP룸에 대해서 알고 계십니까?"

노엘은 눈을 치켜뜨고 종업원을 올려다본 채 고개를 끄덕였다.

"다행입니다. 손님께서는 VIP룸에서 게임을 즐기실 수 있는 권리가 생겼습니다. 저희 카지노의 지배인이 손님을 맞이할 것입니다. 물론, 이대로 환급하는 것도 가능합니다. 그럴 경우, 굉장히 고액이 되므로—."

"저, VIP룸으로 가겠어요."

기계적인 종업원의 말을 가로막으며 노엘은 딱 잘라 그렇게 말했다.

주위가 술렁거렸다. 너무 눈에 띄는 것 같았다.

"하, 하지만 잠깐, 그 전에…… 손 좀 씻으러 다녀와도 될까요? 그 칩은 잠깐 맡아주시겠어요?"

"네, 네. 물론입니다. 그럼, 마음을 진정시키고 오십시오."

종업원의 얼굴에 처음으로 인간다운 표정이 떠올랐고, 주위에 손님들에게서는 웃음소리가 들렸다.

오늘 밤 잿팟을 터뜨린 룰렛대를 벗어나, 노엘은 가까운 화장실로 서둘러 갔다.

"……여어. 용케 잘 해낸 것 같군."

안에는 엄청나게 기분이 안 좋아 보이는 토드가 있었다. 그녀는 카지노에 들어오기 전부터 이미 꽤 화가 나 있었지만, 지금은 더욱더 열 받은 듯했다.

"무, 무슨 일이 있나요?"

"무슨 일이 있든 아니든⋯⋯. 난 이번 건이 끝나면 파이손을 패고, 그리고 나서 카론을 뚜들겨 패줄 거야! 골든 스파이크 드래곤으로⋯⋯!"

"⋯⋯설마, 슬러그가 룰렛대 딜러가 된 것도 관계가⋯⋯?"

"당연히 있지! 내가 죽을 만큼 부끄러워한 덕분에—."

『거기까지 해라. 화장실 칸에 카메라는 없지만, 세면대에는 설치되어 있다. 그 얘기는 나중에 천천히 하도록.』

토드의 이야기는 카론으로 인해 중단되었다.

노엘도 카론과 이야기를 하고 싶어서 그 자리를 뜬 것이었다. 토드에게는 미안하지만, 노엘은 화장실 안으로 들어가 작은 목소리로 대답을 했다.

"카론. 기세 좋게 말하긴 했는데, VIP룸에 제가 가도 되나요?"

『그래. 가령 모두가 가더라도 승부는 지배인과 일대일로 진행된다. 파이손과 후고도 찬성했다. 너는 멤버들 중에서 제일 큰돈에 익숙하다. 그리고 여기에서 가장 배짱도 있고, 또 적당히 무모하기 때문이다.』

"마, 마지막 말은 쓸데없는 말이네요! 그게 뭐예요, 『적당히』라니⋯⋯!"

『쓸데없다니, 도박에는 필요한 요소다. 어쨌든 네가 적임자라고 난 판단했다. 나도 물론 서포트하겠다. 모두의 대표로서 가주겠나?』

"……네."

『지배인은 확실하게 버로우즈나 지노와 연결되어 있다. 넌 무방비에다가, 나도 바로 달려갈 수 없어. 굉장히 위험한 미션이 될 거다.』

"괜찮아요. 이제 와서 위험이 두렵거나 하지 않아요. 당신이 봤을 때, 제가 적임자라고 느꼈다면…… 제가 거부할 이유는 없어요."

『……그런가. 후고, 파이손, 토드, 슬러그. 지금 얘기를 듣고 있었겠지? 지금부터 노엘을 VIP룸으로 보내고, 100만 칩을 맡기겠다. 다른 의견과 대안이 있는 자는 액션을 취해라.』

아주 잠깐의 정적.

『만장일치군.』

어째서 다들 이렇게 자신을 신뢰해주는 걸까.

노엘의 마음속에 그런 의문이 순간 스쳤다. 희미하고 희미한 불안과도 닮은 의심.

어째서, 아무도 이의를 제기하지 않았던 것일까. 아무나 「정말로 괜찮은 거냐」라는 한 마디 말이 없는 것일까.

―아니요. 그만두지요. 동료에게 신뢰받는다는 건 기쁜 일이지 않나요.

노엘은 의문을 뿌리치고 토드와 눈짓을 한 후, 화장실에서 나갔다.

토드는 이제 처음 만났을 때처럼 적의를 보이거나 하지 않았다.

드레스를 입게 된 분노도 이때만큼은 잊은 것처럼 보였다.

단 한순간이었지만, 그녀는 똑바로 노엘의 눈을 응시했다.

종업원에게서 칩이 든 검은 가죽 가방을 받고 노엘은 입구 홀 계단을 올라갔다.

VIP룸 문 옆은 종업원인 가드 맨이 지키고 있었지만, 노엘을 보자마자 온순한 얼굴로 목례를 했다.

―여기서…… 잿팟을 건, 지배인과 일대일 승부. 내가 모두를 대신하여 버로우즈 시장에게 일격을. 돈으로 뭐든지 맘대로 해온 그의 자유를 뺏는다……!

노엘은 립스틱을 바른 입술을 꽉 깨물며 VIP룸의 문을 열었다.

안으로 들어가자 신기하게도 마음이 안정되었고, 기품있는 향이 났다. 아시아의 향기였다.

노엘의 뒤에서 소리도 없이 문이 닫혔다.

노엘이 도전하러 가는 것을 후고와 동료들은 입구에서 지켜보았다. 만약을 대비해 후고만 입구에 남고, 파이손과 토드, 슬러그는 먼저 미스티를 빠져나와 근처에서 대기하기로 했다.

―드디어 실전인가.

후고는 무의식에 넥타이를 느슨하게 풀었다. 이곳에서는 옷매

무새를 흐트러뜨리지 말라며 카론에게 잔소리를 들었지만, 역시 긴장됐다. ……살짝 숨이 막혔다.

—100만 칩 도박이라니……. 흥청망청 써도 10년은 살 수 있는 돈이라고. 사치를 부리지 않는다면 평생 먹고 살 수 있을지도 모른다. ……그런 걸 손에 넣은데다가 도박까지 해야 한다니. 저 녀석, 분명 배짱만큼은 대단한 녀석이다.

후고는 노엘이 놀라워서 조용히 쓴웃음을 지었다.

—그렇지만, 뭐…… 그 정도로 미치지 않으면, 카지노 하나 없애 버리는 건 불가능하겠지. 나였으면 복수 같은 건 다 내팽개치고 라프라스를 뜰 텐데. 그런데…… 저 녀석은 끝까지 해내려 하고 있다.

파이손과 토드, 슬러그가 입구를 향해 가는 것이 보였다.

토드와 슬러그는 걱정스럽게 VIP룸을 올려다보았다.

후고는 그들과는 모르는 사람처럼 눈도 마주치지 않으려 했다.

모든 게 순조롭다. 너무 순조로워서—.

미스티에 갑자기 어둠이 내렸다.

정전인가.

『뭐지?!』

카론도 동요하고 있었다.

현란한 조명과 네온사인이 순식간에 꺼지고 음악도 멈추어, 놀란 손님들의 비명 소리가 여기저기에서 들렸다.

……너무 순조로워서, 도리어 불안하다고 후고는 생각했다.

아무래도 그 꺼림칙한 예감이 적중한 듯했다. 어둠 속에서 후고는 넥타이를 풀고 자켓을 집어 던진 후 태세를 갖췄다.

어떤 소리가 밀려왔다—.

익숙한 소리. 그것은 무장한 남자가 허리를 굽히고 발 빠르게 달려가 『제압』하려는 소리.

그리고…… 이 향기는.

후고의 가슴이 조건반사적으로 메슥거렸다.

고급 브랜드의…… 향수. 너무 뿌렸다…….

입구 조명이 켜졌다.

"하~이, 노엘 한 명, 지옥 밑바닥으로 안내해주세용~♥"

이미 후고와 다른 동료들은 포위되었다. 총은 든 체격 좋은 종업원들. 그리고 그 앞에서 의기양양한 듯 선, 경찰치고는 화려한 남자.

지노 로렌치의 행차였다.

"쳇…… 또 네놈이냐, 망할 여장 남자!"

"우후훙. 카지노를 무대로, 허를 찔러 사기로 칩을 따는…… 미
션 놀이는 재밌었나?"

"……뭐야, 계속 보고 있었던 건가?"

"당연하지. 근처에서 악마와 범죄자들이 빨빨거리는데, 미스티
도 우리도 이미 파악 끝내뒀어. 일·부·러 놀게 내버려 둔 거야♥
러셀의 돈주머니를 그리 쉽게 공략할 수 있을 거라 생각했니? 인
원수가 늘었다고 자만한 거 아니야?"

다수의 경관이 나와, 미스티의 종업원들과 함께 다른 손님들을
밖으로 유도하기 시작했다.

조명은 켜졌지만, 슬롯머신과 네온사인의 전원은 들어오지 않
았다. 카지노 〈미스티〉, 오늘 밤은 이것으로 마치는 것인가.

"이미 여기는 경관들로 완전히 포위됐어. 너희가 옹졸한 수법으
로 칩을 따는 동안에 말이지. 이제 도망갈 곳은 없다고 생각해."

"……어이, 카론?"

『소용없어. 이 근처와 층을 간이벽으로 분리했다.』

후고의 부름에 응한 카론의 목소리에 긴장이 역력했다. 이렇게
까지 완벽하게 역공을 당할 줄은 카론도 예상 못 했던 것이리라.

미스티와 경찰의 움직임이 너무 빨랐다. 여기를 후고들이 점찍
고 있다는 것을 미리 예상했던 것이 틀림없었다.

"VIP룸에 간 노엘은 어떻게 됐나?"

"어머, 노엘을 걱정하는 거야? 말했잖아, 지옥의 밑바닥으로 안내한다구♥ 지금쯤 분명 **미스터 최강의 갬블러와 목숨을 건** 승부라도 하고 있지 않을까?"

하아하고 지노는 2층을 올려다보며 한숨을 쉬었다.

"방아쇠 한 번 당기면 끝나는 건데, 〈마담〉도 참, 고집이 세다니까. 뭐, 스릴 만점의 데스 게임을 맘껏 즐겨주면 기쁘겠어."

그는 후고를 향해 미소를 지으며, 화려한 깃털 부채를 접어 품속에 넣었다. 그 눈은 조금도 웃고 있지 않았다— 동시에 다른 감정조차 보이지 않았다.

범죄자에 대한 분노도 없었다. 말에 들어찬 조롱과는 정반대로. 지노라는 남자에게 후고 일행은 『아무것도 아닌 것』. 벌레나 쓰레기와 동등한 것으로 간주됐다.

여기서 할 생각이다. 결판을 지을 생각이었다.

"제길! 카론, 너라도 노엘과 합류 못 하나?!"

『VIP룸을 막고 있는 벽이 너무 튼튼해! 마치 핵 셸터같다……!』

"어떻게 좀 해봐! 우리는 우리대로 여장 남자를 어떻게든 해보겠어!"

가스마스크는 없었다. 항상 입던 코트도.

하지만, 싸워야 한다.

후고는 지금 낼 수 있는 전력으로 폭염을 만들어냈다.

처음부터 전부 간파당했다.

이미 노엘의 등 뒤에는 어마어마한 벽이 쳐져 있었다.

그렇지만, 눈앞에는 우아한 카지노의 방 하나가 있었다. 방 중앙에는 녹색의 카드 테이블.

"내 카지노는 그리 간단히 무너뜨릴 수 없을 거다."

테이블 반대편에는 한 명의…… 묘령의 여인이 서 있었다. 입은 옷은 미스티의 딜러 유니폼. 그 위에 검은 코트를 걸쳐 입었다.

여인은 희고 긴 머리를 묶었고, 왼쪽 눈에는 검은 안대를 차고 있었다.

노엘과 똑같이 한쪽밖에 없는 눈. 그것은 매처럼 날카로웠다.

"네 동료들은 지금쯤, 지노와 우리 경호원이 귀여워 해주고 있지 않을까."

"큭……, 일이 잘 풀린다 생각했는데……."

"뭐, 너무 걱정하지 말 거다. 이 방 벽은 특별한 거니까. 어떠한 충격으로도 부서지지 않아. ―그러니 밖의 일을 걱정해도 소용없다는 말이다. 눈앞에 놓인 일에만 집중해."

"……네……?"

"계속 거기서 멀뚱히 서 있을 거니? 빨리 이쪽으로 오거라. 오늘 밤은 너를 위한 테이블이니까."

여기에는 후고도 카론도 달려올 수 없다. 무방비인 노엘 혼자뿐.

목숨을 끊어놓는 건 간단했다. 그럴 터인데……, 이 여인은 새 트럼프 상자를 열어, 멋지게 카드를 섞기 시작했다.

무심코 시키는 대로 다가갈 뻔했지만, 상대방의 의도를 읽지 못한 노엘은 여전히 우뚝 서 있었다. 그때였다.

『무사한가, 노엘?! 전파상황으로 볼 때, 이 무전은 통할 거다!』

긴박한 카론의 목소리가 노엘의 이어폰에서 들려왔다.

『상황 설명은 나중에 하겠다, 지금 내 존재는 눈치채지 못한 것 같으니 그 여자의 상황을—,』

"시끄럽게 말이 참 많군. 대악마 씨, 미안하지만, 그 무전은 나한테도 들린다. 수다를 떨 거면 셋이서 하는 건 어떤가?"

여인은 허공을 향해 희미하게 웃었다. 그녀가 긴 귀밑머리를 귀에 걸자, 노엘과 동료들이 쓰는 것과 같은 이어폰이 보였다.

"그렇게 경계하지 않아도 돼. 너희가 아무리 상의해도 난 막지 않을 테니."

"다, 당신은, 대체…… 무엇을……."

"『무엇을』? 뻔하지 않나, 게임을 할 거야. 오늘 밤 100만 칩 플레이어 노엘 체르퀘티. 여기에 들어온 수단은 다소 억지였지만, 〈미스티〉를 도박으로 없애러 왔다는 기개는 마음에 들었어. 너도 어

엿한 갬블러다."

생각을 지닌 뱀처럼 자유자재로 움직인 트럼프가 하나의 산으로 돌아가, 여인의 손안에 정리되었다.

"난 이곳의 지배인인 코핀 네리스야. 잘 부탁해."

"……당신이…… 이 카지노의 탑이라는 말이군요."

"그렇지. 자주 마담 코핀이라고 불리긴 하지만."

코핀. 과연 본명일까. 이렇게나 수수께끼에 쌓인 인물도 좀체 없을 것이다. 지금도 노엘은 그녀가 무슨 생각을 하는지 전혀 파악되지 않았다.

"마담 코핀……. 이제 절 죽이실 건가요?"

"핫, 무슨 소릴 하는 거니……. 넌 여기에 도박하러 온 거지? 그러면 지배인이자 갬블러인 내가 그것을 저버릴 이유는 없다."

노엘은 귀를 의심했다. 코핀이 딱 잘라 말한 것을 믿을 수 없는 건 카론도 마찬가지인 듯했다.

『뭐? 설마 순순히 도전을 받아들인다는 말인가?』

"그래. 그 설마야. 이 신성한 승부의 장에서 용서받을 수 있는 건 게임뿐이다. 이긴 자가 모든 것을 얻고, 진 자는 모든 것을 잃는다."

외눈으로 날카롭게 바라보는 통에 노엘은 꼼짝할 수 없었다.

손안도, 마음속도. 모든 것을 꿰뚫어버릴 것 같았다.

"그럼, 노엘 체르퀘티— 네 운명은 게임에서 이겨 미스터를 없앨지, 져서 죽을지 둘 중 하나겠지?"

"하…… 하지만, 당신은 버로우즈 시장 쪽 인간이죠? 그렇다면, 어떤 것도 방해할 수 없는 이 장소에서, 저를 죽이지 않는 이유를……"

"말 참 많네. 여기는 내 구역. 내가 룰이야. 버로우즈도 내 방식을 꺾을 수 없어. ……물론, 네가 그 칩을 전부 써버리면 그때는 여기가 네 무덤이 될 거다. 난 총이 아니라, 이 테이블과 카드로 널 죽여주겠어."

"……"

"승리의 〈운명〉을 잡아 봐라, 〈피학의 마녀〉 노엘 체르퀘티."

『……뭐냐, 이 녀석은……. 무슨 소릴 하는 거야……?』

카론은 아마 놀라 눈을 깜빡이고 있을 것이다. 노엘은 그의 마음을 절실하게 잘 알 수 있었지만, 코핀이 말하는 것도 점차 알 수 있게 되었다.

"……카론, 받아들여요. 아무래도 정말로 게임으로 승부할 생각인 것 같아요. 꽤 특이한 사람이지만, 과거의 후고보다는 문명적인 사람이에요. 살아남을 기회가 있다면, 거기에 **걸어**보죠."

『……. 그렇군. 묘한 얘기지만, 어차피 도망칠 수도 없다. 그렇다면 전력으로 눈앞의 게임을 공략할 뿐이다.』

카론이 안정을 되찾았다. 너무 이해할 수 없는 사람이나 일을 맞닥뜨리면, 지혜의 악마도 혼란스러운 모양이다.

적을 죽일 기회를 눈 뜨고 놓치려 한다. 버로우즈에게 반역으로 잡혀도 이상하지 않을 행위였다.

하지만 마담 코핀은 만족스럽게, 그리고 자신감 넘치게…… 불길한 웃음을 띠었다.

"……훗. 그렇게 나와야지……."

고
독

후고가 온몸으로 내뿜은 폭염으로 스프링클러가 작동했다. 귀를 때리는 비상벨 소리로 입구 홀 안을 가득 메웠다. 아직 모든 손님의 피난이 끝나지 않은 듯, 여기저기서 새로운 비명 소리가 울려 퍼졌다.

번지는 불꽃의 불길을 잡지 못하고 연기가 가득 찼다. 미스티의 경호원은 총을 갖고 있지만, 아수라장의 경험은 그리 없는 듯했다. 거의 모든 경호원이 불꽃과 연기에 겁을 먹었다.

몇 발인가 총알이 날아왔지만, 다행히 이곳에는 몸을 피할 수 있는 것들이 많았다.

후고는 커다란 여신상 뒤에 숨었다. 왼팔과 옆구리에 열이 느껴져서 보니, 옷에 피가 번지고 있었다. 그다지 아픔은 느껴지지 않았다. 스치기만 한 듯했다.

파이손과 토드, 슬러그에게 지시할 여유 같은 건 없었지만, 수많은 경험은 쌓아온 녀석들이다. 이 혼란을 틈타 빠져나갈 거라고 믿을 수밖에 없었다. 한 번 토드의 우렁찬 외침이 들렸으므로 분명 살아있을 것이다.

후고가 본격적으로 불타오르면, 이 정도 크기의 건물은 다 태워버릴 수 있었다. 아무리 육탄전이 강해도 지노는 인간이다. 역시 불에는 당해낼 수 없을 터이다.

이 건물의 구조는 일단 머리에 철저히 외워두었다. 옥상은 작은 전망대로 꾸며져 있었다. 지노를 상대한다면 거기밖에 없었다.

―길을 부수기 전에 달려가자!

후고는 그렇게 생각하자마자 바로 계단을 향해 달려나갔다.

"어머, 뭐야. 동료들을 모른 체하고 혼자만 도망갈 생각이야? 후고!"

역시 눈치가 빠르다. 중량감 있는 발소리와 이 목소리. 지노가 앞장서 뒤쫓아왔다.

"―아니다, 오히려 반대야. 말려들게 하고 싶지 않은 거구나. 부하도 돌봐주고, 노엘과도 협력하고…… 완전히 둥글둥글해졌네!"

―달리면서 잘도 입을 놀리는군, 저 자식은.

후고는 아무런 대꾸도 하지 않았다. 계단을 뛰어 올라가는 것만으로도 벅찼다. 이번에도 가스마스크 없이 작전에 임했기 때문이었다.

이럴 줄 알았으면 뻔뻔하게 휴대형 산소호흡기라도 가지고 올 걸 그랬다.

"좀 더 고독하게 번쩍거리던 당신이, 더 강했던 것 같아!"

후고의 발이 순간 멈췄다.

그랬었나.

―그렇지만, 그래도 괜찮지 않은가.

무심코 멈춘 건 어디까지나 한순간. 후고는 계단을 빠르게 뛰어 올라갔다.

"네 움직임 보았는데, 완전히 초짜구나. 도박 자체가 오늘이 처음인가?"

"……네."

"그럼, 룰이 간단한 게임이 좋겠네. 팔이 한쪽밖에 없으니, 패를 쥔 채로 하는 게임은 안 되나. 오케이…… 어떤 게임이 공정하려나……."

버로우즈의 지배를 받는 자와의 목숨을 건 승부가 시작할― 터인데.

마담 코핀은 진지하게 무슨 게임을 할지 생각해주었다. 그렇다, 말 그대로 「생각해 주었다」. 적인 노엘을 위해서.

"……왜, 왜지 친절한 분이시네요……."

『음……. 내가 딜러고 초보자를 상대한다면, 복잡한 게임을 하자고 할 거다. 상대방이 룰을 이해하기 전에 일방적으로 끝낼 수 있으니까 말이다. 대체 무슨 꿍꿍이지……?』

"듣기 거북하네. 룰도 모르는 상대를 일방적으로 쓰러뜨리는 건 공정하지 않아. 그런 건 재미도 없고 이겨도 기분이 좋지 않지. 대악마 님은 상당히 심술궂네."

"아. 그건 동의해요."

무심코 노엘이 본심을 말하자, 이어폰에서 카론이 꿍꿍 앓는 소리가 희미하게 들렸다.

반론이 없는 건 드문 일이었다.

"……좋아, 정했다. 나와 네가 이 카지노를 걸고 승부할 게임은 블랙잭이다. 알고 있느냐?"

"이름은 들어본 적이 있어요. 그리고…… 카드 숫자 합계를 20인가 21인가에 가까이 만드는…… 그런 느낌의 게임이었던 것 같은데 맞나요?"

"그래, 그래. 정답은 21이야. 대악마 씨는 어떤가?"

『이곳의 하우스 룰은 모르지만, 일반적인 룰은 알고 있다. 코핀, 내가 노엘과 상의하는 건 정말로 상관없나?』

"물론. 그럼…… 시작해볼까. 여기서 게임을 하기 위해서는, 설령 튜토리얼이라도 칩을 걸어야 해. 괜찮겠지?"

코핀의 목소리와 눈빛에는, 반론을 할 수 없는 강함이 있었다. 버로우즈나 시저, 지노와는 다른 기백을 내뿜고 있다. 노엘은 그녀에 대해 아무것도 몰랐다— 하지만, 자신보다도 몇십 배나 진하고 위험한 인생을 보내왔을 것이라는 걸 알 수 있었다.

자신이 도박 초보자란 점이 문제가 아니었다. 카론의 힘을 빌려도 이 승부는 고전할 것 같았다.

노엘은 이 VIP룸의 최소 판돈이라는 1만 칩을 배팅하고, 처음으로 블랙잭에 도전했다.

"1단계. 우선 서로가 2장씩 카드를 나누어 가진다. 카드의 숫자 합계를 봐봐."

코핀이 멋지게 카드를 나누어주었다. 손놀림이 너무나도 재빨라서 노엘의 눈에 보이지 않을 정도였다.

오픈된 노엘의 패는, 3과 5. 코핀의 패 2장 중 오픈된 1장은 7이었다.

"아직 21까지는 멀었네. 여기서 2단계. 넌 두 가지 액션을 할 수 있어. 하나는 『히트』, 카드를 한 장 더 받는 거야. 또 하나는 『스탠드』. 카드를 받지 않고, 그 점수로 나와 승부한다."

"8점이면, 21에는 좀 머네요. 히트하겠어요."

"응, 그게 정석이야."

도저히 실제로 돈을 걸었다는 생각이 들지 않는 게임이었다. 코핀은 굉장히 친절했고, 자세하게 알려주었다. 소리도 없이, 노엘의 곁에 한 장의 킹이 놓였다.

"킹이면…… 13? 앗, 그렇다면 8과 13의 합계는—."

"안타깝게도, 노엘. 블랙잭에서는 그림패는 전부 10점으로 취급한단다."

"그렇군요. 그럼, 제 점수는 18이네요."

"히트는 몇 번이라도 할 수 있어. 하지만…… 자, 여기가 문제다. ……뭐, 이게 바로 블랙잭의 묘미라고나 할까, 핵심이지만. 점수를 21에 가깝게 만드는 게임이지만, 21을 넘으면 『버스트』란다. 그 시점에서 지게 되지."

오싹하고 노엘의 등골이 싸늘해졌다.

당연하지만, 이것은…… 이런 게임은…… 완전히 『도박』이 아닌가.

현재 카드의 점수는 18. 다음에 3이 나올 가능성이 얼마나 될까. 운이 좋으면 나올 것이다. 암산은 서툴지만, 3 이상의 숫자가 나올 확률이 높다는 것은 바로 알 수 있었다.

그래도…… 『도박』을 한다면…… 여기에서 히트하는 갬블러도 있을 것이다.

"이건…… 아슬아슬함을 다투는 게임이군요."

"맞아. 스릴 있지? 전 세계에서 사랑받고, 나도 정말 좋아하는 게임이다. 생각해낸 놈은 천재야."

그렇게 말한 코핀의 한쪽 눈이, 찰나의 순간 어린아이처럼 빛났다. 그것은 그녀에게 처음으로 느낀 인간다움이었다.

"자, 그럼 다음은 어떻게 할래? 히트? 스탠드?"

노엘은 할 말을 잃었다.

판돈은 1만 칩, 게다가 이 게임은 튜토리얼이다.

그런데도…… 이 긴장감.

『노엘. 이 상황은 버스트할 확률이 압도적으로 높다. 상황을 볼 겸 이번 판은 여기서 스탠드 하는 게 좋을 거다. 18은 결코 나쁜 숫자가 아니야.』

"……그, 그렇……네요. 그럼 스탠드할게요."

"오케이. 네가 스탠드를 한다면, 3단계다. 이번엔 딜러인 내가 카드를 오픈하고 21에 다가간다."

코핀이 패를 뒤집었다. 숫자는 8.

"15인가. 그럼 나도 히트겠지."

어떠한 망설임도 없이, 코핀은 카드를 한 장 뒤집었다.

나타난 카드는 스페이드 잭.

"이런. 이렇게 되면 합계는 25점. 버스트가 되어 내 패배다. 축하해."

딱 큰돈이 걸리지 않은, 튜토리얼 같은 진행. 코핀은 미소를 지으며 1만 칩을 꺼내어 노엘이 건 칩과 함께 내밀었다.

"이, 이겼다……! 이긴 거 맞죠?"

"그래. 이번 판의 경우, 만약 내 점수가 19, 20, 21이었다면 나의 승리. 점수가 더욱더 21에 가까운 사람이 이기는 거란다."

초보자 중 초보자인 노엘에게 그다지 실감은 나지 않았지만, 눈 앞에는 두 배가 된 칩이 놓여 있었다.

이렇게나 단순한 게임으로 인생을 좌우하는 것인가.

"어떠냐, 그렇게 어렵지 않지? 자신의 운명을 스스로 잡는 게임이다."

"네. 룰 자체는 간단하네요. 아무리 저라도 승부할 수 있을 것 같아요."

『⋯⋯코핀의 움직임에, 미심쩍은 부분은 없었다. 하지만⋯⋯ 어떤 수를 쓰지 않는다고 장담할 순 없어. 방심하지 마라, 노엘.』

"흥. 대악마 님은 짓궂으신 데다가 의심도 많군. 카드는 새것이었고 사기도 없었다. 조금은 믿어줬으면 좋겠는걸."

드르르륵하고 카드를 리플 셔플하며 코핀은 미소를 지었다. 살짝 머리를 숙인 채 노엘을 바라보며, 그녀는 목소리를 낮게 깔았다.

"그리고 블랙잭이 **진짜 의미로 어떤 게임**인지, 대악마 님이라면 알고 있을 거야."

『⋯⋯그렇다. 노엘— 블랙잭은 아주 조금이지만, 플레이어가 더 유리하다고 알려진 게임이다. 딜러에게는 어떠한 룰이 정해져 있어. 그건, 점수가 16 이하일 때는 반드시 히트해야 하고, 17 이상일 때는 반드시 스탠드해야 한다는 거다.』

코핀이 방금 조금의 망설임도 없이 히트를 한 건 바로 그 때문이었다.

코핀은 끄덕이며 카론의 설명을 이어받았다.

"맞아. 난 내 의지로 히트나 스탠드를 선택할 수 없어. 내 기술도 경험도 이 게임에서는 일절 통용되지 않지. 어떠냐, 딱 맞는 핸디캡인 것 같지 않나?"

"……."

"게임의 룰은 이해했겠지? 그럼 이제 실전이다. 〈미스티〉가 가진 1,000만 칩, 이걸 놓고 싸워보지 않겠나?"

"처, 1,000만 칩?!"

"네가 계속 날 이겨서, 점점 금고에서 돈을 빼가고, 이곳이 가진 총액보다 많은 칩을 손에 넣는다면— 그때는 카지노의 정점이 바뀌는 순간이지. 미스티보다 더 많은 돈을 갖게 된다면, 미스티를 살 수 있다는 말이다. 단순명쾌하지?"

"보, 보통 그렇게 간단하게 카지노를…… 자신의 자산을, 경품 취급하시나요?"

"하지, 그럼! 나도 오랜만의 대 승부라 엄청 즐거운걸."

다시 코핀의 눈이 반짝였다. 노엘은 벌린 입이 다물어지지 않았다.

"……즈, 즐겁다뇨……!"

"그래. 자신의 목숨이 위협당하는 운명적인 대 승부인 만큼, 그 스릴에 마음이 설렌다……!"

노엘의 이어폰에서 한숨이 들렸다.

『……과거의 후고보다는 문명적이긴 하다만, 후고보다도 머릿속에 빠진 나사가 더 많은 것 같군…….』

시빌라나 지노, 후고나 오스카, 버로우즈가 데리고 있는 인재들은 모조리 정상이 아니었다.

하지만— 이 자리에서 바로 죽이지 않았다는 것은 적어도 살아남을 수 있는 큰 기회였다.

노엘은 결심했다.

미스티의 금고에 1,000만 칩이 있다는 것은, 이쪽은 500만 칩이상을 목표로 하면 된다는 뜻이었다. 현금으로 얼마가 되는지계산하고 싶지도 않고, 하지 않는 게 좋으리라.

후고와 동료들도 밖에 있다. 여기서 자잘하게 소액을 걸어 시간을 쓸 수 없었다.

노엘은 입술을 깨물고, 척하고 코핀을 노려보았다.

"다음 판은 10만 칩 걸겠어요!"

"……그래, 좋아. 정말로 좋아. 그럼 운명의 수레바퀴를 돌려보자……!"

어딘지 황홀하지만, 위태로운 눈빛과 음색.

코핀 네리스 또한 괴물이리라는 예감이 들었다.

"하아…… 하아…… 커헉…… 진짜 뭐야, 저 고릴라는……!"

체념했다고 생각했는데, 자신의 몸이 미웠다. 고작 3층 계단을 전력으로 뛰어 올라온 것만으로도 이렇다. 그저 뛰기만 한 것은 아니고, 발이 엄청나게 빠른 지노의 발을 묶기 위해서 몇 번이나 등 뒤로 폭염을 던져야 했던 탓도 있었다.

"그런 비실비실한 폭염으론, 나를 쓰러뜨릴 수 없어!"

추격자인 지노는 큰소리로 웃거나 후고를 무시하는 등 아주 여유로웠다.

"자, 카지노를 불바다로 만들어 버려! 노엘은 신경 쓰지 않아도 되잖아? 것보다, 폭탄마가 건물 피해를 신경 쓰다니 이상한 일이다 있는걸!"

"쿨럭, 닥쳐, 여장 남자!"

그만 열이 받아, 멈춰서 욕을 퍼붓고 말았다. 하지만, 그 순간 후고의 눈에 들어온 것이 있었다.

3층 복도 벽에 간소한 콘솔 패널이 있었다. 겨냥도를 처음 봤을 때 파이손과 카론이 설명해 주었다. 이것은 간이 벽을 조작하는 패널이었다.

후고는 바로 패널 쪽으로 달려나갔다.

"이거나 먹어라!"

내려치듯 버튼을 눌렀다.

대형 트럭의 에어 브레이크 같은 소리가 나고, 엄청난 기세로 간이 벽이 내려왔다. 간발의 차였다. 바로 그 앞까지 지노가 쫓아왔다.

"앗, 지금 무슨 짓을 하는 거야?!"

"핫, 꼴이 말이 아니군!"

의기양양하기는 했지만, 후고에게 그다지 여유가 없었다. 이대로 3층 전용계단에서 옥상까지 올라가야 했지만, 몸이 멋대로 호흡을 정리하려고 했다.

─아, 제길. 전력으로 하지 않으면 이런 녀석을 따돌리는 것도 이렇게 힘들다니…….

숨을 헐떡이면서 간이 벽을 바라보았다. 잠시 지노는 벽을 두들겼지만, 지금은 조용했다. 포기하고 돌아가기로 한 건가. 그의 뛰는 속도라면 그래도 그렇게 시간은─.

"……으으으……."

"응?"

설마.

"……으으으으라아아차차차차아아아아아!!!"

너무나도 늠름한, 그야말로 **우렁찬** 소리!

후고는 자신의 눈을 의심했다.

지노가 간이 벽을 들어 올리고 있었다! 간이 벽의 상단부에서는 파밧 불꽃이 일었고, 연기까지 피어올랐다. 지노의 얼굴은 완전히 격노한 맹수였다.

"마, 말도 안 돼, 저 고릴라……!"

완전하게 호흡을 정리할 새도 없이 후고는 다시 도주해야 했다. 옥상은 이제 곧이다. 다만, 문제는 이렇게 체력을 소모했는데, 이제부터가 진짜 싸움이라는 것이다.

총알이 스친 상처도, 욱신욱신 더욱 아파지기 시작했다.

옥상으로 이어지는 문은 잠겨 있었지만, 후고는 폭염 태클로 부숴버렸다.

차가운 바닷바람이 후고의 열을 빠르게 식혔다. 상당히 많은 땀을 흘렸던 것 같다.

"흐음~. 역시 도망친 게 아니었네. 여기라면 안에서보다 화력을 올릴 수 있으려나?"

부채로 얼굴을 부채질하면서, 느긋한 발걸음으로 지노가 쫓아왔다.

"그걸 알면서도 꽤나 여유롭네."

"그야 당연하지. 지금 후고는 폭탄도 없으니, 지치기만 하면 그걸로 끝. ……저기, 설마 이미 지친 건 아니지~?"

"핫, 네가 날 걱정할 입장은 아니지."

"그런데, 정말로 이거 대책으로 맞으려나? 『마인 보머』라면, 좀 더 편하고 확실한 전략이 있었을 텐데?"

"전략으로 맞는지 아닌지, 널 검게 불태워 증명하겠다!"

아무리 지노가 괴물급 인간이라도 불덩이가 되면 그걸로 끝이다. 폭탄이 있든 없든, 그 사실은 변함없었다.

—단숨에 결판을 내겠어!

오랜만에 전력으로 불타오른 후고는 지노를 향해 돌진했다.

왼쪽 눈이 침침해졌다. 쓸모없었다.

지노는 부채를 던져버리고, 태세를 갖추어 아슬아슬하게까지 후고가 오기를 기다렸다가— 뛰었다. 그 얼굴에 여유는 없어진 것처럼 보였다. 아주 찰나였지만.

그때 갑자기 옥상이 밝아졌다. 울려 퍼지는 헬리콥터 날개 소리.

"왔구나! 얼른 처리해줘♥"

라프라스 경찰 헬리콥터의 서치라이트가 후고를 비췄다. 기관총이라도 쏠 셈인 건가. 아무리 마인이라도 그건 버티기 어렵다.

하지만 지노가 있어서 그런지, 헬리콥터에서 총알이 날아오는 일은 없었다. 그 대신에—

요란스러운 모터 소리와 함께 옥상이 갑자기 물에 잠기기 시작했다. 헬리콥터에서 쏟아지는 건 바로 물이었다. 살수 노즐에서 어디 두고 보자는 식으로 후고에게 물을 흠뻑 뿌렸다.

"뭐야……, 제길, 푸핫, 이게 무슨 짓거리야!"

"어머. 초등학생도 알 만한 거잖아~? ……불은 물로 끌 수 있다♥"

분명 너무나도 간단했다. 상식 중의 상식. 그렇기 때문에 후고는 딱히 생각해 본 적도 없었다. 물에 빠진 생쥐 꼴이 되면 자신의 능력이 어떻게 될지.

기합을 넣어도 푸슉 하고 한심한 소리가 나는 불밖에 만들어내지 못했다.

"어머 어머, 촛불이 되고 말았네♥ 너~무 큐트한걸, 후고!!"

지노는 큰소리로 웃으며— 자동차로 착각이 될 만큼 빠른 속도로 돌진해 왔다.

노엘의 칩이 코핀에게 빼앗겼다. 노엘은 말을 잃었다.

지고…… 지고…… 또 졌다. 몇 판을 졌을까. 이긴 게임도 있었다. 하지만 압도적으로 졌다.

그 증거로—.

노엘의 칩은 이제 12만밖에 남지 않았다. 100만 이상 있던 칩은 순식간에 줄어들어, 지금 이 모양이 되었다.

『왜지……?! 큰돈을 걸기만 하면 무조건 우리가 진다!』

카론의 목소리에도 초조함과 경악이 섞여 있었다.

"저…… 전…… 무슨 사기를 당하기라도 하는 걸까요……!?"

이런 일은 있을 수 없었다. 마치 마법처럼 칩도 승패의 행방도 모든 것을 코핀이 **이끌어 갔다.**

"사기? 흠. 졌다고 그렇게 바로 사기를 의심하는 건 삼류들이나 하는 짓이라구. 카론, 넌 알고 있을 거야. 인간보다 시각 능력과 처리 능력이 높지?"

"……."

카론은 괴로운 듯, 분한 듯이 할 말을 잃었다.

『……그래. 코핀의 움직임에도 카드에도…… 수상한 점은 전혀 보이지 않는다…….』

"그……그런……."

"승부란, 보다 강한 의지를 갖고 운명을 움켜쥔 자가 이긴다. 뭐, 이런 거지. 그저 그것뿐이란다."

『무슨 헛소리를! 도박에 의지의 강함 같은 건 상관없다. 특히 블랙잭은 항상 승률이 높은 행동을 취하기만 하면 된다. 노엘과 나의…… 판단은 틀리지 않았어. 그런데 왜지…… 왜, 평범한 인간에게 이렇게까지 뒤지는 거지……?』

그 말을 들은 코핀이 실소를 했다.

"……홋. 그런 건가. 카메라 너머로는 악마라도 눈치채지 못하는 것인가."

『……뭐……?』

"이 방에 인간은 없다."

그런, 설마. 노엘은 몸서리가 쳤다.

카론도 말문이 막혔다. 코핀의 지적대로, 카메라 너머로는 기운을 느끼지 못하는 것이리라. **마인의 기운을.**

"난 〈운명의 마녀〉. 옛날에 악마와 계약하고 아주 조금 내 운명에 향신료를 쳤지."

마담 코핀이 말했다. 자신뿐만 아니라, 주위까지 휩쓸린 위대한 운명의 작용에 대해서.

—이길 때는 화려하게, 질 때도 화려하게—.

승부란 항상 얻거나 잃거나. 아무것도 잃지 않는 시시한 승부 같은 건 의미도 스릴도 없다.

코핀 네리스는 항상 진짜 승부와 스릴을 기대한다.

악마는 그 〈비뚤어짐〉이 대단히 마음에 들었던 모양이었다. 코핀의 소원을 흠잡을 데가 없는 형태로 들어주었다.

……즉.

"승부에 이기면, 그 승리는 상상할 수 있는 최고의 승리가 되고, 다음엔 더 크게, 그리고 더 높은 확률로 이길 수 있다. 승부에 지면 그 반대다. 난 그러한 운명, 그러한 몸을 가진 마녀가 되었단다.”

“고, 고작…… 고작 도박의 스릴을 위해서 그렇게까지?! 자신의 운명을 손보았다는 말인가요?!”

“그래. 『고작』 도박…… 『고작』 스릴. 그렇게 생각하는 녀석과의 승부조차, 난 최고의 것으로 만들고 싶다. 네가 큰돈을 걸기만 하면 대패하는 건, 내가 강한 의지로 운명을 쥐고, 내 흐름으로 만들기 때문이지.”

『자신의 인생…… 운명 그 자체를 도박으로 만들었다는 말이냐. 너…… 너는…… 훌륭할 정도로 비뚤어졌구나.』

코핀의 『어긋남』은 어느 악마라도 매료시키는 것일까. 카론이 말한 것은, 찬사인지 비꼬는 것인지 알 수 없었다. 코핀은 살짝 소리를 높여 웃었다.

“대악마가 보증해주니 기쁘네. —그럼, 트릭 공개도 끝났으니, 승부를 계속해 볼까!”

“……윽!”

—어쨌든, 어쨌든 1승이라도 해서 흐름을 바꿔야 해! 이대로라면 진다…… 진다…… 진다……!

땀이 흥건한 손으로 노엘이 놓은 것은 1만 칩. 코핀이 비웃으며 한숨을 쉬었다.

"아아……. 작다, 작아. 도망갈 길을 준비해 둔 승부로 내 운명을 움직이게 할 수 있을 줄 알았나!"

"그런 거 몰라요! 히트하겠어요!"

"후후, 뭐, 좋아."

코핀이 꺼낸 카드가 노엘의 앞에 미끄러져 나왔다.

패는 19. 나온 카드는…… 5.

버스트.

이제 남은 건 11만 칩.

졌다. 또 졌다!

"아, 아직이에요. 한 번 더 1만 칩으로……!"

"이런이런. 조금 더 기합을 넣어서 날 공격해보는 건 어떻겠나. 푼돈으로 일단 1승이라도 하려고 하다니, 너무 작아. 재미없어졌어."

코핀은 정말로 재미없다는 듯 카드를 나누어주었다.

노엘의 패는 13.

"자, 어떻게 할래?"

"물론, 히트하겠어요!"

카드는…… 8이다.

"합계 21! 이겼어요!"

하지만, 안심도 기쁨도 몇 초뿐이었다.

코핀은 노엘의 카드에도 말에도 반응하지 않고 자신의 패를 오픈했다.

『……뭐지?!』

카드는 스페이드 에이스와 잭. 그『흑』에, 노엘은 불길함을 느꼈다.

"—내츄럴 블랙잭. 이것은 어떤 21보다도 강한 최강의 수. 배당은 2.5배. 따라서 이 게임은 무승부가 아니라 내 승리가 된다."

"그, 그런?! 말도 안 돼!"

"미안하구나. 이건 하우스 룰이 아니라 전 세계 공통, 블랙잭이라는 게임을 상징하는 룰이란다."

스윽하고 노엘의 칩이 또 사라졌다.

이제 남은 칩은 10만 칩. 단 10만. 이 방에 들어왔을 때의 10분의 1.

"믿을……수 없어…… 이런……!"

"내 의지가 더 강했고, 네 의지는 약했다. 그것이 카드로 나타날 뿐. 나도 자칫하면 밑바닥에 곤두박질치거든. 돈이 있어서 여유가 있는 게 아니라구."

코핀은 천천히 카드를 회수하고—

"뭐. 너도 참 딱하지. 모두의 제물이 되다니 말이야."

그렇게 말했다.

분명 〈제물〉이라고.

이 상황이 아니라도, 노엘이 가장 듣고 싶지 않은 말. 그것은 푹하고 노엘의 뇌리를, 심장을, 온몸을 꿰뚫었다.

『코핀, 너 무슨 짓을?!』

"사실이잖아? 동료들은 가장 중요한 대승부를 너 혼자 하도록 강요했다. 여기서 네가 져도 죽는 건 너 하나겠지. 자기들은 끝까지 잘 도망치면 되니까. 지금은 그것도 지노 때문에 어려워졌지만, 그건 뭐 자업자득이지."

"……스케이프 고트……."

강요당했다?

『지금부터 노엘을 VIP룸으로 보내고, 100만 칩을 맡기겠다. 다른 의견과 대안이 있는 자는 액션을 해라. —만장일치군』

"카론은 그렇다 치고, 대부분 다른 녀석들은 최근 그쪽에서 거둔 신참 아닌가? 그런 녀석들이 어떻게 너에게 모든 것을 걸겠어?"

토드와 슬러그는 처음에 적의를 드러냈었다. 어째서 보머가 졌는지 모르겠다, 믿을 수 없다, 인정할 수 없다고.

그렇다. 노엘 또한 미약하게나마 불안 비슷한 의문을 품었다.

"—승부란 항상 나와 마주하는 고독한 것."

코핀은 속삭이듯 노엘에게 들려주었다.

"다른 사람에게 의존하면 빈틈이 생긴다. 잡념도 섞이고. 여기에 와서 복수에 빈틈을 만든, 네 패배다. 이 승부에 의지가 깃들지 않는 것도 무리는 아니야."

패배.

패배다.

─난 승부하기 전부터 졌다……?

『……엘……! ……노엘!!』

카론의 다급한 목소리가 이어폰 너머로 들렸다. 아무래도 계속 이름을 불렀던 것 같지만, 노엘은 전혀 알아채지 못했다.

『현혹되지 마! 가장 중요한 순간에 네가 여기서 무너지면, 그 녀석들은 어떻게 되겠나?!』

그 녀석들…… 그 녀석들…… 그 녀석들.

어쩌면 자신을 제물로 바쳤을지도 모르는, 퇴물 마피아와 슬럼의 깡패들.

지노에게 쫓기고 있다면, 그건 그야말로, 코핀의 말대로 자업자득이고, 통쾌할지도 모른다. ……그럴지도…… 모르지만.

─아아, 그래도. 역시 그래도, 이건 아니야. 이제 뭐가 뭔지 잘 모르겠─,

『……노엘. 대답은 하지 않아도 된다. **들어.** 분명 넌 그 녀석들과 행동을 함께한 결과, 혼자 그곳에 있다. 하지만, 그 녀석들 없었다면─.』

『넌 지금 죽었을 거다.』

―제기랄. 꼴이 말이 아니군, 이래선······.

후고는 물이 차오르는 옥상에 쓰러져 있었다.

단 한 번의 공격이었다. 지쳐있던 탓도 있고, 가스마스크가 없어서, 주위가 물에 잠겨서······ 변명은 몇 가지든 댈 수 있었다.

하지만 결과는 이 모양이다. 지노의 풀파워로 한 대 맞고 날아가, 바로 KO당했다.

"아쉽게 됐네. 당신이 이렇게 얼간이가 되어버리다니."

지노는 부채를 주워, 차락하고 펼쳐서 땀과 물보라에 젖은 얼굴에 부채질하기 시작했다.

"『승부는 항상 자신과 마주하는 고독한 것』. 나와 같은 고독을 좋아하는 마담 코핀의 말이야. 정말로 그 말이 딱이지~? 그도 그럴 게, 후고가 약해빠진 동료를 말려들게 하지 않으려고 아기자기하게 싸우니까, 그렇게 참담하게 납작 엎드려 있는걸."

듣고 보니, 분명. 지노는 항상 혼자였다.

후고는 이 사내와의 싸움을 상기하며 눈살을 찌푸렸다.

경찰이나 버로우즈의 사병을 지휘할 때도 있지만, 최종적으로는 항상 자기 혼자서 결판을 내려 왔다. 그것이 최종 수단이라기보다는, 최적의 해답이라는 듯이. 사실 그것을 가능하게 하는 힘은 있었다. 있었지만…….

그것은 경찰로서 올바른 것일까. 어쨌든 이 남자는 경찰이었다.

"나는 말이야, 후고. 아무도 믿지 않아."

모든 라프라스 경찰관. 지노의 부하. 그리고 러셀 버로우즈.

지금 카지노를 포위한 기동대도 미스터가 거느린 경호원도,

지노에게는 그저 그 자리의 현상 유지만 해주면 되는 보험에 지나지 않았다.

"『일』은 내가 전부 할 거야. 그게 가장 확실한걸."

"……엄청난…… 워커홀릭이군……."

마인의 회복력 덕분인지, 후고의 팔에 힘이 돌아왔다. 기침하면서 천천히 몸을 일으켜 세웠다. 어딜 맞았는지 알 수 없을 정도로 몸 여기저기가 아팠다.

"러셀을 잘 보라구. 그 안경 낀 비서랑 당신을 쓰고, 수많은 경비원도 쓰고, 거기에 우리 경찰까지 동원하고…… 그래도 노엘 하나 처리 못 했지. 러셀 본인도 하면 할 수 있는 아이이지만 다른 사람한테 맡기니까 자꾸 실패하는 거야. 배신당하고."

"─형은, 어떻지?"

일어선 후고가 묻자, 지노의 부채가 우뚝 멈췄다.

"형에게도 경계심을 풀지 않았나?"

지노의 눈이 엉뚱한 곳을 쳐다보았다.

새침한 표정은 그대로였지만, 그것은 명백하게—.

"……어어. 그럼, 물론 경계심을 풀지 않았지. 실제로도 확하고 배신했는걸. 그게 정답이었잖아."

거짓말.

후고는 그렇게 말하고 싶었지만, 왠지 일단은 말을 아꼈다.

"헛, 그런가. 정말 넌 피도 눈물도 없군……."

어째서 지노가 후고의 형을 거두었는지, 그 진의는 알 수 없었다. 어떻게 물어봐도 이 남자가 대답할 리 없었다.

그러나, 그렇게 병약했던 형이 경관까지 되었다. 이 남자의 트레이닝을 받으면, 누구나 강인한 몸이 될 수 있을 것 같았다. 하지만 이렇게까지 고고함을 관철하려는 자가 한순간의 기분으로 한 소년을 몇 년이나 단련시킬 수 있는 것인가?

"저기, 후고. 약해빠진 부하도, 노엘도 얼른 잘라버리고 다시 우리에게 고용되지 않을래? 서로 깊게 관여하지 않는, 돈으로만 이어진 관계. 우리, 꽤 잘해 왔던 걸로 기억하는데?"

"—그렇긴 하지."

후고가 말하자, 지노는 놀라 눈을 깜빡였다.

"라고 할 줄 알았나?"

후고는 미간을 찌푸리며 맹견 같은 얼굴로 노려보았다.

"한 사람의 인생을 엉망으로 만들어놓고 잘도 말하는군. 엿이
나 먹어라."

"아, 그래."

착하고 지노가 부채를 접었다.

그 얼굴에 조금씩 조금씩 살기가 번져나갔다.

"그럼, 방해되니까 빨랑 죽어줘. 나머지 5명도 처리해야 하니까."

어디에서 공격이 들어올까. 피할 수 있을까.

아마 무리겠지.

—아, 아……. 미안하다, 노엘. 적어도 시간이라도 벌었으면 좋
았을 텐데…….

카론과 노엘을 만나 처참하게 당하고 전부 타버렸었다. 하지만,
다시 불을 붙여주었다. 조금은 바뀔 수 있을 것 같았지만, 결국
한 번 뒷골목에 떨어지면— 마지막은 살해당하며 끝나는 건가.

마인이 맨손의 인간에게 당하다니 그런 건 웃음거리도 되지 않
겠지만, 지노라면 분명 앞으로도 쭉 웃음거리로 삼겠지.

풍압이.

느껴졌다.

"……윽?!"

"자, 잠깐, 너— 누구야?!"

후고의 숨통을 끊으려던 지노가 즉각 물러났다. 놀라울 정도의 반응 속도였다.

후고와 지노의 사이에는 머리부터 발끝까지 검은 옷을 입은 인물이 끼어들었다.

"너…… 너는……?!"

"……. 난—."

후드가 붙은 검은 가죽 점퍼. 검은 가죽 바지. 그리고 그 손에,

"어느 날 갑자기 집도 가족도 폭열에 날아가 버리고, 그 힘에 홀린 멍청한 동생을 구하기 위해 여기에 온—."

사벨.

"—네 형이다."

후드 아래에서 나온 건 후고와 같은 금발에 녹색 눈을 가진 얼굴.

눈썹은 없고, 얼굴도 귀도 피어싱투성이. 언젠가 후고는 잔소리를 할 생각이었다.

경관인 주제에 그 낯짝이 뭐냐고.

그 언젠가가 이제는 오지 않을 줄 알았는데…….

"……혀, 형……."

거기에 서 있는 사람은 오스카 드레셀이었다.

한 번 어긋나버렸고 두 번 다시 서로가 같은 길에서 만나지 않을 거라고, 두 사람 모두 굳게 믿었던 형제가 지금 여기에 모였다.

"늦지 않았군."

"······흥. 늦었다고."

지노의 눈빛이 바뀌었다. ······뭐라고 말할 수 없는 표정이라고 할까. 화난 건지 놀란 건지 상처받은 건지, 감정이 극한으로 치달은 탓에 누가 봐도 판단이 서지 않을 것이다.

"뭐야. 오스카, 아직 안 죽었어?"

"지노 관리관님. 당신이 단련시켜준 몸입니다. 그렇게 간단하게 죽진 않습니다."

"후고를 구하러 온 거야?"

"네."

"그러려고 제2의 부모인 나에게 칼을 들이대겠다는 거야?"

"그렇습니다."

"당신은 **단 하나뿐인**, 아무리 손을 뻗어도 닿을 수 없는 후고를 쫓았기 때문에 강했던 거야. 그 손으로 잡아서, 두 사람이 돼버리면— 약해질 뿐이라구."

"······고고한 힘에는 한계가 있습니다."

오스카의 말투는 끝까지 나지막했다. 그 한마디를 들은 지노는,

아주 살짝 움찔한 듯했다.

"무슨 소리야. 난 최강이라구, 잘 알잖아?"

"당신의 힘은 압도적입니다. 저는 그 뒷모습을 보고 자랐고, 그 뒷모습을 보고 배우고 지금까지 살아왔습니다. 하지만…… 관리관님, 당신도 깨달으셨을 겁니다. **혼자서는 이길 수 없다**는 것을."

"이길 거야! 지금 완전히 이기고 있었어, 보면 모르겠니?"

"그렇지만, 지금까지 몇 번이나 실패하셨습니까? 몇 번이나 놓치셨습니까? ……그것이 제 대답입니다."

"무……무슨……!"

"……노엘과 카론에게 지고, 그들이 손을 내밀어 주어서…… 이렇게 지금까지 닿지 않았던 것에 손이 닿았습니다. ……혼자서는 닿지 않았습니다……. 그걸 깨닫는 것이, 분명 늦었습니다만. ……관리관님, 저는 그 손을 잡으려고 합니다. 당신의 등을 밟고 넘어서."

"……정말…… 은혜도 모르네……!"

"쓰고 버린 주제에 잘도 말하는군."

"시끄러! 넌 좀 닥치고 있어! 지금 키워준 부모랑 자식이 중요한 얘기 하잖아!"

"힘없고 병약하던 절 지금까지 단련하고, 무엇하나 부족함 없이 키워준 은혜를 원수로 갚는 건 사죄드립니다. 증오가 아니라 감사의 마음을 담아서…… 마지막 대결을 하게 해주십시오. 관리관님."

"흥. 네 기술은 전부 알고 있어. 이길 수 있을 리가 없잖아. 다른 누구도 아닌 내가 알려준 기술이니까!"

사악 하고 차가운 소리가 울렸다. 지노의 독설에 전혀 반응하지 않고, 오스카는 검을 뽑았다. 그 검의 빛을 지노가 독살스럽게 노려보았다.

오스카는 살짝 뒤를 돌아 후고에게 질문을 던졌다.

"대강 상황은 경찰 무선으로 알고 있긴 하지만…… 노엘과 카론은 무사하나?"

"몰라. ……그렇게 간단하게 죽지는 않을 건 같긴 하지만."

"……그렇군. 일단 지금을 극복하고 구하러 가자. 그 〈피학의 마녀〉가…… 우리를 여기까지 이끌어주었어……!"

지노가 도약하고, 오스카가 검을 아래로 겨누었다.

마치 폭발음 같은 두 사람의 기술이 충돌하는 소리가 울려 퍼졌다.

카지노 1층에서는 파이손, 토드, 슬러그, 이 세 사람이 아직도 분투하고 있었다. 밖으로 나갈 수 없다는 건 잘 알고 있다. 카지노 주위는 푸른 경광등으로, 빛의 홍수였다. 게다가 헬리콥터까지 떠 있었다.

하지만.

세 사람 모두 탈출 방법 같은 건 생각도 하지 않았다.

"제길! 아무리 휘둘러도 안 맞잖아! 뭔가 봉 같은 거 없나, 봉……!"

"난 총을 찾고 있는데……."

"우리가 당하면 후고와 노엘에게 민폐를 끼칠 거야. 적어도 좀 더 제대로 된 무기가 있어야 하는데…… 이걸로는 도저히 이길 수 없어……."

시간을 버는 것만 생각했다.

"아니지, 이기는 게 아니라 사수하는 거야! 노엘이 이기고, 카지노 하나를 무너뜨리는…… 그 순간에 함께 하고 싶은 거지?!"

"그렇네, 확실히. 서포트 해줄 수 있는 사람이 카론 한 명뿐이라는 게 아쉬울 따름이다."

"아…… 그렇지. 노엘이 이기길 기다리면 되는 건가. 그러면 카론도 짬이 생기고 모두 탈출할 수 있겠다."

"그래…… 그때까지 우리는 우리대로 끈덕지게 버티면 돼…… 근데 총은 여기에 없나."

"으으으, 좀! 뭐 하자는 거야, 파이손! 지금, 이 상황에서 무기를 가릴 때냐! 이거 써, 좀 불편하겠지만!"

파이손은 얼굴을 들어 올려 토드가 휘두르는 것을 보았다.

새빨간 소화기였다.

반짝하고 그의 안경이 빛났다.

"토드, 그거 슬러그한테 넘겨 봐."

"뭐?! 왜!"

"슬러그, 이건 스프레이다."

"엇, 네?"

파이손은 슬러그의 어깨에 손을 얹고, 마치 카운슬러처럼 천천히 조용하게 타이르듯 말하기 시작했다.

"소화기는 스프레이다. 안에는 강 알카리성 약제가 들어있고, 노즐로 한 번에 분사시킬 수 있어. 다시 말해 대용량 스프레이라는 말이다. 게다가 약제는 유해하다고 할 순 없지만, 인체에 엄청난 자극을 주지. 넌, 위험한 스프레이를 무지하게 좋아한다, 그렇지?"

"아앗, 네…… 스프레이…… 너무 좋아…….."

"이봐, 이거 정말로 넘겨도 괜찮은 거야?"

"괜찮지 않을지도 모르지만, 이 상황을 타파할 방법은 이것밖에 없어. 토드, 어서!"

"아, 알았어! 자, 슬러그!"

토드는 이것저것 닥치는 대로 때리느라 흠집투성이가 된 소화기를 슬러그에게 던지고, 서둘러 멀리 떨어졌다.

길모퉁이에서 미스티의 경호원이 4, 5명이 뛰어왔다. 모두 건실한 데다 특수 경봉까지 들고 있었다. 아니, 그중 한 명은 총을 겨누고 있었다.

"후······ 히히······ 스프레이······ 이건 스프레이야, 스프레이, 스프레이······ 텐션 올라간다아아아아아아아아아아아앗!!"

주위가 순식간에 새하얗게 변했다. 경호원들의 굵은 비명 소리가 울렸다. 슬러그는 소화기를 분사하면서 오히려 적에게 돌진했다.

"핫, 야, 그만해!"

"히햐아아아아아아앗!! 흰색으로 칠해 주겠어어어어어어!?"

슬러그의 폭주 덕분에 토드도 파이손도 바람대로 원하던 것들을 손에 넣을 수 있었다.

즉, 특수 경봉과 총. 경호원들은 온몸이 새하얘져서 황급히 도망칠 때 무기를 떨어뜨리고 간 것이다.

두 사람은 얼굴을 바라보며, 뱀과 개구리처럼 빙그레 웃었다.

"앗하하하핫······! 왜 그래, 오스카! 아예 글러 먹었네, 전부 엉망이잖아! 내가 알려준 거, 자는 동안에 잊어버린 거야?!"

"크흑······!"

"오스카, 아직 완치도 안 됐는데 무리해서 여기 온 거지? 상처 있는 데를 감싸려고 하니까, 움직임에 절도가 없어지잖아!"

후고는 처음 알았다. 지노가 항상 가지고 다니던 화려한 깃털 부채는 쇠살 부채였던 듯하다.

오스카의 참격을 그것으로 막고 있었다.

오스카의 움직임에 절도가 있든 없든, 마인이라는 점은 변함없었다. 그 공격을, 검보다 훨씬 짧은 부채로 어렵지 않게 막아낸다는 것은 경이로웠다.

"그래도…… 지금의 전 혼자가 아닙니다. 너무 긴장을 푸시면 발목 잡힙니다!"

"흥! 너의 그 믿음직스러운 후고는 지쳐 나가떨어진 것 같은데……?!"

"지쳐 나가떨어졌다고? 깔보지 마!!"

오스카 덕분에 호흡을 정리할 수 있었다.

후고는 그 힘을 한 번에 풀어놓았다.

오스카는 후고가 「무언가 한다」는 것을 예측한 모양이다. 지노에게서 거리를 두고 태세를 낮게 취했다.

불꽃이 옥상 전체를 퍼져나갔고, 헬리콥터가 뿌린 물이 단숨에 말라붙었다. 주위에는 수증기가 자욱이 피어올랐고, 지노는 순식간에 연기에 휘감겼다.

"……!!"

오스카가 하얀 연기 속에서 도약했다. 시야가 가려진 그 속에서, 마인의 예리한 감각을 의지했다.

지노의 기척을 노리며 검을 내리쳤다.

"윽!!"

희미한 반응.

지노의 오른손 소맷부리를 가르며 피가 튀었다.

"에잇, 성가시게⋯⋯!"

하지만, 얕았다. 지노 또한 오스카의 움직임을 감지하여 회피하는데 집중한 듯, 직격은 피할 수 있었다.

"송사리 주제에 건방지구나! 새 코트가 엉망이 됐잖아!"

"헷, 마인 두 사람을 상대로 상처 없이 끝날 줄 알았나?!"

"흥, 무슨 허세를 부리는 걸까? 병자와 고연비 콤비가 날 쓰러뜨릴 순 없어!"

"바보냐! 아무도 널 쓰러뜨리겠다고 하지 않았다고. 네 발을 묶어놓지 않으면, 노엘이 천천히 승부를 할 수 없잖아?"

후고의 말에 지노는 어안이 벙벙했다.

"⋯⋯뭐? 설마, 노엘이 마담을 이길 수 있을 거라고 생각하는 거야?"

"그래, 그렇다. 그 녀석이라면 할 수 있을 거야. 배짱만은 대단한 녀석이니까. 게다가 이번엔 카론도 함께 해주고 있다. 그 배짱과 두뇌라면 사기 같은 건 가르치지 않아도, 카지노를 파산시켜버릴 수 있을 거라고!"

"후고. 사기는 좀 그렇군."

"분위기 파악 좀 해!"

지노는 방금 후고가 한 말 중에 무엇이 마음에 들지 않았던 것일까. 순식간에 표가 날 정도로 기분 나쁜 표정으로 바뀌어 있었다.

"……하찮은 것들……. 이것도 저것도, 송사리들이 모이기만 하면 허세만 늘어서는!"

철제 부채조차 부러뜨릴 만큼, 그 피투성이 손을 꽉 쥐었다.

"마담의 승부에 대한 엄격함은 나를 뛰어넘어. 오늘 처음 도박을 시작한 애송이한테, 마담이 질 리가 없잖아?!"

"오? 뭐냐. 고독을 관철하는 게 네 폴리시 아니었나? 아무도 믿지 않는다며? 말하고 행동이 다른 것 같은데? 크크큭……!"

"……!"

"아니면, 그 마담에 대해서 진심으로 신뢰하지 않는다는 말인건가. 노엘이 이기는 경우도 예상하는 게 지노 로렌치라는 인텔리고릴라일텐데."

후고의 말은 지노의 아픈 곳을 쿡 찔렀다. 아니면 신념을.

"그래…… 그렇네…… 마담의 승리를 맹신하다니…… 나답지 않았어. 그래, 나는 아무도 믿지 않아……! 마담이 이기든 지든 똑같아. 내가 모~두를 죽여 버리면 된다는 얘기지!"

당장에라도 덤벼들 것 같았다. 그 기백에 후고는 「오, 무셔」라며 어깨를 움츠렸다.

지금까지 지노는 어떤 독설도 가볍게 넘겼다. 하지만 이번엔 우연히 아픈 곳을 찔렀는지, 아니면 그에게도 여유가 없어진 것인지, 어쨌든 본격적으로— 죽일 기세로 달려왔다.

"……아직 할 수 있겠나, 후고?"

오스카가 지노를 응시한 채 검을 쥔 자세를 가다듬었다.

"누구한테 묻는 거야, 병약한 놈!"

후고는 자신의 손에 작열하는 불꽃을 휘감았다.

운명

"넌 지금 그 작은 어깨에, 자기 자신 이외 인간의 운명을 몇 개나 짊어지고 있어. 무겁겠네……, 참으로 무겁겠어. 그 부담은 복수에 정말로 필요했던 걸까?"

코핀의 말이 계속 이어졌다.

하지만.

그것은 우스운 소리였다.

노엘이 얼굴을 들어 올린 순간, 코핀은 **무언가** 깨달은 듯했다.

노엘의 입술에 뜬 미소를 보고, **무언가가** 그녀를 바꿨다는 건 누가 봐도 명백했다.

이미 노엘의 귀에 들리는 건, 마담 코핀의 독을 머금은 말이 아니었다.

좀 전부터 노엘의 귀에 들리는 것은, 카론의 말뿐만이 아니었다.

『어떤가. 들리나, 노엘?』

"네."

"너희들……, 뭘 한 거지? 내 얘기를 듣고 있었던 게 아니군?"

『그래. 어르신의 장황한 싫은 소리 따윈, 일찌감치 흘려들었지. 뭐지, 코핀…… 네가 무전 받는 건 **나와 노엘의 무전뿐**인가?』

"설마, 다른 음성을 노엘의 이어폰으로 흘려보냈나? 대체 어떤……."

『감시 카메라 마이크로 들리는 음성이다.』

그것은 노엘의 싸움을 지키려 하는 자의 목소리.

노엘을 위해서 몸을 깎는 자들의 목소리.

노엘의 싸움을 위해 달려온 자의 목소리.

코핀이 늘어놓는 말은, 어디까지나 노엘의 마음을 교란시키기 위한 환상에 지나지 않는다는 걸 일깨워주는 진실의 소리.

『어떠냐, 조금은 알겠나, 노엘? 그 녀석들의 의지가.』

"……맞아요. 파이손도, 토드도, 슬러그도…… 후고도…… 그리고 오스카도. 모두 저의 동료들이었어요. 그런데도…… 의심하던 제 자신이 부끄럽네요."

코핀이 팔짱을 끼며 살짝 미간을 찌푸렸다.

"너희가 뭘 어떻게 재확인하던, 남은 칩은 겨우 10만뿐이라는 건 변함없어. 벼랑 끝에 있다는 걸 잊었나?"

물론, 잊지 않았다. 그렇기 때문에 다음으로 향하는 마음이 강한 것이다. 운명의 마녀는 도박에서 불패라는 말이 아니다. 크게 이길 수 있지만, 질 때도 크게 진다.

이제부터 역전하면, 그것은 엄청난 패배가 될 터.

—나도, 마담 코핀과 비슷해. 이렇게 많은 인원으로 싸웠던 적이 없어. 그래서 잘하지 못할 수도 있지만. 아직 잘하지 못할 수도 있지만…….

자신에게는 뒤를 지켜주는 동료가 있다. 함께 싸우는 동료가, 지금 이렇게나 많이 있다.

—그 신뢰를 의식하는 것이 내『의지』!

"10만 칩 걸겠어요, 마담."

"……지금, 뭐라고 했니?"

"10만 칩이요. 즉, 전액입니다. 괜찮겠죠, 카론?"

『마음대로 해라. 자포자기하는 것만 아니면 상관없다. 코핀도 계속 작다, 작다 했으니.』

카론의 표정이 손에 잡힐 듯 보였다. 붉은 눈을 사악한 형태로 일그러뜨리고, 마이크로는 잡을 수 없을 정도로 작게 웃고 있을 게 뻔했다.

코핀은 무엇이 마음에 들지 않았는지, 기분 나쁜 듯 오만상으로 카드를 뒤집었다.

"흥. 나에겐 자포자기했다고 밖에—"

노엘의 카드를 본 순간, 그녀의 말문이 막혔다.

"내추럴 블랙잭. 배당이 2.5배였죠?"

노엘의 앞에 놓인 스페이드 에이스와 잭. 히트 따위 할 필요도 없었다.

노엘의 입꼬리가 천천히 치켜 올라갔다.

"다음은 15만 칩이에요."

"윽……."

"15만 칩 베팅하겠어요. 자, 카드를!"

코핀은 아무 말 없이 카드를 나눠주었다.

노엘의 손안에 들어온 카드는—.

『—노엘. 블랙잭에는 「더블 다운」이라는 룰이 있다. 선언하면, 반드시 1장 히트를 해야 하지. 다시 말하면, 1장밖에 히트할 수 없게 된다. 그 대신 그 자리에서 판돈을 2배로 늘릴 수 있다.』

노엘 앞에 놓인 카드는 5와 6. 합계는 11. 노엘에게는 그저 「21과는 먼 숫자」였지만, 카론이 일부러 그런 말을 해주는 것은 블랙잭에서는 특별한 숫자이기 때문이리라.

"지금이 그걸 쓸 기회라는 말인가요?"

『그래. 첫수가 10이나 11일 경우, 더블 다운하는 게 정석이다. 크게 이길 수 있는 반면에, 지면 당연히 손실도 커지게 되지.』

"내 힘과 같은, 큰 모험을 하는 한 방법이라는 말이다."

노엘의 패를 내려다본 코핀의 표정이 굳었다.

〈운명의 마녀〉와 같은 힘.

노엘은 코핀을 올려다보았다. 이 눈만 보고도 코핀은 노엘이 어떻게 나올지 판단한 것 같다.

"……괜찮겠나? 만약 실패하면 30만 칩을 손해 본다. 방금 이긴 게 물거품이 돼. 승부도 네 인생도 그걸로 끝이야."

"전, 당신을 이기려고 여기에 있어요. 망설일 필요도 없이 더블 다운하겠어요!"

여기서 지면 끝. 하지만, 그것은 졌을 때의 이야기.

심장이 터질 것처럼 뛰었다. 그렇지만, 노엘이 망설이지 않는 건 진짜였다.

노엘에게 온 카드는 퀸이었다.

"좋아, 좋은 카드다!"

"아직 모르지! 내가 내추럴 블랙잭이라도 나오면 어쩌려구?"

코핀이 패를 오픈했다.

……내추럴 블랙잭은 주제넘은 말이었다. 그저 평범한 버스터였다.

"이, 이겼다……!!"

이겼다. 게다가 대승이었다.

조금 전만 해도 10만 칩으로 벼랑 끝에 서 있었지만, 지금은 75만 칩까지 부활했다.

코핀이 작게, 아주 작게 혀를 찼다. 노엘에게는 그것이 확실히 들렸다.

"그럼……, 다음엔 어떻게 할 거냐, 노엘."

"30만 베팅. 이 기세를 끌어가겠어요!"

코핀 네리스에게는 들렸다.

운명의 수레바퀴가 삐걱거리는 소리.

운명은 눈에는 보이지 않고, 물론 소리도 없다. 운명의 수레바퀴가 어디를 중심으로 돌고 있는지, 그것은 오랫동안 길러온 감각으로 **느낄** 수밖에 없었다.

오늘 밤 갬블러로서 막 데뷔한 노엘에게는 들리지 않을 것이다.

하지만, 코핀은 알 수 있었다.

—흐름이 바뀌었다. 영혼이 흔들렸다.

모든 것은 이 쾌감을 위해서. 모든 것은 이 흥분을 위해서.

정말 어린애 마음 같은 건, 빈틈투성이다. 그곳을 찔러 승리를 잡으려고 하는 의지가 요동쳤다. 의지가 없는 자는 운명의 마녀 앞에선 무력하다.

그럴 계획이었는데, 이미 그런 잔꾀는 통하지 않았다.

코핀 또한 진심으로 자신의 운명을 베팅할 때가 왔다.

—아아, 생각나네. 더블 다운. 그래, 이 〈미스티〉를 건 싸움……. 나도 벼랑 끝에서 더블 다운으로 운명의 흐름을 바꾸어…… 이곳의 금고를 털었다. 그날 밤과 같은 운명에 그대로 휩쓸린다면, 오

늘 밤 지는 것은—.

운명이란, 이 얼마나 짓궂은 것인가.

마치 악마 같다.

수레바퀴가 삐걱거리는 소리는, 코핀에게 불길한 웃음소리와 같았다.

그리고 계속해서 노엘의 칩은 늘어갔다.

순식간에 잃은 돈을 되찾았고, 200만, 300만도 넘어섰다.

노엘이 베팅하는 칩의 수는 그에 비례해서 점점 늘어갔다. 지키는 판이나 버리는 판 같은 건 없었다. 지면 죽는다, 그 상황은 바뀌지 않았는데. 그렇지만, 같은 장소에서 함께 싸우는 동료가 많이 있었다.

다 같이 싸우고 있었다. 그렇게 생각하면 마음이 가벼워졌다.

그것은 신기한 감각이었다.

"다음 판은…… 60만 칩 걸겠어요!"

"……호오. 60만이라……. 그걸로 집을 몇 채를 살 수 있는지 아나? 불필요하게 큰돈이다. 요행으로 몇 번 이겼다고 너무 우쭐해진 거 아닌가?"

『크크큭, 코핀. 아까 한 말과 너무 다르군. 자신의 운명인지 뭔지가 기우는 게 느껴지나? 이젠 노엘의 사고를 지배하려 해도 소용없다.』

　"난 노엘과 얘기하는 거야, 시끄러워······! 노엘, 넌 정말로 무섭지도 않니? 거액의 부를 『고작』 게임 하나에 거는 게!"

　"무섭지 않을 리가요. 수십만 칩의 베팅을 선언할 때마다 심장이 입 밖으로 튀어나올 것 같아요."

　"하지만 그 스릴을 즐기고 있겠지?"

　"······아뇨······. 제게 그럴만한 배짱은 없어요. 그 점은 당신을 이길 수 없을지도 몰라요. 하지만 이렇게 용기를 가지고 승부해서, 저를 위해 싸우는 동료들에게 부응할 수 있다면······. 그렇게 생각하면, 앞으로 나아갈 수 있어요!"

　"흠······ 뭐, 됐다. 곧 뼈저리게 느끼게 될 거다. 자신만을 위한 싸움, 나 자신만을 믿는 내가 더 강하다는 것을."

　피아노 콩쿠르와는 비교할 수 없는 긴장감. 이것을 혼자서 짊어지는 건 무리였다. 도저히 서 있을 수 없었다. 자신은 코핀이 될 수 없었다.

　─그렇지만, 그거면 됐어. 내 복수는 나 혼자만의 것이 아니니까!

　60만을 베팅한 대 승부. 노엘이 오픈한 패를 봤을 때, 분명 코핀은 얼어붙었다.

　이어폰 너머로 카론도 숨을 멈춘 것이 느껴졌다.

　노엘 앞에 놓인 카드는······ 에이스가 2장.

"……카론? 이건…… 무슨 의미가 있는 조합이죠?"

『그래……. 「스플릿」을 쓸 최고의 기회다. 2장의 에이스를 나누어, 독립적인 두 패로 쓰는 게 가능하다.』

"제 패가 두 개가 되는 건가요?"

"맞아. 이 게임의 경우, 늘어난 패에도 60만 칩을 걸 필요가 있지만 말이야."

무뚝뚝했지만, 코핀은 딜러로서 확실하게 설명해 주었다.

판돈이 올라간 만큼, 좀 전의 더블 다운보다도 하이 리스크 하이 리턴. 하지만 카론과 코핀의 반응으로 봤을 때, 이것은 천재일우의 기회인 듯했다.

처음엔 바로 이해가 되지 않았던 노엘도, 룰을 이해한 지금 손끝이 차가워지는 것을 느꼈다.

"판에 **동료**가 늘었다는 말이군요……."

『크크큭. 재밌는 비유다.』

"정말, 너희는 걸핏하면 그거니. 『동료』가 뭐라고 그러는 거야?"

코핀이 노골적으로 초조함을 드러내며 말을 내뱉기 시작했다.

"……난 아주 어릴 적부터 도박을 시작했어. 쓰레기 같은 부모에 손에 끌려간 첫 카지노 바에서, 착실히 모은 용돈을 50배로 만들었지. 그게 모든 것의 시작이었다."

이기면 기쁘고 지면 분했다. 어린 코핀은 그 단순한 진리를 깨달은 것이다. 딴 돈은 대부분 부모가 가져갔지만, 돈이 늘고 주는 건 아무래도 좋았다. 그저 승부의 스릴과 승리의 쾌감에 홀려, 점점 도박에 빠져들었고 점점 강해졌다.

하지만 이기는 법을 배우면서 한 가지 해답에 다다르고 말았다.

승률이 높은 방법을 선택해, 어떻게 하면 손실을 내지 않을 수 있는가. 어떻게 하면 감정에 휩쓸리지 않고 정석을 관철할 수 있는가.

그것이 이익을 내기 위한 도박. **지지 않는 것이 이기는 것**이었다.

그것을 깨닫고 나서는, 그렇게 좋아하던 도박이 시시하고 하찮은 것이 되고 말았다. 재산이 늘어서 부모 곁을 떠날 수 있었지만, 호강에 겨운 듯 안정된 생활에도 흥미는 없었다.

그래서— 악마와 계약했다.

거기까지 얘기했을 때, 코핀은 왼손의 장갑을 벗었다.

노엘은 깜짝 놀라 눈이 휘둥그레졌다. 그 손은 기계였다. 의수라고 하기에는 너무나 미래적이었고, 거기다 손가락도 움직였다. 처음부터 지금까지 카드를 섞던 그 손놀림에 부자연스러운 점은 없었다.

"내가 〈대가〉로 지불한 건, 왼쪽 눈과 왼손과 왼발. 그래, 너와 그다지 차이가 없겠네. 돈은 얼마든지 있으니, 신형 의수와 의족이 나오면 바로 교체했었다."

"하, 하지만 자신에게 불리할지도 모를 계약 내용이잖아요! 게다가 왼쪽 반신을 거의 빼앗기다니……."

"훗. 무슨 소릴 하는 거냐, 그게 좋은 건데."

"어……."

"내 세계는 바뀌었단다."

샹들리에를 올려다본 코핀의 눈동자가, 다시 어린아이처럼 반짝였다.

계약하고 난 뒤로는, 맥 빠지는 승부는 하나도 없었다. 모든 것이 운명의 싸움, 모든 것이 극한의 스릴. 그것만이, 어려서부터 도박에 마음을 빼앗긴 코핀이 원하던 것.

"『고작』 왼쪽 눈과 왼팔과 왼다리 정도로 이렇게 세계가 바뀐다면 좀 더 빨리 이렇게 했으면 좋았을 텐데— 하고 생각한 적도 있어. 몇 번이나."

"……."

그리고 〈운명의 마녀〉는 라프라스의 카지노 〈미스티〉를 홀연히 방문했다.

순조롭게 이겨, VIP룸에 초대되었고 거기서 블랙잭으로…….

미스티의 금고를 빈털터리로 만들어 전설이 되었다.

"갬블러로서, 그 이상의 승리는 없었어. 난 하나의 세계를 제패한 거야. —어때, 노엘 체르퀘티. 나의 왕도에 『동료』 같은 게 나왔었나?"

코핀은 고고한 인생에 절대적인 자랑과 자신감을 갖고 있었다. 노엘에게 흐름이 가 있는 지금도 그 의지는 굳건했다.

『완전히 미쳤군. 아니, 그래서 이뤄냈다고 하고 싶은 건가. 이러니, 인간의 욕망은 봐도 봐도 질리지 않는 거다……』

카론조차 다른 의미로 칭찬한 코핀의 인생과 긍지를, 노엘은 이해할 수 없었다. 하지만, 그저 그 의지의 굳건함에는 노엘도 감탄할 수밖에 없었다.

"분명, 당신은 대단한 마녀네요. 혼자서 이렇게 꼭대기까지 오르다니. ……그치만—."

노엘은 여기까지 혼자 올 수 없었다.

그렇다면 앞으로도 동료와 함께 걸을 수 있을 때까지.

"제 복수와 당신의 왕도는 다른 거예요. 당신이 **이기는 법**을 강요할 근거는 없어요!"

노엘은 두 장의 에이스를 두들겼다.

"스플릿할게요. 『동료』에게 60만 걸겠어요!"

"……그렇게 하고 싶다면, 그렇게 하면 돼. 자, 늘어난 동료가 어디까지 활약할 수 있을까?"

각각의 에이스에 한 장씩 카드가 나누어졌다.

첫 번째 카드는 8. 또 다른 한 장은—

"······뭐, 뭐야······?"

코핀이 한쪽 눈을 크게 떴다.

노엘의 한쪽 눈 또한 그 카드에서 눈을 떼지 못했다.

세 번째.

노엘의 손에 세 번째 에이스가 나타났다.

두근.

노엘은 몸 전체가 심장이 되어, 강하게 한 번 맥박 뛴 것처럼 느껴졌다.

『말도 안 돼······. 이건 대체······ 무슨 **운명**이냐?』

마치 코핀이 말할 것 같은 말을 카론이 흘렸다.

코핀은 유령이라도 본 듯한 눈으로 카드를 뚫어지게 쳐다보며 어이가 없다는 듯이 말했다.

"······우리 하우스 룰엔 스플릿 횟수에 제한은 없다. ······그걸 다시 한 번 스플릿해서 패를 더 늘리는 것도 가능해······."

"······읏······."

무슨 말인지는 알았다.

하지만 그렇게 함으로써 어떻게 될지 그다지 생각하고 싶지 않았다. 생각하지 않는 것이 더 나았다.

하지만.

『······노엘······. 이 경우엔 당연히 스플릿을 하는 게 바람직하다.

이런 건 그렇게 자주 일어나는 일이 아니야.』

카론의 목소리가 멀게 느껴졌다.

『하지만…… 코핀의 오픈 카드는 10, 강하다. 늘어난 카드가 한 번에 끝날 가능성도 있어. 그리고 여기서 스플릿하면, 판돈은 총 180만 칩이 된다.』

두근, 두근, 두근.

목도 가슴도 뇌도, 심장에 맞춰 뛰었다.

"……배, 180만이라니……."

단순한 계산이었지만, 이미 거기까지 머리가 돌아가지 않았다.

노엘은 숨을 헐떡이기 시작했다. 의자에 앉아 있는데, 어떤 운동을 했을 때보다도 심장이 빨리 뛰었다.

"동료를 많이 짊어진다는 건 그런 거야. 다루기 너무 힘들어서 리스크도 커지고, 하지만 지는 건 한순간. 수지타산이 맞지 않는 거란다."

"─스플릿."

"……."

"스플릿하겠어요! 전 혼자서 할 수 없는 일도 동료가 함께한다면 할 수 있다는 것을…… 알아요!"

코핀은 아무 말 없이 2장의 카드를 꺼냈다.

"‼"

노엘의 심장이 날뛰었다.

어쩌면 0.5초간 심장이 멈췄을지도 모른다.

잘못 본 것일 수도 있고, 환각일지도 모른다.

아니, 분명 두 번째로 나타난 카드는— 검고 고상한 카드인 스페이드 에이스.

이걸로……. 에이스 4장이 전부 노엘의 것이 된 것이다.

"이, 이런 패는…… 본 적이 없어. 아니…… 이런 게임이……!"

마침내 코핀의 목소리도 떨렸다.

"……이건……**어느 쪽**이지? 내가 대승하는 건가, 아니면……. 아아, 이젠 나도 모르겠어……."

『……노엘. 노엘, 들리나……?』

하아, 하아.

카론의 목소리가, 자신의 호흡 소리 뒤 아득한 저편에서 들려왔다.

"……네, 네……."

『이건…… 말도 안 되는 일이다. 포커의 포카드로는 어림도 없는, 천문학적인 확률 속에 우리가 있는 거야. 이걸 스플릿하면 판돈은 240만이다.』

카론도 분명 긴장했을 것이다. 지혜의 악마이기에, 그 말도 안 되는 확률에 전율했을 터였다.

하지만, 그 목소리는 평소처럼 기품있고 차분하기까지 들렸다.

"그 말은…… 마, 만약 이기면……."

"그래. 네 칩은 코핀의…… 미스티의 칩을 뛰어넘는다."

식은땀인지 모를 땀이 노엘의 얼굴에서 뚝뚝 떨어졌다.

"게임 끝이다."

이기든 지든 게임은 끝난다.

운명은 어느 쪽을 향해 기울어 있을까.

에이스는 전부 나왔지만, 코핀의 패인 10은 강하다.

"……선택해, 노엘. 스플릿할지 안 할지. 승리인지 지옥으로 곤 두박질칠지. 어떤 결과가 나와도 난…… 이런 승부를 한 것을 평 생 못 잊을 거야."

"……카론, 당신은 반대하나요?"

『솔직히 말하면 위험하다고 생각한다……. 전대미문의 수다. …… 하지만……, **너라면 혹시**, 라고 생각하는 것도 사실이다.』

노엘은 4장의 에이스에 눈을 돌렸다.

전부 분할하면, 세 번째『동료』가 생긴다.

그것을 믿을지 믿지 않을지.

그리고 카론은 **믿고 있다**.

하아, 하아, 하아.

노엘은 눈을 감고 떨리는 왼손을 꼭 쥐었다.

들린다.

쫓길 때, 궁지에 몰렸을 때와는 다른 거친 자신의 호흡 소리.

저편에서 카론이 숨을 죽이고 지켜봐 주고 있다.

저편에서 동료들이 싸우고 있다.

—나는 여기서 싸우고 있다. 모두와 함께 싸우고 있다.

하아, 후.

잔잔한 파도처럼 노엘의 호흡이 순식간에 진정되었다.

"—마담. 여기에 60만 칩, 추가하겠어요."

"……넌 무슨 일이 있어도 『동료』를 신뢰하는구나."

코핀의 목소리에서는 초조함이 사라지고 신묘하게 바뀌어 있었다. 그리고 무엇보다, 노엘의 의지를 존중했다.

쥐죽은 듯 고요해졌다. 옥상에서 어떤 소리가 들렸다. 여기까지 전해진다니, 상당한 폭발음이다.

"——."

정적 속에서 코핀이 카드를 뒤집었다.

노엘의 패는 18, 19, 16, 17. 어느 것도 나쁜 수는 아니었다. 하지만 결정적인 수가 없다는 것도 분명했다.

코핀은 자신의 패를 가리켰다.

"이 승패의 모든 것은 내 카드에 달렸다. 네 카드가 전부 이기면, 240만은 480만이 된다. 전부 진다면, 240만 칩의 손해다. 마음의 준비는?"

"⋯⋯준비됐어요!"

울어도 웃어도 이것으로 결정난다.

이제 되돌아갈 수 없다.

"오케이. 내 카드를 오픈할게."

코핀의 패는 다이아 퀸과 스페이드 2. 12점.

딜러는 히트해야만 한다.

"─또 한 장."

노엘은 자기도 모르게 꼭 쥔 왼손에 혼신의 힘을 담았다.

─제발. 제발. 제발. 제발.

─이겨줘. 모두.

─이겨줘. 나의 〈운명〉.

코핀의 앞에 놓인 카드는 외눈 잭^{스페이드}이었다.

"—버스트—. 내 패배다."

"……"

노엘은 무슨 일이 일어났는지 순간 이해가 되지 않았다. 이 상황으로 냉정하게 선언할 수 있는 코핀은 역시 보통내기가 아니었다.

"……이……, 이겼어요!!"

『이겼다! 240만 칩으로 이겼다!!』

"참……. 여기에 있는 건 1,000만 칩. 네가 555만, 여기에 445만. ……축하해. 미스티의 소유권은 네 거다."

"제, 제가…… 이겼어요……!!"

『너 도박에 재능이 있는 것 아니냐?!』

"그, 그럴까요?!"

"……하아. 60만으로 시작한 판돈을, 240만으로 만들어 버리다니. 더블 다운으로는 못 해낼 일이지. 이게 스플릿의—『동료』의 힘인 것이냐."

코핀은 크게 어깨로 숨을 내쉬고, 가늘게 뜬 눈으로 테이블을 바라보았다.

"좋은 구경시켜 주었구나. 후회 없는, 속 시원한 내 패배다."

"그렇게 간단히 패배를 인정하시나요?"

"간단하지 않아. 내 갬블러 인생 최대의 대 승부에서 사력을 다하고도 졌다. 운명은 날 외면했어. 이 이상, 장황하게 말할 필요는 없어."

코핀은 테이블에서 벗어나, VIP룸 안을 몇 걸음 걸었다. 샹들리에, 고급 융단, 위엄있고 아름다운 고급가구. 그 모든 것을 그리운 듯 둘러보았다.

그녀가 언제 미스티를 손에 넣었는지, 노엘은 알 수 없었다. 그렇지만 분명 오랫동안 함께했으리라. 어쩌면 이곳을 손에 넣은 날 밤의 게임을 떠올리고 있을지도 모른다.

"이렇게 기분 좋게 졌으니, 기분 좋게 놓아 줄게."

『하지만 러셀이 가만히 있지 않을지도 모른다.』

"버로우즈에게 충성을 맹세한 건 아니야. 카드로 졌으니 명령에 따랐을 뿐. 사실 돈세탁 같은 위험한 건 사절이지만."

"어……?! 버로우즈 시장도 여기에서 승부를?!"

"맞아. 포커로 승부했지. ……그 녀석은 실로 강한 의지를 가졌더군. 대체 무엇이 그를 그렇게까지 만드는지 모르지만, 나도 기가 막힐 정도의…… 강한 의지였어."

노엘이 마른침을 삼켰다.

코핀도…… 버로우즈에게 졌다.

강한 의지라는 게 무엇인지 알 수 없었다. 그렇게까지 그 남자는, 라프라스 시장이라는 자리에 집착하는 것인가? 알 수 없었다. 『고작』 하나의 시의 장이다. 〈운명의 마녀〉도 혀를 내두를 의지와 뛰어난 운을 가졌다면, 이런 작은 시에 머무를 필요도 없을 텐데.

"자, 그럼."

코핀은 벽으로 다가가, 거기에 설치된 콘솔 패널을 몇 번 조작하더니 마이크를 손에 쥐었다.

"미스티 관계자 전원에게 고한다. 지금부터 나 코핀 네리스는 카지노 〈미스티〉의 지배인을 사임한다. 나는 졌다. 싸움은 끝이다. 무기를 버려라. 그 녀석들에게 손대지 마라."

"뭐라고……?!"

지노가 동작을 멈췄다.

그의 앞에는 만신창이가 된 오스카와 후고가 있었다.

지노의 몸도 상처투성이였고 새 코트도 여기저기 타고 찢겨서 너덜너덜해졌다.

"훗, 하하하, 콜록, 그 녀석이 해냈어……! 하하하하……!"

"그래야 노엘 체르퀘티지……!"

위험한 상황이라는 건 변함 없지만, 형제는 웃고 있었다.

"거짓말이지……? 마담이, 그것도 도박으로 졌다고? 게다가 게임으로 졌다고 무장 해제하는 거야?"

지노는 이마의 땀과 피를 닦았다. 항상 여유만만에 빈틈을 보이지 않던 그가, 단숨에 몹시 지친 듯이 보였다.

"흠……, 됐어. 역시 타인은 다 그런 거야. 마담도 결국 믿을 수 없는 존재였어. 거기까진 거야. 나에게는…… 처리해야 할 인간이 한 명 더 늘었을 뿐이야!"

흉악한 말과는 달리, 지노는 드레셀 형제에게서 등을 돌리고 달려나갔다.

아니, 도망친 것이다.

항상 그는 후퇴하는 판단이 빠르다. 그리고 도망치는 것도 너무 빨랐다.

"앗, 저 자식이, 기다려!"

거의 반사적으로 달려나가려던 후고의 팔을 즉각 오스카가 잡았다.

"그만해. 우리도 한숨 돌리자……. 이런 적지의 한가운데서 힘을 다 써버릴 순 없어. ……아직 탈출이 남았다. 경찰이 투입됐을 때를 생각해야 해."

후고는 형의 손을 뿌리치지 않고 가만히 그 말에 귀를 기울였다.

그리고 옥상에서 주위를 둘러보았다.

헬리콥터는 여전히 머리 위에서 선회하고 있었고, 푸른 경찰등은 네온사인보다도 번쩍번쩍 빛났다.

승부는 이겼지만, 시합에서는 질 가능성이 충분히 남아 있었다.

노엘의 등 뒤에서, 입구를 막고 있던 두꺼운 간이 벽이 올라갔다.

안심한 카론의 목소리가 들렸다.

『후고와 오스카, 파이손, 토드, 슬러그의 무사를 확인했다. 간이 벽도 전부 열렸어. 정말로 전투는 끝난 것 같다…….』

"다행이에요! 모두 무사하군요."

『나도 지금 그쪽으로 가고 있다. ……목적은 달성했지만, 카지노 주변은 아직 경찰에 포위되어 있고, 지노도 도주하고 있어. 언제 경관들이 투입될지 모른다.』

"아, 그거는 말이지. 좋은 얘기와 나쁜 얘기가 있다. 뭐부터 듣겠나?"

코핀은 콘솔 패널 앞에서 팔짱을 끼고 있었다. 듣기 전부터 노엘은 진절머리가 났다.

"대, 대체 뭐죠……? 나쁜 쪽부터 들려주세요……."

"예, 예. 나도 일단 버로우즈에게 최소한의 의리는 지켜야 해. 게임에서 졌을 때 한 약속…… **계약**이라고 해야겠지. 그중에 포함된 거다. 만에 하나, 내가 게임에서 져서 미스티 지배인 자리에서 물러나게 될 때는— 이 카지노를 불태우게 되어있다."

"네…… 네에에에?!

『흠, 러셀다운 요청이군.』

"그렇지? 돈세탁 이외에도 미스티는 많은 비밀을 안고 있어. 하나라도 밖으로 새 나가면 성가신 것들뿐, 사실은 나라에 찍혔을 때를 위한 보험 같은 거였지만……. 싫으면, 지금 당장 날 여기서 죽여도 돼."

"그건…… 그렇게까지 할 생각은 없어요. 마담, 당신은 굉장히 신사적…… 아니, 숙녀적? 이었는걸요."

노엘이 그렇게 말하자, 코핀은 처음으로 살짝 쑥스러운 듯 웃으며 눈을 피했다.

"그리고 저희는 원래 버로우즈 시장의 자금원을 끊기 위해 여기에 왔어요. 카지노가 무너져서 시장이 고생한다면, 그 이상 뭘 할 필요는 없으니까요."

"아, 그래. 그럼 나도 할 일을 다 하면 도망가야겠네. 지면 죽으라고 한 것도 아니니."

『승부 이외에선 예상외로 종잡을 수 없는 녀석이군……. 그럼, 좋은 얘기라는 건 뭐지?』

"카지노가 갑자기 불타오르면, 경찰은 혼란스러울 거다. 상당히 크게, 금방 불이 번지도록 장치를 해두었어. 설령 지노가 지시한다고 해도, 바로 돌격할 수 없을 거다. 도망갈 틈은 생기겠지?"

코핀은 책상 안에서 열쇠 꾸러미를 꺼냈다.

자동차 키와 콘솔 패널 키. 키로 패널을 열자, 안에는 붉은 버튼이 몇 개 나란히 있었고, 알기 쉽게 노란색과 검은색 줄무늬로 둘러싸여 있었다.

"몇 명씩 나눠서, 각각 다른 방법으로 탈출해. 축하 파티는 집으로 돌아가서 하고. 카론. 너와 노엘은 지하 주차장에 내 차로 탈출하도록 해. 우리 경호원들이 상대한 세 명…… 누구라고 했었지? 그 녀석들은 얼굴이 알려지진 않았으니, 화재로 혼란스러운 틈을 타서 적당히 도망치면 될 거야."

코핀이 그렇게 말하자마자, 노엘의 이어폰에서 들리는 음성이 소란스러워졌다.

『까불지 마, 우릴 송사리 취급하고 말이야! 뭐냐고, 적당히가! 적당히 취급하지마!』

『부탁이니까 흥분하지마, 토드……. 드물게 내가 좋아하는 평화로운 작전이니까 좀…….』

『평화?! 야, 넌 이런 송사리 취급당해도 괜찮다는 거냐?』

"……아, 파이손?"

『기뻐해야 할지 슬퍼해야 할지는 제쳐두고, 작전은 이해했다.』

"세 분 모두 괜찮은 것 같아서 정말 다행이에요……."

왠지 파이손도 적당히 도망치라는 처치에 살짝 충격을 받은 듯했다.

무사히 합류하면 달래 줘야겠다. 노엘은 그런 생각을 했다.

"그리고 한 명 더 있었지? 금발의 젊은 꽃미남."

"……둘로 늘었어요. 그 꽃미남의 형이 구하러 달려와서."

"호오, 그 녀석도 미남인가?"

"음…… 어, 어떠려나요…… 아마 바탕은 괜찮은 것 같은데……."

오스카의 용모를 떠올리자 대답하기 곤란했다. 눈썹도 없고 엄청난 양의 피어싱에 머리에는 독특한 무늬.

노엘은 목소리밖에 듣지 못했다. 아직도 그 얼굴일까.

"근데, 그건 큰일이네. 내 차는 자리가 4개뿐인데."

『……이대로 얘기하면 되는 건가?』

당황하며 이야기에 끼어든 것은 오스카였다. 노엘은 꽃미남 운운한 이야기는 그들이 못 들었길 빌었다.

『그래. 오스카, 잘 들린다. 얘기해라.』

『……아, 그래……. 카론, 노엘……. ……우선은, 그…… 신세를 졌군…….』

『뭘 그렇게 쑥스러워하는 거야, 기분 나쁘게.』

『난 일방적으로 너희를 공격했는데, 손을 뻗어주었고…… 게다가, 후고까지 구해줘서…… 그 ……뭐라고 감사를 전하면 좋을지…….』

『무시하냐고!』

이쪽도 오히려 제삼자가 시끄럽다. 하지만 오스카의 나직한 음색에서 그가 머뭇머뭇하며 말하는 걸 상상할 수 있었다. 노엘은 자연스럽게 미소가 퍼졌다.

"피차일반이에요! 당신의 도움이 있었기 때문에 카론을 구해낼 수 있었어요! 것보다, 무리해서 달려 와준 거죠? 그렇게 부상이 심했는데…… 괜찮나요?"

『걱정하지 마라. 아직 전부 나았다고 말할 수 없지만……. 마인은 회복이 빠르다. ……나중에 다시 얘기하자. 지금은 탈출이 우선이야. 난 여기까지 바이크를 타고 왔다. 지하 주차장에 세워뒀어. 난 나대로 잘 탈출할 테니 신경 쓰지 않아도 돼.』

"좋아, 탈출 준비는 정리가 다 됐다. 그럼, 가자!"

코핀은 패널의 버튼을 힘껏 눌렀다.

크고 날카로운 사이렌 소리가 울려 퍼지고—

카지노 〈미스티〉가 흔들렸다.

그것은 상상 이상의 위력이었다. 거의 폭탄이었다. 불이 무서운 기세로 번졌다.

순식간에…… 불타올랐다.

많은 사람의 돈을 가로채기도 하고, 때로는 주기도 하고, 꿈을
이뤄주고 미래를 망치게 했던, 운명의 성이.

코핀은 차분한 발걸음으로 걸어갔다. 이럴 경우를 대비한 탈출
루트를 미리 지정해 두었는지, 불과 연기가 적은 길을 망설임 없
이 걸어갔다.

노엘은 그 뒤에서 그녀의 걸음걸이를 보았다.

의족은 최신식이라곤 했지만, 그래도 걸음걸이가 자연스러웠다.
이 상황에서도 달리지 않는 건 노엘을 배려한 것인가, 아니면 그
녀도 뛸 수 없는 것인가.

"너, 의수와 의족이 싸구려구나."

"앗······."

코핀도 같은 생각을 한 듯했다. 걸으면서 뒤를 돌아보며 말을
걸었다.

"이건, 카론이 준비해준 거라, 좋은지 나쁜지 잘 모르겠어요.
마담, 당신은······ 도저히 한쪽 다리가 의족으로 보이지 않네요.

"이미 수십 년을 찼으니까. 이젠 불편함도 못 느끼겠어. 완전 몸
의 일부지."

"······강하시네요."

"결국, 익숙해질 수밖에 없어. 아까도 말했지만, 난 좋은 게 나
오면 바로 교체했으니까. 양다리 모두 없으면 힘들겠지만, 너도

곧 익숙해질 거다. 힘내거라."

역시 이 사람에게는 좋은 점도 있었다.

노엘이 그렇게 생각했을 때, 길모퉁이에서 검은 사람의 형체가 뛰어왔다.

"카론!"

"무사했나."

"……이야, 놀랐어. 조잘조잘 시끄럽긴 했지만, 진짜로 새잖아."

카론을 올려다본 코핀은 입을 떡 벌리고, 자신도 모르게 그렇게 금기를 입에 담고 말았다. 예상대로 카론은 발화점에 도달했다.

"새가 아니다!! 악마다!!"

"마, 마담. 카론은 머리가 이런 걸 굉장히 신경 쓰고 있어요."

"잠깐, 난 전혀 신경 쓰—"

"아아, 그런가. 그렇다면 내가 미안한 소릴 했네. 좋아, 합류도 했고 빨리 도망가자."

카론이 본격적으로 큰소리치기 전에, 코핀은 정말로 빠른 걸음으로 걸어 나갔다.

주차장까지 가는 길은 그렇게 멀지 않았다. 약간의 연기가 스며들어온 복도 끝에 새카만 공간이 있었다. 주차장에 발화물은 두지 않은 것 같았다. 이렇게 탈출할 때를 위한 것일까.

"마담 코핀. 당신은 앞으로 어떻게 할 거죠? 아무리 〈계약〉을 지켜도, 버로우즈 시장은 분명⋯⋯."

"나도 바보는 아니다. 이대로 순순히 처분될 생각도 없고, 라프라스에 매달려 있을 이유도 없어. 이대로 멀리 도망갈 거다. 북쪽이 좋을지, 남쪽이 좋을지⋯⋯ 고민되네."

"흠. 씩씩한 여자군. 그 기세라면 괜찮을 거다."

"─그렇게는 안 되지."

모두가 동시에 뒤를 돌아보았다.

온몸이 너덜너덜하고, 그을음과 피투성이에 화장도 다 지워져 있었다⋯⋯ 하지만 거기에 선 몸집이 큰 남자는 로렌치가 틀림없었다.

여기저기 상처를 입고 숨을 헐떡이고 있었다. 하지만, 그 두 눈동자는 짐승처럼 번쩍번쩍 빛나고 활력으로 가득 차 있었다. 그 눈이 노려보는 사람은 바로 코핀이었다. 노엘도 카론도 전혀 안중에 없었다.

"뭐 하는 거야, 마담. 노는 것도 정도껏 해⋯⋯!"

"논다고? 난 놀았다고 생각 안 하는데. 게임은 했지만."

"억지는 됐어! 난 당신의 삶과 그 실력을 인정했어. 그래서 노엘을 상대하도록 맡긴 건데, 완전히 져버리고 말이야. 결국 그렇게 간단히 항복하고 사이좋게 같이 도망치다니— 그런 걸 용서받을 수 있을 것 같아?"

"지노…… 난 졌어. 네가 자신의 힘밖에 믿지 않는 것처럼 나도 내 게임을 믿었다. 내 의지 전부로 맞섰고, 그 결과 진 거야. 내 싸움은 끝났다. 이 이상 노엘에게 손을 댈 필요가 없어."

지노는 으득 하고 이를 갈았다.

그에게서 뿜어져 나오는 분노와 살기가, 불꽃과 연기보다도 훨씬 진해서 노엘과 카론에게도 전해졌다.

"……지금. 여기서. 노엘을 죽여. 총은 갖고 있겠지? 지금이라도 그렇게 한다면 눈감아 주겠어. 자신의 실수는 스스로 처리해."

"신념에 반한다."

코핀은 그 살기를 받으면서도 단호히 거부했다.

"게임에서 졌다고 게임 밖에서 승자에게 손을 대는 건 삼류의— 아니, 루저들이나 하는 짓이야. 내가 그런 전제로 일하는 건, 버로우즈도 이미 알고 있을 거다."

"……마담……!"

지노가 한 발을 앞으로 내딛자, 카론이 태세를 취했다.

"기다려. 지금은 나와 지노의 문제야. ……서로 양보하지 않는다면 할 수 있는 건 하나뿐이다.

코핀은 품에서 리볼버를 꺼냈다.

지노가 코웃음을 쳤다.

"뭐야, 지금? 나랑 싸우겠다는 거야?"

"그래. 단, **게임으로 말이지.**"

코핀은 리볼버의 실린더를 뺐다. 후두둑 다섯 발의 총알이 바닥에 떨어졌다. 총알을 한 발 남긴 채, 코핀은 실린더를 몇 번 돌린 후 제자리에 넣었다.

"……러시안룰렛을 하자는 거야?"

"내가 지면 난 죽는다. 살아남은 넌, 노엘을 마음대로 처리하면 되겠지."

"자, 잠깐……!"

"미안. 한 번만 더 내 **승부에** 함께해 줘."

코핀은 돌아보지 않고 말했다.

노엘은 카론을 올려다보았다. 갑작스러운 승부에 거론되어 당황스러웠지만, 지금 이쪽엔 대악마가 있었다.

아무리 지노가 강해도 역시 카론에게는 대적할 수 없을 것이다. 오늘 작전에서 전투다운 전투를 하지 않았기 때문에 카론의 컨디션도 나쁘지 않았다.

카론은 가만히 코핀과 지노의 대화를 지켜보고 있었다.

"단, 지노. 네가 지면 넌 죽는다. 이곳을 돌파하겠다."

"핫! 내가 그런 꾀에 넘어갈 줄 알아? 이제 네 게임 같은 건―."

거기까지 말한 후 갑자기 말을 끊고는, 지노가 씨익하고 웃었다. 너무나도 사악한 웃음이었다. 악마의 그것과 착각할 정도로.

"아니, 잠깐. 그렇네. 좋은 게 생각났어. —네가 먼저 세 번 방아쇠를 당겨. 그러면 내가 게임에 응해주지."

"그럼 압도적으로 코핀이 불리하잖아!"

카론이 어처구니가 없다는 듯이 항의해도 지노는 무시했다.

"뭔 소리야. 마담이 일방적으로 싸움을 걸었어. 오히려 양보해주는 건데?"

"코핀, 나와 노엘이 싸우겠다. 게임 같은 거 안 해도—"

"말했잖아, 이건 나와 지노의 결투라고. 너희는 얌전히 있어 줬으면 좋겠어. 고독을 힘으로 싸워온 자들의 결투다."

코핀은 힐끗 카론을 노려보았다. 그 결의— 의지는 완고했다. 어쩌면 어떤 대책이 있을지도 모르지만.

카론은 물러나 노엘의 옆에 섰다.

"두말은 하지 않는 거야, 지노. **한 번 승부를 시작하면, 이기든지 지든지 둘 중 하다다.**"

"그래, 좋아. 얼른 시작하기나 해. 시간 없으니까."

"……"

코핀은 리볼버의 총구를 자신의 관자놀이에 댔다.

옅은 미소를 띤 지노를 응시하면서—.

307

달칵, 달칵, 달칵.

"······‼"

노엘은 새삼 섬뜩했다.

―이, 이렇게 간단하게······?!

코핀은 얼굴색 하나 바뀌지 않고 선 채로 세 번 방아쇠를 당겼다.

"······흐음."

웃음기가 사라진 지노가 작게 신음 소리를 냈다. 코핀은 그의 발밑으로 리볼버를 밀었다.

"네가 원하는 대로 했다. 자, 다음은 네 번째 발. 네 차례다."

지노는 천천히 리볼버를 주워 올렸다.

총 탄수는 여섯 발. 남은 건 세 발. 지노가 방아쇠를 당겼을 때 **당첨**될 확률이 더 높았다.

"뭐, 솔직히 대단하네. 썩어도 마담은 마담, 승부에는 강하다는 거군. 그치만― 게임의 결과 같은 건 어떻게 되든 상관없어."

지노의 움직임 또한 망설임이 없었다.

아주 당연하다는 듯이, 그는 노엘에게 총구를 겨눴다.

"왜냐하면, 이대로 노엘을 쏘면 끝이거든."

"······‼"

"지노, 넌······ 처음부터 이럴 생각이었지? 정말, 치사한 녀석이군."

"시시한 게임 같은 걸 할 리가 없잖아. 너희들, 게임을 너무 해서 평화로운 망상에 빠진 거 아니야?"

카론도 코핀도, 썩은 과일을 보는 듯한 눈빛으로 지노를 바라보았다. 분노와 초조함은 거기에 없었다. 그저, 너무 어이가 없어서 경멸했다.

과연 카론이라도 총알보다 빨리 움직일 순 없다. 노엘은 숨을 쉬는 것도 잊어버릴 정도로 몸이 굳어버렸다.

큰일이다.

간신히 미스티를 쓰러뜨렸는데.

이런 곳에서 죽는 것인가.

"승부를 가지고 놀뿐만 아니라, 승부에서 등을 돌리는 것이냐?"

"적당히 좀 해. 이젠 그런 거 상관없으니까. 러시안룰렛 따위 어떻게 되든— 당신들 세 명의 죽을 **운명**은 바뀌지 않는다고!"

지노도 경찰관이었다. 총을 가진 손은 전혀 흔들리지 않고 정확하게 노엘을 조준하고 있었다.

추악한 웃음으로 얼굴이 일그러진 지노는 방아쇠를—.

당겼다. 계속해서 다시 당겼다.

동시에 미스티가 크게 흔들리고

총성이 울렸다.

노엘은 **무언가** 삐걱거리며 부서지는 소리가 들린 것 같았다.

"끄아아아아아악?!"

대체 무슨 일이 일어난 것인지 노엘도 지노도 그 자리 있는 누구도 알 수 없었다.

총성 후 커다란 소리가 나고, 지노가 비명을 지르며 쓰러졌다.

노엘은 무사했다. 총알은 맞지 않았다.

"웃, 크어어어억, 악, 바…… 발이이이……!!"

지노의 거대한 몸이 버둥거리고 있었다. 그를 짓누르고 있는 것은 간이 벽이었다.

카론이 재빠르게 벽에 눈길을 주었다. 간이 벽을 컨트롤하기 위한 콘솔 패널이 거기에 있었고, 개폐 버튼에 총알이 명중했다.

"……믿을 수 없어…… 이런 우연이 몇 번이나……?!"

지노가 방아쇠를 당김과 동시에 **우연히** 가까이에서 폭발이 일어났고, 그 일대가 흔들렸다.

그 흔들림에 총알은 노엘에게 빗나갔다.

총알은 그대로 날아가— **우연히** 그 끝에 있던 간이 벽 컨트롤 패널 개폐 버튼에 **우연히** 명중했다.

그리고 무엇보다 지노는 **우연히** 간이 벽 바로 아래에 서 있던 것이다.

오늘 밤은 믿을 수 없을 만큼 낮은 확률의 결과가 계속됐다.

아마도 블랙잭에서 세 번이나 스플릿을 선언할 기회를 우연히 만나서 대승할 확률과 동등하던지— 그 이상.

지노의 왼발은 완전히 간이 벽에 깔렸다. 아파하는 모습을 보니 아마 부러진 것 같다.

그의 힘으로도 간이 벽은 꿈쩍도 하지 않았고, 대신 발이 우드득 우드득 꺼림칙한 소리를 냈다.

"우연이…… 겹쳐서……."

깜짝 놀라 노엘은 코핀을 올려다보았다.

마담 코핀은 팔짱을 끼고 차가운 눈으로 지노를 내려다보고 있었다.

"아주 정말 어리석은 **여자**구나, 지노. 〈운명의 마녀〉와의 승부에서 진다는 건, 악몽 같은…… 기적 같은…… **상상할 수도 없는 최악의 결말**을 맞이한다는 뜻이다. 그리고 게임에서— **반칙을 범한 자는 그 자리에서 패배가 확정된다**."

운명은 눈에 보이지 않는다. 그저 결과만을 남긴다.

—하지만, 그때……. 『소리』가 들렸다.

노엘이 들은 그것은 분명, 운명이 지노를 외면한 소리. 청각이 아니라 감각으로 그것이 들린 것 같은 환상의 소리. 어떤 피아노로도 표현할 수 없는 소리.

노엘의 몸이 부들부들 떨렸다.

"다섯 발째에서 총알이 나왔다. 나에게 이기겠다는 강한 의지를 지니고 승부를 계속했더라면, 네가 이겼을 텐데. 넌 어리석게도 스스로 『최악의 패배』를 끌어당긴 거야."

"으……흑……! 마…… 마담! 나도 당신도…… 똑같이 아무도 믿지 않고 싸워왔어. 그런데 어째서…… 어째서 나만 땅바닥을 기는 거지. 왜…… 날 내려다보는 거야, 이 최강의 날……크흑!"

"난 『이기는 것』에 전부를 걸었다. 하지만 넌 『지지 않는 것』에 모든 걸 걸었어."

"……같은 거잖아……!"

"아니, 완전히 달라. 아직 모르겠나? 도망갈 길을 궁리하는 동안엔, 날 이길 수 없어. ―너, 포커도 그렇고 바카라도, 블랙잭에서도 한 번도 나한테 제대로 이긴 적이 없었잖아. 죽기 전까지 남은 몇 분 동안, 잘 생각해 봐."

코핀은 휙하고 지노에게 등을 돌렸다.

"가자, 노엘, 카론. 이 녀석은 이제 못 움직여. 몇 분 안에 여기도 불길이 번질 거다. 사람이 불에 타 죽는 걸 본들, 악몽만 꿀뿐이야."

노엘은 지노를 내려다보았다.

처음으로 그를 내려다보았다.

연기가 바닥을 메우기 시작했고, 지노는 진땀을 흘리며 콜록댔다.

카론이 아무 말 없이 재촉하였고, 노엘도 아무 말 없이 걸어갔다.

어떻게 된 걸까 생각해 보았지만— 이번 작전도 성공이었다.

—〈운명〉이 앞으로도 우리를 지켜봐 주길.

귀에 거슬리는 화재 경보 벨에, 또 다른 경보.

어딘가에서 폭발이 일어나는 소리. 무언가가 불타 떨어지고 무너지는 소리.

미스티가 완전히 붕괴할 때까지 얼마 남지 않은 것 같았다.

드레셀 형제는 몇 번 길을 돌아가기는 했지만, 무사히 지하 주차장에 도착했다. 주차장에 불길이 번지지 않았지만, 꽤 연기가 들어차 있었다.

"이제 슬슬 불이 여기에도 번질 것 같군. 서두르자."

"딱히 난 불이 아무렇지도 않은데."

"너와 날 같은 취급하지 마. ……난 정말로 불이 싫다."

"하아, 나랑 달리 평범하게 트라우마가 된 거군. —응?"

후고가 걸음을 멈췄다.

누군가의 기침 소리가 들린 것이다.

"형, 잠깐만. ……저것 좀 봐봐."

턱을 치켜 올려 후고가 가리킨 것은 지하 주차장으로 가는 하나의 통로였다.

거기에서 상당한 연기가 뿜어져 나오고 있었다. 그리고 누군가가 거기에서 기침하고 있었다.

오스카는 빠른 걸음으로 다가갔다. 도망치지 못한 종업원일 가능성도 있다고 판단했기 때문이었다.

하지만, 거기에 엎드려 있는 것은— 지노 로렌치였다.

"지노 관리관님……!"

"……후고에…… 오스카잖아. 후훗…… 웃고 싶으면 웃어도 좋아……."

언제나 완벽하게 셋팅된 핑크 머리는 이리저리 헝클어져 있었고 화장은 땀과 피와 그을음으로 무너져 있었다.

그리고 한쪽 발은 간이 벽에 깔려, 부자연스럽게 꺾여 있었다. 피도 흐르는 것 같았다.

"……당하셨군요……."

"노엘과 카론이 아니야……. 전부 마담이 배신해서……. 콜록……, 틀렸어…… 마담을 믿은 내…… 잘못이야……."

"핫, 꼴 좋군. 불에 휩싸여 죽다니, 무슨 벌일지도? —가자, 형. 불이 벌써 저기까지 와 있어. ……아니면 죽는 걸 보고 갈 거야?"

후고는 독설을 퍼부었지만, 웃지는 않았다. 오스카와는 또 다른 차분한 얼굴로 지노를 내려다보았다.

"후……후후…… 콜록, 콜록…… 너희까지…… 날 내려다……
보다니…… 후후…… 아하하하…… 콜록, 콜록……!"

"—관리관님."

오스카는 지노에게 다가가, 살짝 손을 내밀었다.

"혀, 형, 뭘 하는 거야?!"

"손을 뻗었다."

"이런 멍청한, 너 맨날 이 녀석한테 이용만 당하고 버림받았다
고?! 그리고 이 녀석은 우리 집을 날려버린 사건의 장본인이야!
구할 필요가 없잖아!"

후고가 아무리 『사실』을 외쳐도, 오스카의 손은 흔들리지 않았다.

지노가 천천히 얼굴을 들어 올려, 어딘가 멍한 눈으로 오스카
의 손과 얼굴을 바라보았다.

"노엘과 카론은, 나에게 손을 뻗어주었다. 관리관님도 결과가
어떻든, 날 거두어 키워 줬어. ……난, 누군가 손을 뻗어주었기 때
문에 여기까지 올 수 있었다. 나한테는 그것을 갚을 의무가 있어."

"……난 이해 못 해. 그래도…… 하고 싶다면 맘대로 해."

"미안하다, 후고."

후고는 휙 하고 시선을 돌렸지만, 그 자리를 지켰다.

지노는 오스카의 손을 바라보면서, 부들부들 떨기 시작했다.

"까…… 까불지 마……! 그렇게…… 약해진 날 방심시키려 해도

소용없어……!"

"그럴 생각은 없습니다. 난 당신을 구하고 싶을 뿐입니다. 이런 나라도, 지금은 이렇게 이쪽 편에 있습니다. 당신도 다시 시작할 수 있을 겁니다……, 절 믿어 주십시오."

"마치…… 내가 불행한 것처럼 말하네……. 오스카……! 언제까지 바보처럼 행동할 셈이야……! 콜록…… 커헉…… 하아…… 하앗……!"

지노는 입술을 깨물며 오스카의 손을 쳐다보지도 않고 떨리는 몸을 일으켰다.

중얼중얼…… 신음 소리처럼 혼잣말을 흘리면서.

"다음엔 진짜로 실수하지 않을 거야…… 다음엔 진짜로 철저하게 할 거야…… 난 강해…… 난 혼자라서…… 강하다고……!"

"관리관님!"

"……마지막으로 하나 알려줄게, 오스카. 이럴 때 어떻게 하면 좋을지.『누군가의 도움을 받는다』같은 건 최대 악수(惡手)야. 이럴 때는 말이지— 이렇게 하면 된다구우!!"

지노는 최대한 팔을 뻗어 오스카의 허리에서 검을 한 자루 빼앗았다.

반사적으로 오스카가 몸을 뒤로 뺐다.

하지만, 지노가 노린 것은 오스카가 아니었다. 짐승의 포효 같은 우렁찬 소리를 내며 지노는 자신의 다리에 검을 내리쳤다.

"……!!"

"……이, 이 자식이……!!"

그 강한 완력으로 한 번에 자신의 다리를 절단했다.

피투성이의 검을 축 늘어뜨리고 지노가 비틀거리며 일어섰다.

반절 잘린 정강이의 절단면에서는 철철 피가 흘러내리고 있었다.

불이 간이 벽과 바닥 틈 사이로 주차장까지 번졌다. 잘린 지노
의 정강이 아래가 불쾌한 냄새와 함께 불타기 시작했다.

"하앗……! 하앗……! 후후…… 아하하하…… 이걸로…… 자유
다! 자, 봐! 역시 난 혼자라서 강한 거야! 혼자서 뭐든, 어떻게든
할 수 있어……!"

한 발씩, 한 발씩.

지노는 한 다리로 형제에게 다가갔다.

후고도 굳어있었다.

하지만, 오스카는 슬픈 눈으로— 지노를 내려다보았다.

"……저조차 믿을 수 없으셨습니까? 그렇게까지 하면서…… 제
손을 잡지 않는 걸 선택한 겁니까?"

"아하하…… 아쉽게 됐네. 빈틈도, 빚도…… 만들지 않아. 나는,
이렇게 해서…… 이렇게 강해질 수 있었어……! 이렇게 해서……
그 러셀 버로우즈와 함께 대등하게 지내온 거야……!"

"……."

"후후…… 우후훗, 오스카, ……나를 내려다본 죄야. 못난, 하앗, 미친개의, 분수를 알아야지! ……매장시켜 주겠어, 개는 마지막까지 돌봐줘야지…… 그게, 주인의…… 의무……인걸……!"

드득드득, 검으로 바닥을 긁으면서.

깡충깡충 한발로 천천히 뛰면서.

웃으며. 노려보며.

지노가 쫓아왔다.

"……이 녀석…… 이미 제정신이 아니군……."

"후고. 피해있어라."

쓰욱, 또 한 자루의 칼을 오스카가 뽑았다.

"……그게 당신이 선택한 길인가요. 그렇다면, 적어도 제가 쓰러뜨리지요. 마지막까지 적으로서 당신에게 맞서겠습니다."

그에게 뻗었던 손은 검자루를 쥐고 있었다.

지노의 웃음소리가 커졌다. 지저분하게 더럽혀진 얼굴이 일그러지고, 일그러져서 짐승도 아닌 것으로 변모해갔다.

"쓰러뜨린다고……? 이 나를, 네가……? 아하하하……, 하아, 웃긴 농담이구나!!"

"……"

"동료에 둘러싸여 마음이 여려진 너 같은 놈이! 고독을 관철한 나를 이길 수 있을 리 없어! 좋아, 덤벼봐!! 되받아쳐 주겠어!!"

마치 일본의 사무라이처럼, 오스카는 몸을 낮추어 검을 겨누었다.

이잉 하고 검이 소리를 내는 듯한 착각이, 옆에서 지켜보는 후고를 덮쳤다.

불꽃의 주황빛이 두 자루의 검 위에서 빛이 되어—.

"—지금까지 감사했습니다, 지노 경관님!"

"앗하하하하하하하하하하하하하하하하하하하하하하하하하하하!!!"

그리고,

피가 사방으로 튀었다.

"바이크 면허는 언제 땄어?"

"훈련학교 시절에 땄다."

"흐음."

"……"

"……괜찮은 거야? 형. 그 녀석 두고 와도."

"그게…… 그 사람의 사는 방식이었어. 혼자서 가는 길을 스스로 선택했다면, 그 이상 내가 뭐라 할 수 없어. 그 일격이, 내 인생을 조롱한 응보이자…… 날 지금까지 키워준 것에 대한 예의다."

"그런가. 뭐, 난 속이 다 시원했어. 그 녀석은 사람을 깔보지 않으면 성에 차지 않는 타입이었으니까."

"……깔보고 있는 동안은 안심할 수 있었던 거겠지."

"……저기, 그. 어, 그러니까. ……이상한 짓 당하거나 그런 건 아니지?"

"응? 전혀. 사생활은 극히 평범했어. 화장이나 옷도 매일 보면 익숙해져. 그리고, 별로 집에 없었어. 경찰 직무와 악행을 하느라 바빴겠지."

"악행."

"휴일은 아침부터 밤까지 함께 트레이닝을 했었다. ……아아, 그 렇군. 그러고 보니, 한창 트레이닝 중에, 꺄, 꺄 소리 지르면서 내 사진을 찍어서『이상한 사람』이라고 생각했었어."

"……어어. ……아니, 그 정도라면 뭐…… 음."

"경찰이 쫓아오는 낌새는 없군. 밤이 새기 전에 내 아지트로 돌 아가자. —우리의 복수는 아직 반밖에 끝나지 않았어."

"안심해. 아직 밤이 새려면 멀었으니까. —거기서 우회전이야, 꺾어."

"어이, 그렇게 갑자기는 못 꺾어. 뒤에 차가 놀라."

"바보 아니야? 뒤에 아무도 없다고. 있을 리가 없잖아, 이 야밤중 에! 아, 정말 다음엔 진짜 우회전— 야, 거기! 거기로 들어가라고!"

"……? 뭔데, 여기에 뭐가 있나?"

"헷……. 여기선 항상 2시나 3시까지 심야 영화를 하거든."

"……"

"자, 형. 영화 보자고."

The banks of the Acheron 3

〈바위 감옥〉 안이 갑자기 소란스러워졌다.

내가 좀 전에 들은 소리는, 파도가 돌 표면에서 부서지는 소리
가 아니라는 말이다. 그건— 틀림없이 폭발음이었다. 설마 했지
만, 정말로 온 것 같다.

노엘이 보머를 자기편으로 만들어 나를 탈환하러 온 것이다.

인간에게 잡혀 아직도 자력으로 탈출할 수 없는 건 대악마로서
굴욕이라고밖에 할 수 없었지만, 수단과 과정이야 어떻든 여기서
살아나갈 수만 있다면 감지덕지다.

난 쇠창살에 매달리고 싶은 것을 참고, 그 자리에 앉은 채 귀를
기울였다.

—내가 감금된 곳은 바스틸 해식동 가장 깊은 곳이다.

시저에게 끌려와 노엘과 떨어지게 된 후, 난 바로 처형될 줄 알
았다. 희롱당하다가 살해당할 각오도 했었다.

하지만, 왜인지 살아있다.

저항했다면 얘기는 달라졌을지도 모른다. 난 놈들에게 고분고

분한 포로였을 것이다.

놈들이 날 죽이거나 괴롭힐 마음이 없다는 걸 깨닫고 나서는, 난 감옥 안에서 꼼짝 않고 있었다.

러셀과 지노가 싫은 소리를 하는 정도였기 때문에 난 상처를 회복하는데 전념할 수 있었다.

나를 왜 살려두는 걸까. 살려두기는 해도, 적당히 고문해서 기력을 뺏는 게 정석일 텐데 왜인지 그것조차 실행에 옮기지 않는 것일까.

의문은 풀리지 않았지만, 아마 물어봤자 긁어 부스럼일 것이다. 난 기본적으로 말도 하지 않고, 원래 거기에 있던 것처럼 움직이지 않았다.

다만, 야심한 밤에 한 번 탈출을 시도한 적이 있었다.

천장과 천연 암벽. 정면에는 3중 쇠창살. 그것이 평범한 쇠창살이었다면 파괴했을지도 모른다. 하지만, 바로 단독으로 탈출은 불가능하다고 판단했다.

옛날부터 전해져 내려오는 악마 봉인술이 감옥 전체에 설치되어 있었다.

그렇지만, 급조한 감옥이라는 것은 틀림없었다. 봉인술에는 적어도 세 곳에 커다란 오류가 있었다. 게다가 쇠창살에 새겨진 부분에.

어쩌면 여기를 중점적으로 노려서 강한 충격을 준다면—.

하지만, 거의 하루 종일 감옥 앞에는 시저가 있었다. 가까이에서 지내고 있는지, 질리안도 함께 있는 일이 많았다.

그리고—.

시간이 흐르면서 점점 동굴 안에 투입되는 인원이 늘어났다.

좋은 기회가 찾아와도, 나 **혼자서** 여기를 탈출하는 건 불가능했다.

"아, 쪼오옴, 난 한가하지 않다구! 이런 곳까지 와야 하는 신세가 되다니. 옷에선 비린내가 배고 머리도 떡지고, 정말 최악이야~. ……싫다, 정말, 갯강구가 붙었잖아! 어우, 나 여기 질색이라니까!"

"불만 있으면 네가 감금 장소를 고르던지."

지노는 항상 여기에 올 때마다 같은 불만을 말했다. 러셀은 질린 듯한 모습이었지만, 두 사람의 관계는 언제나 같았다. 적당한 거리를 유지한 채, 위태롭게 대화하며 서로 잘 넘기고 있었다. 옛날부터 쭉 이런 상태였다.

일부러 들으란 듯이 그들은 일부러 동굴 앞에서 얘기를 나누는 일이 많았다.

"이동 중에 들었겠지? 나한테 칼을 들이댄 꼬맹이가 일부러 와줬다더군."

"예상대로네~"

"예상했던 것보다도 꽤 수가 많은 것 같지만— 뭐, 오합지졸에 불과해. 여기를 지키는 건 철벽이다. 사양 않고, 극진히 맞이해야지 않겠어?"

"—거짓말이야."

러셀과 지노의 대화에, 질리안의 작은 목소리가 끼어들었다.

"카론은 여기에 있어요. 카론이 옆에 없는데, 노엘이 복수 같은 걸 생각할 리가 없어요."

"질리안, 또 그 얘기야?"

"그야……! 그야, 올 이유가 없는걸요. 노엘은 외톨이잖아요? 복수 따위 그만둘 수밖에 없어요. 위험을 감수하면서까지 나쁜 벌레를 구하러 올 이유가……!"

"질리안 양. 몇 번이나 설명했는데, **들리지 않는** 건가. 노엘은 이미 혼자가 아니야. 보머를 자기편으로 만들었어."

"보머의 부하까지 덤으로 우르르 데리고 왔단 말이야. 못 믿겠으면 카메라 영상을 보여줄까?"

"……그, 그래. 그럼 지금 당장 카론을 죽여요. 그리고 머리든 뭐든, 노엘에게 보여주면 되잖아요! 그러면 분명 포기할 거예요, 그쵸?!"

"—질리안 양. 이제 됐다. 좀 조용히 해주겠나?"

러셀의 목소리가 낮아졌다.

이렇게까지 노골적으로 타인에게 살기를 내비치는 건, 이 남자로서는 드문 일이었다. 더구나 질리안은 어린애였다. 러셀도 화가 것인가.

역시 기에 눌렸는지, 질리안은 그의 말을 따랐다.

아니…….

허공을 바라보며 중얼중얼 무언가를 중얼거렸다. 노엘이 나를 구하러 오는 것— 혼자서도 앞으로 나아갈 수 있다는 것 자체가, 이 소녀에게는 정말이지 예상 밖이었던 것 같다.

그건 그렇다 치더라도, 보머는 리트너 가의 집을 파괴하고 가족과 자신을 다치게 한 장본인이다. 그 보머가 여기에 온다는 것에도, 노엘의 동료가 되었다는 것에도 질리안은 전혀 반응하지 않았다.

친구 노엘 체르퀘티 이외에 모든 것이 어찌 되든 상관없는 것들이라는 것인가.

아니면— 노엘에 관한 것이라면, 가족도, 자기 자신도 어찌 되든 상관없다는 것인가.

이렇게나 일그러진 **인재**는 좀처럼 못 봤다. 바로 옆에서, 안전한 입장에서 **감상**하는 시저가 솔직히 조금 부러운 생각마저 들었다.

"하지만, 분명히 혼자서 내팽개쳐진 노엘이 이렇게까지 행동력을 보여줄 줄이야. 네 교육이 결실을 맺은 건가, 카론? 역시 육성은 잘한다니까."

"……."

"지노. 보머 탈옥 계획을 준비해준 장본인은 알아냈나?"

"아니. ……혹시나 하고 짐작 가는 구석은 있긴 한데…… 확증
은 없어."

"그런가? 나한테는 누군갈 감싸는 것처럼 보이는데."

"러셀이야말로 키우던 폭탄마^개가 송곳니를 드러내다니, 주인으
로서 실격 아니야?"

"……말이 심하군. 뭐 됐어, 노엘도 보머도 어차피 여기서 끝이다."

순식간에 두 사람의 관계성의 형세가 위태로웠지만, 러셀도 여
기서 지노라는 협력자를 잃기는 아쉬울 것이다. 재빨리 대화를
일단락 지었다.

어떻게 할 수 없는 악마와 어지간히 머리가 이상해진 소녀의 조
합이지만, 신기하게 균형이 맞았다. 정말로 신기한 일이었다.

"지노, 그럼 부탁한다."

"네~ 네~♥ 그럼, **이 아이들**을 데려갈게♥"

"질리안 양도 배치하는 데 함께해주겠나. 지노도 나가니까 틀림
은 없겠지만, 만약 그들이 오면 정중히 대접해주도록."

"……."

"만에 하나라도 진다는 생각은 하지 않겠어. 나도, 너도 원치

않는 일일 테니까."

"……가자, 시저."

지노가 출발하자, 질리안과 시저가 뒤따라 갔다.

시저가 가면서 나를 슬쩍 보았다.

폭발음이 가까워졌다.

난 조금도 불안하지 않았다.

자기편으로 끌어들인 자가 누구든 노엘은 반드시 여기에 올 것이다.

여기에 갇히고 얼마 되지 않아, 러셀이 여기서 만반의 준비하는 것을 보고 노엘의 앞일을 걱정했다. 여기에 오면 안 된다고.

하지만 지금은 다르다. 노엘은 보머 뿐만 아니라, 많은 것을 자기편으로 만들었다.

"어이, 카론……. 노엘과 보머는 롯소 패밀리 잔당을 거느린다던데."

러셀이 아직 이 자리에 머무는 것이 의외였다. 나와 단 둘만인 상태로 이렇게 얘기하는 건 실로 오랜만이었다.

난 그만 그 그리운 말에 반응하여 러셀과 얘기를 시작하고 말았다.

"롯소 패밀리라고……? 대체 무슨 경위로 그렇게 된 거지? 노엘의 곁에 모인 건 보머 추종자들이 아니었나?"

"그 추종자 일부가 롯소의 잔당들이다."

게다가 의외로 러셀이 대화에 응했다.

"뭐, 그런 건 이미 옛날부터 파악하고 있었어. 간부나 유능한 놈들은 **그때** 모두 죽이던가 감옥에 처넣어 두었으니까. 어차피 보잘것없는 송사리, 오합지졸뿐이다. 그렇긴 해도, 롯소의 정신을 이어받은 놈들임은 틀림없어. ―그 녀석들이 지금, 내가 준비한 신생 비앙코 패밀리와 격돌 중이다."

"……."

"참 재밌지? **그때** 우리는 같은 목적을 두고, 난 백을 상대하고, 넌 적을 상대했다. 인연을 끊은 지금은, 서로의 적이 반대가 되었어. 난 적, 넌 백."

노엘의 곁에 전 마피아가……

평범한 건달들과는 다소 다르다. 그들은 특별한 규율을 따른다. 그렇기 때문에 자존심도 상당하다.

보머를 추종하는 자들이 자동적으로 노엘 측으로 돌아선 것뿐이지만, 내 구출은 어디까지나 「노엘의 목적」이다.

노엘 본인이 신뢰를 얻지 않으면 아무리 보머가 모았다고는 해도 여기까지 잔뜩 모여 돌격 작전을 할 수 없었을 것이다.

―너의 올곧은 행동력이 많은 자의 마음을 끌어당긴 것이다.

노엘의 행동, 그리고 노엘 자신이 리퍼와 보머 뿐만 아니라, 마피아도 납득시켰다.

그것은 지금 하나로 똘똘 뭉쳐 라프라스를 지배하는 힘과 막상막하로 싸우고 있다.

지금의 노엘이라면, 질리안과 시저도 바꿀 수 있을지도 모른다.

"……러셀. 그렇다면 **그때**처럼 마지막 방아쇠는 네가 당길 생각인가?"

"설마. 난 이제 철수할 거야. 시장이 언제까지 있을 수야 없지. 현장에서 손을 더럽히는 건 부하들의 일이다. 내 일은 시민의 지지를 얻는 일이야."

러셀은 내게 다가왔다.

쇠창살 앞에 섰다.

깜짝 놀랐다. 어차피 옅은 미소를 띠고 있으리라 생각했는데, 러셀은 진지한 얼굴을 하고 있었다.

나를— 아니, 나를 통해 강한 증오로 무언가를 노려본다는 것을 깨달았다.

내 깃털이 찌릿하고 곤두서는 게 느껴졌다.

"카론. 넌 거기서 보는 게 좋겠어. 자신을 구하러 온 동료가 다다를 말로를 말이지."

—뭐지?

뭐지, 이 감각은…….

살기⋯⋯ 증오⋯⋯ 일종의 잔학성.

무시무시하기까지 한 어두운 감정이, 러셀 버로우즈에게 드러났다.

러셀은 분명 바뀌었다. 내가 괴물로 바꿔 세상에 풀어놓았다.

그리고— **더욱 변질한 듯한 느낌이 들었다.**

"러셀—."

난 뭐라 말을 이어야 할지 모른 채 이름을 불렀다.

하지만, 러셀은 그에 응하지 않고 내게서 등을 돌려 사라졌다.

"⋯⋯."

정적은 아주 잠깐이었다.

폭음은 바로 앞까지 다가왔고 사람들의 목소리도 들렸다.

—아아. 노엘 목소리군.

난 그 자리에 서서 그저 기다렸다.

대악마인 내가, 인간의 구조를 마음속으로 기다리는 때가 올 줄이야.

—와라. 노엘.

오랜만에 양손에 힘을 주었다.

—이 대악마 카론, 너의 **구조를 받아 주겠다.**

기다리고 기다리던 그때가 드디어 찾아오려 했다.

■원작자 후기

  원작 게임을 제작한 카나오라고 합니다. 소설판 『피학의 노엘』 제3권을 구매해주셔서 감사합니다.

  이번 내용은 원작 Season 5와 Season 6를 담은 이야기입니다.

  사실 이쯤부터, 지금까지 『피학의 노엘』 이야기와는 조금씩 분위기가 달라지는데요, 여러분, 눈치채셨나요?

  맞습니다, 바위 감옥 싸움도, 미스티에서의 싸움도, 노엘 측이 승리하는 형태로 끝나고, 버로우즈 측에 데미지를 주었습니다.

  이 변화는 틀림없이 「동료」의 존재로 인해 크게 바뀐 점이지요.

  지금까지 노엘은 카론이라는 유일무이한 파트너가 곁에 있었지만, 매우 작은 세력으로 버로우즈 세력과 싸워왔습니다. 어려움을 극복하고, 그럭저럭 눈앞의 적 하나를 쓰러뜨릴 순 있어도 상대는 굉장히 거대합니다. 차례차례로 투입되는 새로운 적이 나타나면 기세에 밀려, 역시 지고 말았습니다.

  그런 노엘이 많은 적을 물리쳐 카론을 구출하고, 미스티에서의 대 승부를 헤치고 나가, 완전한 승리를 거듭할 수 있었던 건, 후고와 파이손, 토드, 슬러그 그리고 오스카라는 동료들이 전력 면으로도, 정신적인 면으로도 지탱해주었기 때문이라고 할 수 있습니다.

그리고 그들은, 노엘이 카론과 함께 작은 싸움을 거듭하지 않았다면, 동료가 되는 일은 없었을 겁니다.

이제야 노엘의 싸움이 결실을 보기 시작했다고나 할까요…….

그건 그렇고, 이전에 나온 공식 팬북 인기 투표에서 1위를 차지한 후고는…… 사실 원작자로서도 굉장히 그리기 쉬운 캐릭터입니다.

후고가 활약하는 Season 5 플롯은, 지금까지 유례가 없을 정도로 순조롭게 완성한 것을 기억하고 있습니다.

그것은 분명 그가 굉장히 솔직하고 순수한 캐릭터이기 때문이라고 생각합니다. 행동 이념이 확고하고, 머리보다는 몸이 먼저 움직입니다. 「후고라면 이럴 때 이렇게 할 거다」라는 게 명확하게 정해져 있어서 나머지는 그것을 어떻게 연출할지 생각만 하면 됐습니다.

물론, 후고 뿐만 아니라, 다른 캐릭터들도 노엘이나 카론과는 두드러지게 다른 성격이므로, 그들의 「이 캐릭터는 이럴 때 이렇게 할 거다」를 생각하는 게 즐거웠습니다.

그런 동료들이 더해지면서, 버로우즈와 대등하게 싸울 수 있게

된 노엘과 카론의 복수는 앞으로 어떻게 될지……. 소설의 속간,
그리고 원작도 함께 꼭 기대해주세요!

카나오

■작가 후기

안녕하세요. 모로쿠치 마사미입니다. 이번에도 『피학의 노엘』 노벨라이즈의 본문 집필을 담당했습니다.

이번 서브타이틀은 이탈리아어와 영어의 짬뽕인데요, 『『녹』의 가족』이라는 의미입니다. 본편을 읽으셨다면 분명 어떤 의미인지 아시리라 생각합니다.

2권을 집필한 게 연말연시라 살인적인 스케줄이었기 때문에, "3권은 좀 더 여유를 두고 쓰자……"고 반성했는데요, 결국…… 이번에도 아슬아슬한 스케줄이 돼버리고 말았습니다……. 반성하고 있어요……. 다음엔 좀 더 여유를 두고 쓰겠습니다……(플래그).

그건 그렇고, 이번엔 원작 Season 5와 Season 6를 수록하였습니다. 들어보니 이 두 시리즈가 특히 인기가 많다던데요.

분명 저도 두 시리즈 모두 화끈한 전개와 카지노에서의 미니게임, 코핀과의 숨 막히는 심리전이 정말 재밌었습니다. 마지막 싸움에서 한 번 선택지를 틀려서 마담에게 총살당했던 것도 지금은 좋은 추억되었습니다.

이 소설에서 그 화끈함과 즐거움, 긴장감이 재현되었다면 다행이라고 생각합니다.

하지만, 카지노에서의 에피소드는 생각보다도 텍스트양이 많아서 전부 담을 수 없었습니다. 카지노 뒤편에 있었던 토드와 슬러그의 볼거리(토드에게는 오점)를 잘라낼 수밖에 없던 건 마음이 아픕니다.

마담 코핀과의 승부도, 아쉽게도 꽤 많이 잘라냈습니다. 저도 블랙잭은 기본적인 룰밖에 몰랐기 때문에 게임에서 마담에게 배운 것도 많습니다.

항상 공정하고 현명한, 그리고 실은 상당히 크레이지한 마담은 제가 좋아하는 캐릭터입니다.

「적이었던 캐릭터가 아군이 된다」는 건 보통 왕도의 전개인데요, 왕도란 것은 사랑받기에 왕도. 저도 굉장히 좋아하기 때문에, 후고와 오스카 형제 모두 노엘 편이 되는 전개가 기뻤습니다.

하지만, 후고의 상대가 항상 지노였던 탓, 왠지 돌이켜 생각해보면 이번 권에서 지노만 쓴 것 같은 기분도 드네요……. 그의 캐릭터가 강렬한 것도 있지만…….

지금까지 고독하게, 혹은 단둘이서 걸어온 노엘과 카론의 복수의 길이었는데요, 완전히 시끌벅적해졌네요. 맞아요, 단순하게 생각해보면 캐릭터가 늘어나면 페이지도 늘어납니다. 앞으로도 분명 노벨라이즈할 때 머리를 싸맬 것 같아요.

소설로서의 체재를 갖춘 노엘과 동료들의 이야기를, 이번에도 마지막까지 즐겨주셨으면 좋겠습니다.

그럼, 다음에도 꼭 만나요.

2018년 8월 모일 모로쿠치 마사미

피학의 노엘 Movement 3

초판 1쇄 발행 2020년 12월 10일

지은이_ Masami Molockchi
일러스트_ Kanawo
편집협력_ Hotate Inaba / Game Magazine 편집부
옮긴이_ 안수지

발행인_ 신현호
편집부장_ 윤영천
편집진행_ 김기준 · 김승신 · 원현선 · 권세라 · 유재슬
편집디자인_ 양우연
국제업무_ 정아라 · 전은지
관리 · 영업_ 김민원 · 조은걸 · 조인희

펴낸곳_ (주)디앤씨미디어
등록_ 2002년 4월 25일 제20-260호
주소_ 서울시 구로구 디지털로 26길 111 JnK디지털타워 503호
전화_ 02-333-2513(대표)
팩시밀리_ 02-333-2514
이메일_ lnovelpiya@naver.com
ㄴ노벨 공식 카페_ http://cafe.naver.com/lnovel11

HIGYAKU NO NOEL Movement 3 – Family of "VERDE"
©Masami Molockchi 2018 ©Kanawo 2018
First published in Japan in 2018 by KADOKAWA CORPORATION, Tokyo.
Korean translation rights arranged with KADOKAWA CORPORATION, Tokyo.

ISBN 979-11-278-5686-1 04830
ISBN 979-11-278-5271-9 (세트)

값 9,000원

데이트 어 라이브 1~22권, 앙코르 1~10권, 머테리얼

타치바나 코우시 지음 | 츠나코 일러스트 | 이승원 옮김

4월 10일, 새 학기 첫 등교일.
이츠카 시도는 평소와 다름없는 일상을 보내고 있었다.
갑작스러운 충격파로 파괴된 마을 한가운데에서 소녀와 만나기 전까지는─

세계를 부수는 재앙, 정령을 막을 방법은 단 두가지.
섬멸, 혹은 대화

정령과 만나게 된 시도는,
세계의 멸망을 막기 위해 데이트로 정령을 꼬셔야하는 운명에 처하게 되는데!?

세계의 멸망을 막기 위한 데이트가 시작된다ー!!

ANIPLUS TV 애니메이션 방영 화제작!!

온라인 게임의 신부는 여자아이가 아니라고 생각한 거야? 1~18권

키네코 시바이 지음 | Hisasi 일러스트 | 이경인 옮김

온라인 게임의 여자 캐릭터에게 고백!
→ 아깝네요! 실제로는 남자였답니다☆

그런 흑역사를 감추고 있는 소년 · 히데키는 어느 날 게임 안에서
한 여자 캐릭터에게 고백을 받는다. 설마 그 흑역사가 다시금 반복되는 것인가?!
그렇게 생각했으나, 게임 안에서 내 「신부」가 된 아코 = 타마키 아코는
정말로 미소녀에, 현실과 가상세계를 구분하지 못한……다고……?!
"안녕, 루시안!"이라니, 하, 하지 마! 창피하니까 캐릭터명으로 부르지 마!
다른 사람들 앞에서도 게임 캐릭터명으로 부르며 게임 속 남편에게 착 달라붙는 아코.
히데키는 너무나도 유감스럽고 위험한 아코를 「갱생」하기 위해
길드의 동료들을(※단, 다들 미소녀)과 함께 움직이는데—.

유감스러우면서도 즐거운 일상 ≒ 온라인 게임 라이프가 시작된다!

TV애니메이션 방영 화제작!!

라이트노벨의 새로운 빛! ㄴ노벨의 신간은 매월 10일에 발매됩니다. http://cafe.naver.com/lnovel11

우리 집 더부살이가 세계를 장악하고 있다! 1~16권(완)

나나죠 츠요시 지음 | 노조미 츠바메 일러스트 | 김진환 옮김

머나먼 독일에서 일본의 영세 공업사 · 이이야마 가문에 찾아온 소년,
카사토리 신야. 그 정체는 세계 유수의 대기업 오리온류트의 창업자로
손가락 하나로 군사위성까지 움직일 수 있는 하이스펙 남자 중학생이다.
사정이 있어 진짜 모습을 숨긴 채 신야는
이곳 이이야마 가문에서 더부살이하게 되었지만……
"우리 집에는 다 큰 여자애들이 살고 있다구! 갑자기 동거라니!"
그곳에는 취미도 성격도 제각각인 귀여운 세 자매도 함께 살고 있었다?!
사장님~ 지금까지의 경험이 아무 쓸모 없는 환경에서,
어떡하실 건가요?

세계 제일의 무적 소년 사장과
재미있고 귀여운 세 자매가 보내드리는
《GA문고 대상 수상》의 앳 홈 러브코미디!

라이트노벨의 새로운 빛! L노벨의 신간은 매월 10일에 발매됩니다. http://cafe.naver.com/lnovel11